從文學走向世界

81位作家的青春之旅

封德屏・主編

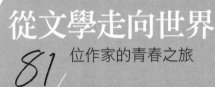

〈主編序〉

從文學走向世界

◆封德屏

二〇一二年秋天，臺北市政府文化局委託《文訊》執行「臺北文學季」特展，當時訂的主題是「臺北文青生活考」，展覽於二〇一三年三月開幕。展出戰後以降，雅好文學、藝術青年的生活用品、書籍、雜誌。籌備期間，《文訊》邀請不同世代作家、藝術工作者，撰寫「我們這一代的文藝青年」，並自二〇一二年十一月（三二五期）開始刊登，至二〇一三年三月（三二九期）共五期，有八十一位，分屬一、二、三、四、五、六、七年級的作家、學者、文藝工作者（一九二七～一九八五年出生）參與撰稿。

二〇二三年，為了慶祝《文訊》創刊四十周年，企畫結集、出版這些文章。十年後重新捧讀，內心仍充滿悸動。時代更迭，這些文學青年有不同的文學養成，卻映照著不滅的文學情懷。《文訊》走過四十年，這些文章，按照世代分為四輯，記錄著臺灣文學往前邁進的腳步，以及在歷史洪流下，個人不同的人生際遇。

第一輯「夢想啟航」。一九五〇年十一月，師範和臺糖公司的四位同事，拿出他們的薪水，集資創辦了《野風》雜誌，希望「提供同好們一個可以抒發他們心聲的純文藝園地，以撫慰、舒緩大家精神上的苦悶與物質上的貧乏……」；廖清秀歷經日治、國民政府，通過高、普考，無論換什麼工作、職位，唯一沒有放棄的就是寫作；樂茝軍的童年、青少年至後來流離顛沛的各個年代，書及閱讀是她今生的唯一；辛鬱感念帶他踏入新文學的詩人沙牧，難忘趴在地鋪或水泥地上寫作的情景；趙天儀在小學六年半中，學了日語、臺語、華語，特別懷念鼓勵他們創刊《臺中一中初三上甲組報》的楊錦銓老師；黃永武臺南師範時的詩作〈思鄉〉，由同班同學配上民謠，刻印樂譜及圖案，由手推滾筒的油墨套上紅藍黃三色；一九五八年彰化女商的少女劉靜娟，每期都收到來自美國德州筆友寄來的*LIFE*，因為英文老師李篤恭的鼓勵，這群孩子與外面的世界有了聯繫；少女時期的丘秀芷在田園中做過許多苦工，豐富了她日後寫作的素材。

第二輯「青春結伴」。遠從馬來西亞的文藝青年王潤華，細數在政大成立《星座詩刊》的歲月，文末「我們這一代的文青，把文藝當成宗教，一輩子執著的信仰文藝在社會的意義，所以至今還沒放棄文學，繼續為文藝而努力」；亮軒年輕時候立志創作，服膺作家就是要拚命地寫、拚命地讀，其他事越是不管越好；喬林感謝「中華文藝函授學校」，覃子豪編寫的講義讓他得到啟蒙及初步完整的詩學教育，第二次寫詩與養成的啟蒙，則完全來自朱橋的《青年雜誌》，在他心目中，朱橋是臺灣第一位新文藝運動家；吳敏顯高中沒考好，必須到十幾公里外讀縣中，每天早起騎腳踏車穿梭田野中，他用粗鐵絲在車龍頭上綁成克難書架，邊騎邊看；少年吳晟的臺北之旅，升學考試之路雖然坎坷，文學之根卻已扎下；一九六九年二十四歲的尹玲一路流淚離開西貢，臺北的文學人、文學社團用溫暖環抱著她；少女鍾玲以武俠小說交到一生的文學知己；復興文藝營是曾西霸青春回憶的主體，他告訴學員，營友是你的文學同好，也是未來寫作的假想敵、競爭者；蘇紹連懷念那一代的文藝青年，曾以不畏不懼的精神，完成「後浪詩社」到《詩人季刊》階段性使命；心岱感謝黃春明手把手教她進行報導時的攝影技巧，讓她以報導文學參與時代的變貌。

第三輯「繆思之戀」。古蒙仁提起《文學季刊》的尉天驄、黃春明、陳映真，忘不了入伍前陳映真邀他到永和家中作客的情景；嘉義成長的少年渡也，難忘定期到臺北朝聖、取經的艱辛與快樂；陳義芝回憶物質貧乏中，幾位喜愛文學孩子們的知心相處；王幼華感謝當年包容、協助他的施淑女、李元貞教授；路寒袖憶及當年並肩入山門、領受繆思洗禮同好們清純真摯的情感；青年廖振富從臺北出發，上溯古典中國，更在此發現臺灣文學的豐美；陳克華受高信疆、瘂弦兩位主編的提攜，十六歲立下創作心願一以貫之；章緣在《漢聲》的文青歲月訂下生命基調，對藝術對文學對美持續的追求；楊明認為，在人生不同的階段裡一起生活、彼此陪伴的文青更是一輩子的朋友；鍾文音「緣於寫作是生命中最重要的事，而一路堅持」，不結盟但與同世代創作者相濡以沫；吳鈞堯體會那雙創作炫技的手，也應該是給同行者鼓掌的手；潘弘輝堅信，再沒有比創作更值得尊敬且投身其中的事了。

第四輯「相約文學」。王聰威真誠地要成為「小說家讀者成員」的心路歷程：「我想要成為他們的朋友，我想要趕上他們，讓他們認同我」；徐國能說，儘管當時很多書、很多電影看不懂，卻給我一種無限的吸引力，彷彿告訴我遠方有個美麗的世界；張輝誠說，如果沒有遇到心儀的作家，也許我的眼光就不會宏遠，境界也不會高明；楊美紅追憶田啟元的《白水》，把語言靈巧逗弄至詩的境地，舞臺上的能量毫無防備的衝擊著文青們；凌明玉「我們聚在一起不是互相取暖，而是珍視一起革命的情感，如此接近的靈魂，稍微磨擦便有火光，照亮長時寫作的暗房」；徐嘉澤「文學創作不是個人的事，有懂的人聽你訴苦痛罵，和你一起八卦歡笑，有伴，才能把這條路給走長」；葉覓覓從前輩詩人小說家學到創作的熱誠與態度，山海洄瀾的壯麗加持，於是安心地把文字野放出去；曾琮琇十七歲參加第一屆青年文藝營，之後的每一片波浪都源於那場文學之旅；李時雍以「樹的前世，是我們在電影和詩歌裡的一生」懷念青春歲月；羅毓嘉的

「南海路56號，紅樓詩社，是詩句棲居的場所」，讓「不安的時代給不安的靈魂，找到了永恆的居所」。

重讀這些文章，在笑與淚中，迴盪著追憶與省思。我發現，原來，文學人、文學工作者，不管以前或現在，總有人引路、守護，從來都不曾孤單過。

陳思宏在文章裡說：「我總是記得踏出高師大文藝營的那一刻，我們淚眼道別，約好，文學裡見。」

二十年、三十年、四十年、半個世紀，甚至一甲子過去，在文學裡，我們都沒有失約。

目次

輯二　青春結伴

輯三　繆思之戀

輯四　相約文學

輯一・夢想啟航

師範
愛它，就不要害它

《文訊》囑我就我們這一代人的青年時期，提供一些所走過的那一段屬於我們特有的文藝生活。主題寬廣，希望我不要答非所問。

我們這一代人的青少年時期，正是二次世界大戰，或在以一個中國人來說，是日本侵華戰爭中最殘酷、我們抗戰最艱困的時期。我從初中到大學，都是在這樣不知明天在哪裡、流徙的環境中求學、成長。而也正因為在這樣的環境中，我們被訓練成對文藝生活如飢似渴的愛好、追求、吸吮，以補我們在物質條件上的貧乏。於是我們在課餘、睡覺、假日中，就沉浸於凡能到手的任何文藝作品，例如聶耳與冼星海的〈畢業歌〉與〈義勇軍進行曲〉（後者目前已被對岸採用為國歌）、沈從文的《邊城》、巴金的《家》、朱光潛的《文藝心理學》，國外如《安娜．卡列尼娜》、《西線無戰事》、《戰地春夢》等中譯本，但是堅定地期待抗戰勝利的愛國的文藝青年，面對突然來到、或者說是太早（不是嗎？）的勝利，使我們不得不在一時的興奮以後，靜下來思考我們今後的自我定位。我決定暫時放下對文藝生活的眷戀與鍾愛，全心的繼續讀完大學的最後兩年，準備迎接滿目瘡痍的國家重建工作。然後經過甄選，我在一九四七年六月奉派來臺，進入臺灣糖業公司，與眾多志同道合的前輩，從事被美國軍機轟炸得滿目瘡痍的糖業復原更新工作。

臺灣光復已近兩年，我們胼手胝足地日夜工作，非常順利，也開始有時間重溫文藝生活。但是剛從日人手中接下來的臺灣，能有的精神食糧，卻還非常匱乏。於是我們幾個在臺糖工作的，年齡相近、教育背景相若、志趣相投的五個年輕人：金文、魯鈍、辛魚、黃揚與我，在臺灣有限的報章雜誌上抒發心情之外，決定拿出我們的薪水，集資創辦一本小小的文藝刊物，希望盡我們微薄的力量，在教條八股之外，提供同好們一個可以抒發他們心聲的純文藝園地，以撫慰、舒緩大家精神上的苦悶與物質上的貧乏，間接地增進這個孤島上人們的同仇敵愾，並且安貧樂業。

所以在創刊時我們就把它定位為是一份生活的、勵志的、不以教條束縛的文藝刊物，不向任何人約稿，而歡迎所有的讀者投稿；以為全民表達他們的心聲的園地。創刊同仁的稿件，也以所有來稿一視同仁的標準審查，即以過半數同意的通過始可刊出。而且經審查通過的同仁稿件，完全不支給稿費，並且在創辦時就決定，如銷路不佳，稿源缺乏，即在六期內結束，所有負債由五人平均分攤。（月前在與彭歌先生電話中閒聊時談及此事，他說你們讀經濟的人能事先規畫，我最欣賞。）後來這種情形並未發生，而是因為別的原因，最後還是在雜誌暢銷冠於全臺時，無條件地一致退出。這件事很多人都覺得不解。但是在那個時代，沒什麼好奇怪的。後來有人問辛魚是怎麼一回事，辛魚簡單地說：「總而言之，樹大招風。」我想辛魚這句話是果。以現代的詞彙來說，真正的因，是我們不做置入性行銷，特別是不做被野心家利用以為置入性行銷的工具，而做他們以之為攀龍附鳳的墊腳石。

因為我們是一本非常淳樸的純文藝雜誌，而真正的純文藝，也永遠不會做任何置入性行銷或它的工具。

所以我們離開。愛它，就不要害它。

這個雜誌我們一共辦了四十期，包括其中有一個月的休息時間在內，在民國三十九（一九五〇）年十一月一日創刊，四十一（一九五二）年七月十六日退出，一共辦了二十一個月的時間。我們在眾多愛好文藝的人群中，靜靜地離開。

不用再問我它叫什麼名字。這不重要。重要的是，我們與那些純純的真正愛好文藝的朋友，一起走過了這段路，是費心的，但是純純的，美好的，對的。而做了一件對的事，帶著所有真正愛好純正文藝的朋友們的祝福而離開，只有感恩，沒有遺憾。

師範（一九二七～二〇一六），本名施魯生。中央大學經濟系畢業，美國普渡大學研究工業工程所結業。曾任公民營事業主管、董事及臺糖公司業務處長等。一九五〇年與臺糖友人合辦《野風》雜誌並任主編，是政府遷臺後第一本純民間的文藝刊物。著作以小說為主，兼及散文約十餘種。

廖清秀 從小就愛寫作

由於大嫂從親戚處借日文雜誌，我算術是父親從小就訓練有素，五、六年級常常糾正日籍老師教錯算術（他的專長為音樂），甚至在黑板上算給他看，對於作文也很感興趣，念公學校（小學）時參加東京一家兒童雜誌徵文入選（不記得寫什麼），寄一圓獎金來。那時一圓很大，薪水階級月薪三、四十圓起薪罷了。公學校畢業後在大哥指導下自修，準備參加普文（普考）、專檢（高中畢業檢定），對日文古文與現代文夏目漱石等名文、用日式讀法的〈出師表〉等漢文與成語都感覺興趣，背著背著，變成自己寫作的風格。

普文於每年四月舉行一次，專檢卻於五、十月舉行兩次。所以七、八月夏天空檔期我另看大哥買的哥德（《浮士德》）、屠格涅夫等人的日文世界名著，不管看懂或看不懂。而十六歲時，母校下川勝一校長獲悉我專檢四科目及格而尚未有工作，將我介紹到汐止神社當書記。我以為書記只是處理事務，到汐止神社一看，神官說還要念經，但神官服太大，沒有我可穿的。日本和尚當不成，第二年（十七歲）二月內定為分教場老師，由李老師輔導著站在教室後面，參觀一年級到高等科（小學畢業後再念一年）的教學情形。後來陳春銘同學向我講，他們的高等科井上老師告訴他們說：「你們的同學有的要當老師了。」

四月一日我正式到社後分教場當教員，陳安平主任，中年人，高個子，在地人叫他大漢先生，叫我囝仔先生，蔡春木老師叫他木仔。陳主任教一年級，處理公文等。我教二年級，負責全分教場活動等，這是陳主任愛護我。蔡老師教三、四年級（合班）並對外聯絡等，由於他是我大哥的同學，也愛護我。這一年的普文筆試及格，口試失敗，因筆記及格不保留，明年要從頭再考。這一年七星郡（包括汐止街、士林街、北投街、內湖庄，南港屬於內湖庄）於北投舉行國校講習會。會後我寫〈我的回憶〉幾十篇，七、八萬字，第一篇為〈大便與小便〉，寫公學校的廁所很髒，要蹲下去大便的地方都沒有而忍住了，但小便不能忍只好放。第二篇為〈失業時代〉，寫公學校（第二年即改國校）畢業後自修，無工作的感受。第三篇為〈和尚與老師〉，就是神社書記做不成而當老師。第四篇為〈站在教壇上〉，十七歲的小孩老師初執教鞭實在戰戰兢兢，但我大聲叫「安靜！」也就肅靜了，那時鄉下的孩子比較聽話。此外，較有趣的有〈三等戲院的臭蟲〉，片岡千惠藏扮的強武士舉起大刀，將壞人砍下去時有人喊：「噯！」那不是尖銳的，而是男人低沉的聲音。我以為他被蜈蚣咬，無心看電影而注視那男人，有經驗者說：「沒什麼大不了，只是臭蟲罷了。」

另有〈疏散者是誰？〉，空襲警報一響，對面的土仙連東西都不拿，背著七歲的孫兒，一手拿著雨傘，朝山中的別墅逃。解除警報一響，他撫摸著白鬚，像凱旋將軍一般回來。……但最受重視的卻是發表在臺灣總督府《文教雜誌》的拙作〈講習雜感〉。

十八歲普文及格，卻發生兩件事：分室（警分局）召問參與志願海軍。我到分室，有一臺籍刑事客氣地道賀我普文及格，接著問如何準備考試的？我誠懇地說如何準備，講完我問他找我的目的，他說請教準備普文。回去後向在總督府當雇員的大哥說了，他聽後說「豈有此理」。其實刑事在考驗我的態度，如認為不好，會找麻煩哩。志願海軍也一樣，在分室不管你願不願意填表，體檢、考試都在分室舉行。

普文光復後考國文，三民主義兩科目為甄別普考，考取後有分發、可參加高考。民國三十九年我參加高考失利，有中國文藝協會招考小說研究組學員的消息，繳一篇小說〈邪戀姐夫記〉報名後，經過筆試、口試後錄取三十名，我為其中唯一的本省人。小說組每晚上課，聽學者名流的演講，我正式受寫作的洗禮，所繳結業論文的小說《恩仇血淚記》獲趙友培老師重視，蒙道藩先生愛護本省青年，為文獎會四十一年長篇小說第三獎，請趙老師修改文字，是很好的獎勵。這一年高考也及格，接著在各報編輯愛護下紛紛惠登拙作，也經常受師友暨亦師亦友的梅遜兄指教。

這幾年來我患巴金森氏症，身在老人院仍不斷地寫作，七十二年來中日文創作、翻譯日文等共約數千篇、兩千萬字。

廖清秀（一九二七～二〇一五）。為「跨越語言的一代」詩人。日據時期小學畢業，教員檢定及高考及格。曾任小學教員、交通處科員、中央氣象局專門委員等。曾參與鍾肇政發起之《文友通訊》。曾獲中華文藝長篇小說獎、鹽分地帶文藝營臺灣文學特殊貢獻獎、臺灣文學獎、巫永福文學獎、臺灣文學牛津獎等。著作以散文與小說為主計有二十餘種，另有論述、雜文、翻譯等。

樂茝軍　書是唯一

如果那是一片草原，現在是百花齊放，繽紛炫目。以前是只有綠草如茵，雖單調卻生機無限。

當我是青年時，沒有咖啡室，沒有文藝活動，沒有徵文比賽，沒有名家演講……但有書，文藝青年當然是先從書開始。我的父親是「始作俑者」，從童話故事到文學作品，隨著我們年齡增長而改變。於是我在認識「傻子伊凡」、「三隻小豬」……以後，接著認識巴金、茅盾、魯迅……而父親書櫥裡的《三國演義》、《水滸傳》、《西遊記》、《紅樓夢》等，又讓我認識了不同年代的中國文學。

表哥閣樓裡則收藏了西方文學名著，那時是俄國作家當道，屠格涅夫、托爾斯泰、果戈里、高爾基、杜斯托也夫斯基……我如痴如狂，為安娜卡列尼娜流淚，為俄國農奴嘆息，一如我為孫悟空喝采，為林黛玉痛心，年輕真是有情啊！

絕無僅有的一次與文學有關的活動，是我讀初三時，有位老師把巴金的「家、春、秋」中的《家》改編成舞臺劇，我演其中的一角（忘了是誰）。若干年後我只記得當時穿旗袍、高跟鞋，走在半圓形木板搭建的舞臺上。旗袍纏身，高跟鞋搖晃，後跟一腳踩進木板縫裡，險些摔個狗吃屎！除此之外，再也沒有什麼藝文活動了。

我曾每天放學，鑽進一家書店，悄悄讀完蕭洛霍夫的《靜靜的頓河》。書的吸引力可比迷幻藥還引人上癮。人生因有書而變得不可思議的豐富，變化無窮。我認識了各式各樣的人性，各式各樣的別人的生活故事。年輕時不一定能完全懂書中的人生道理，在往後的幾十年卻常常幫我了解自己的人生。也幫我在寫《聯合報》專欄時，懂得別人的人生。

書也給我一段不尋常的經歷，那年我十七歲，隨孫立人將軍在南京招考的女青年大隊來臺。非常有意義的團體生活，比一般的學校更能讓年輕人成長。有天來了幾位看不出是什麼身分的人，點名要帶走幾個同學，我是其中之一。大家糊里糊塗地跟著走，我那十五歲、後來成為臺大教授的妹妹，躲在窗欄後淚眼汪汪地看著。

進了一間建築室內，沒人知道要幹什麼，大家卻也不緊張害怕，晚上個別帶進一間類似倉庫的大房間，一盞吊燈下一張桌子，桌後坐了一位黑衣人。我腦中立刻浮現小說裡的場景，覺得很刺激。黑衣人問了什麼我早已忘記。就是在當時我也不知他問什麼，所以他得到的答案都是「不知道」。大約一星期後我們被放回，才知道是我從大陸帶來的兩本書惹的禍。一本是高爾基的《母親》，一本是果戈里的《死魂靈》。其他同學為什麼，我一直都不知道，而那兩本書當然是沒收了。

我在「文藝青年」時期，心無旁騖，書是唯一。尤其貪讀「磚頭書」，很怕讀到最後一頁。用一本當時很精緻的本子，詳記書名，作者生平，內容摘要，名句抄寫，讀後感，比做學校功課還認真。

在那單調的草原上，我飽吸「書汁」，滋養了往後幾十年的人生。在晚年還是書痴，不可一日無書，書是唯一。尤其現在文學書的多樣性，更豐富且滿足了我的讀書癮，做一個快樂的文藝老年。

樂茝軍（一九三二～），筆名薇薇夫人。中國新聞專科學校畢業。曾任華視《今天》節目主持人、《世界日報》編輯、《國語日報》文化中心主任、社長。曾獲金鐘獎教育文化節目主持人獎。著作以散文為主，近三十餘部。

往事歷歷・感念沙牧

辛鬱

隨軍來臺六十二年多，從事文學寫作六十年，慚愧的是，至今不曾寫出撼動自己的作品。談起寫作，不免想起當初趴在地面寫字的情狀，而且，半截鉛筆是文書官給的，稿紙則是沙牧贈送的獎品。

這事必須說清楚。

當時部隊在臺中沙鹿，我們從舟山撤退來臺的第三年。突擊排原來是沙牧帶領的一支能打仗的部隊，全排三十三個人。我調來這個單位是跟著新排長來接傳令兵的缺，平時送送公文、聽聽差遣，只歸排長、副排長與文書上士、軍械上士的管束。沙牧調進營本部，任情報官，職務調升，階級仍是中尉。

那時候我只聞沙牧——呂松林大名，還不知道他耍筆桿已有一年多，在軍部油印報與《新生報》的「戰士園地」發表過作品，寫的是新詩。我在初中一年級時作文屢獲老師嘉勉，別的功課都差勁。在家時，大哥把我誘進新文學的書堆裡，我甚至讀過《靜靜的頓河》與《約翰．克里斯多夫》等書，記得最喜歡的是安德烈．紀德的《地糧》。所以，大哥是我喜歡新文學的啟蒙者。而沙牧，是帶我愛上新文學並寫作新文學的啟蒙老師。

我們是這麼相識的。到突擊排報到第三天，我就奉命送一份公文去營部，但走在路上東看西望，竟忘掉送營部哪個單位。到了營部，辦妥入營手續，那時一般單位似乎都還沒設置公文收發室，都直送受文單位，我忘了，咋辦？楞在一扇門前手足無措，忽然吱呀一聲門從裡面開啟，一位軍官探身而出。看見我慌張不安的樣子，他問我：你找誰？

我慌忙行舉手禮，結結巴巴說：「報告長官，我來送……送公文。」

「哦，」軍事說：「公文呢？」

我更慌張了，幾近顫抖地從公文包取出一只信封，抖得更甚的雙手遞出。

軍官接過公文看一眼，把公文遞回說：「送到補給組去，往前走第三個門。」

這軍官就是沙牧，中尉情報官呂松林。

不久，營部辦作文比賽，題目是「迎國慶」，文類不拘，字數五百字內。我奉副排長的命令寫了一首十行的詩參加，居然得到士兵組第一名。頒獎那天，竟然是從沙牧的手上領獎，後來才知道，他是評審組的副組長，組長是營指導員。他頒獎時，握著我的手不放，要我努力、加油，並且可以常去找他，另外，附送我五十張稿紙。整個過程，我只是傻傻地說：

「謝謝長官。」

這份謝意一直存在我的心頭，因為在那樣的相遇相識的機緣之後，我們有二年多時間，在同一個大單位，不同的崗位上服務，使我有許多機會向沙牧請益討教。每次，他都不厭其煩地指正我詩中語言運用的不當與缺失，特別詳述「觀念」與「概念」的差異，以及「意象」營造的方法。

那時候我常買不起稿紙，他知道後一定買來送我。在單位除了排長有一張專用桌子，副排長與補給上士、文書上士等合用另一張。兵士們不管班長排副上等兵二等兵，都沒有桌子可用，想寫些什麼，就伏趴在地舖甚至水泥地上。這滋味實在不堪，所以沙牧常約我每到假日，到他那兒去寫稿或者看書。

有一天，我興匆匆地去那兒，沙牧不在，屋裡也變得空蕩蕩，我找不到人探問，坐在門口等。幾十分鐘後才有人出現，是一位上尉軍官，我行禮向他探問，他淡淡地說：「他調下部隊去了。」並問我是何人。

我據實報告，上尉軍官聽後，有些不屑地說：「喔，原來你也是耍筆桿的！」

不明白他此言用意何在，我敬禮後告退，一路上都在納悶、尋思，一直到接到沙牧的信，才解開心結。

沙牧信上說，他得罪了營指導員，主要就在營部辦的作文比賽，把士兵組第一名的榮譽給了我；營指導員表示完全看不懂我那十行詩，營裡有多位軍官有同感。

沙牧為此而請調，因為事情涉及我，所以才不告而別。他信末說：

「希望你寫詩不受這件事影響，寫自己的。」

我接受這句贈言，繼續接受他的指導，並常懷感念。

辛鬱（一九三三～二〇一五），本名宓世森。歷任《科學月刊》業務經理、叢書主編、社長、主任祕書，推廣科普叢書長達三十五年。擔任過《創世紀》詩刊編委、《人與社會》雜誌主編、《國中生》月刊社長兼總編輯。曾獲國軍新文藝金像獎、中山文藝獎、中國文藝協會榮譽文藝獎章。著作以詩為主，兼及論述、散文、小說等十餘種。

郭楓

《雞鳴》

辰光的流浪哥兒們

一

孤兒們，輾轉流亡的孤兒們，春天短得比春夢還短。猶是慘綠少年的早春辰光，我們的心靈已進入焦枯的夏日。面對命運，拚搏。

我們這群孤兒，是南京「國民革命軍遺族學校」的學生。一九四八年底，共軍抵達浦口，南京局勢危急，炮聲轟隆中，老師星散。由高二和高一同學推出代表十人組成「自治會」，自治會仿政府組織，會長之下，外交股（路上經過各地縣市，向政府交涉錢財食宿車輛），總務股（收支經費，操辦伙食及生活用品），保衛股（管理學校槍械，警戒一路安全），文化股（油印小型報紙，鼓勵讀書，宣傳團結／由我負責），把高二到初一的三百多人編成隊伍。暗夜衝出南京，向南再向南，輾轉再輾轉，一九四九年八月到了廣州。上書校長蔣介石總統，派來一艘軍艦接我們入臺，八月十四日從基隆上岸。

國防部與教育部合作，安插我們到師大附中「借讀」，學籍也算是附中學生。那時附中遠在郊外，過了新生南路以東，阡陌連綿，少有人家，學校完全在田野間。附中是臺北唯一男女兼收的中學，學生主要是大陸來臺各單位人員的子女，老師大多從大陸撤來，與日據時期教育不同，帶來大陸的自由學風，成為風格特殊的一所中學。

我們進入附中以後，遺族同學按原在南京的班級上課，有自己的教室，有集體的宿舍，穿土裡土氣的軍服，顯現流亡的團隊習性，在校園裡，像一群群驚惶的小獸，給學校增添一種特殊的風景。

二

附中兼容並納的和樂氛圍，春風般溫暖了孤兒們的心靈。老師特別關愛我們，一般同學家庭環境都不錯，對我們這些異樣的伙伴，既有興趣，也很友善。不久，誰也不管誰穿什麼衣服，誰的家長擔任什麼職務，大家互相結識，我們融入全校學生之中。

我們在附中安定下來，結束了流亡的歲月，心中依然有流浪的驚悸。我們之中，只有極少數人在臺有親戚可以依靠，絕大部分是孤伶一個，誰都知道前途須自己拚搏，念書用功的拚命勁兒也真可怕。但遺族同學課外各項活動，也都有不錯的表現，代表學校參加全市中學的什麼比賽，常為附中爭取到不少榮譽。其中最讓我們自豪的是，附中籃球校隊橫掃各校無敵，校隊的主力球員李自道、李鳴岡、傅達仁等，都是遺族同學中的山東大個兒。

三

校內各種藝文活動，遺族同學的表現優異。初到臺灣的頭兩年，政府當局還來不及管制學校的教育方式。附中的教育自由，教務處讓學生自由辦文學壁報，張貼各班教室的牆外。訓導處在節慶日也辦壁報比賽。我在遺族學生高一班，班上同學不少文藝人才，我們辦了每月定期的《雞鳴》壁報，大家投稿，我編排版面，劉國松插畫，每次貼出來，許多老師同學都會圍過來看，指指點點誇獎。

我是個不安分的學生，上什麼課我都在看文學書，老師們知道我這性子，不怎麼管我。我以《雞鳴》班底，再邀別班遺族同學組織一個「良友讀書會」，有管東貴（後為中研院歷史所所長）、熊湘泉（臺視公司副總經理）、李傳義（旅美統計學家）、武廷寄（旅美生化學家）、楊龍飛（臺大外文系教授）、顧公度（旅加電力專家）等。我們每兩周在一起討論所讀的書，「良友讀書會」在學生中頗有些名聲。後來附中有些同學也和我們交流，有楊昌年（臺師大名教授）、劉塞雲（著名國際女高音）、蕭亦青（著名教育家）等十幾個人。

四

我一到臺灣，就開始向報刊投稿，《寶島文藝》、《半月文藝》、「新生副刊」等，不時登出我的詩或散文，在校園裡似乎是個小名人。一九四九年的元旦晚會上，中廣公司選了我一首長詩〈北方〉，由當時嘉義廣播電臺臺長朗誦，給作者的請帖寄到一位老師家，那是我投稿的聯絡地址。可是，我不願人家知道還是高一學生，沒去現場參加，在宿舍抱著個小收音機收聽廣播，聽得偷偷流下眼淚。

可是，就是因為文學，我受到特工的關注。只在附中一年，我就遠離臺北，跑到南部古都繼續我的文學夢。

我自幼著迷文學，青少年決定一生要走文學的路。可是在這條路上，始終是不向政治投靠，寂寞獨行，沒去讀大學，沒跟誰學文學，也沒加入任何文學社團。回想起來，我的文藝青年時代，只有在師大附中《雞鳴》辰光，我和那群流浪的哥兒們，快活混過一陣子。

郭楓（一九三三～），本名郭少鳴。臺南師範學校畢業。曾經商，擔任高中教師，曾參與《筆匯》、《文季》等刊物，《新地文學》月刊、新風出版社、《詩潮》雜誌創辦人之一，並成立新地出版社及新地文學基金會。曾獲府城文學特殊貢獻獎、臺灣文學獎、巫永福文學獎。著作以論述、詩、散文為主近二十餘種。

邵僩

吃飯最大，酒次之

年輕的時候，熱愛閱讀，熱愛寫作，熱愛觀察，熱愛思考，日日夜夜煎熬很多作品，幸運的，有大部分能在《徵信新聞》（今《中國時報》）副刊發表，為了表達對主編王鼎鈞先生的敬意，我特地邀了隱地一同去拜訪。

沒想到王先生客氣地要請我們吃飯。

我土土的，從沒在臺北餐廳吃過一次飯。

那家餐廳在中山堂附近，生意特別好，我們在門外足足等了半小時，至今，仍記得菜單；吃的是乾煸四季豆、蔥爆牛肉、辣子雞丁、三絲湯，我一口氣吃了兩碗飯，在回程新竹的車上，我念念王先生對文學青年的鼓勵，那些菜肴的美味，真是徘徊在腸胃間時日久久。

也要謝謝隱地影響了我嗜書的習慣，後來他的爾雅出版社，又出版了我的五部作品：《不要怕明天》、《孩子的心》、《今夜伊在那裡》、《人間種植》、《邵僩極短篇》。

＊

由於擔任國小教師，由於寫過一些被認同的作品，經過審查，我得以進入國立編譯館兼職。

我們國小國語科主任委員是何容先生，具有學者的風範，令人仰之彌高，另外印象較深的有林海音、林良先生、吳宏一教授諸位，都是一筆燦爛，一筆鏗鏘。

不過，我最期待還是開會討論逾時，可以在就近的僑光堂餐廳吃晚餐。然後，我以斗膽舉起小杯紹興，一一地，向語文大師、文壇先進敬酒，也漸漸澆熄了我內心深藏的自卑。

他們在討論課文時，對一句、一字詞、一標點，都毫不馬虎；而且常從多種角度來研究，我受薰陶良多。

有一次晚餐後，館裡的黃發策主任，要我留下來聊天，原來他有一個計畫，希望我和畫家合作出童漫。多年來，我依然深謝黃主任的愛護，並且出版了我和臺南畫家陳國進合作的三本童漫。

＊

認識政大董金裕教授，使我得到很多啟發，他埋頭鑽研學問，獨具的個人風格、境界，在教育界，是極受佳評的。

有一個夜晚，和朋友們在董府聚會，大家談歷史，談軼事，談趣聞，縱橫上下古今，不覺已近午夜，我告辭回家，想測試一下自己的腳力，從新竹中學起步，走不到一百公尺，突然下起傾盆大雨，我記起求學時代，曾是長跑健將，大雨模糊了我的雙眼，卻激起了狂奔的雄心。

一口氣長跑三十分鐘到家。

雪娥開門，滿臉驚恐：「你是落湯雞？還是落水狗？」

我搖搖頭，想起《水滸傳》中的林沖。

有一年，董教授去對岸開會，參觀了孔廟，帶回孔府家酒，我貪杯猛喝，結果不勝酒力，酩酊大醉，把自己的淺薄酒量露了餡。另外，我也要感謝董教授喜歡我的兩篇短文：〈汗水的啟示〉、〈讓關心萌芽〉。

＊

畫家席德進要來新竹拍照，他要我作嚮導。

我請他吃飯，喝小酒，他喝得比我多，他說最喜歡跳西班牙舞，豪邁有力，身上的衣服是巴黎地攤的二手貨。

他的拍攝目標是青草湖，我用機車載，途中看到壹同寺的寶塔，他要去拍，拍完，又好奇地去拍一旁靜室中的牌位，鎂光燈一閃一閃，我覺得十分冒失。

他說：「很珍貴！」

離開的時候，我告罪地雙手合十，口中喃喃：請原諒打擾各位先人的安寧，他有酒意。

邵**僩**（一九三四～二〇一六）。新竹師專畢業。曾任小學教師近三十年、香港國泰電影公司特約編劇、國立編譯館國語教科書編審委員等。曾獲中國文藝協會文藝獎章、全國青年小說獎、國軍新文藝金像獎、金鼎獎、香港亞洲出版社小說獎等。著作包括小說、散文、評論、兒童文學、電影劇本等約四十餘種。

趙天儀 散文、新詩及美學的探索

我出生於一九三五年的臺中，父親同輩的有陳垂映、呂泉生、吳天賞、陳遜仁、陳遜章、楊基銓等文藝青年同好。我日文念到小學三年級，戰後開始學習臺語漢文以及國語中文。在我小學六年半中，日語、臺語、華語都學了，而且也應用了。我家在臺中市榮町（繼光街）開了一家唱片行大宗公司，是當年臺中市文藝青年的聚會所。

我會唱日本童謠，讀日本童話、民間故事，例如：〈桃太郎〉、〈浦島太郎〉。日語教科書，有伊索寓言、法國民間故事。後來，我也唱臺灣童謠、國語歌曲，有些我都還記得。

我小學念臺中師範附小，臺中師範校長洪炎秋、教務主任張深切，附小校長張錫卿、級任導師徐德標，他們都與文學藝術有關係。洪炎秋兒子洪鐵生，到我們班上，講北京話。張深切兒子早我們一年，張孫煜是第一屆全省國語演講比賽冠軍。

一九四八年，我進臺中一中初中部，導師兼國文老師楊錦銓先生教我們五四以來散文、明清小品文。國文能力分班，我們甲班有作文優秀的王新德、陳正澄、李敖、王炳洲、張育宏、李昆萌、林慶文等。楊老師指導我們閱讀課外讀物，義大利亞米契斯的《愛的教育》，開明版是夏丏尊譯的，啟明版則是施瑛譯本。

楊錦銓鼓勵我們創刊《臺中一中初三上甲組報》，發行人為班長陳正澄（曾任臺大經濟系教授），總編輯李敖寫社論，我負責編副刊，與黃茂雄合寫鋼版字。

我初中開始寫散文投稿，在《中央日報》發表了〈小弟弟〉、〈蚊子〉。李敖告訴我，「我爸爸說你那兩篇寫得還不錯，要不要到我家來玩？」因此，我到李鼎彝老師的家，拜訪李敖，他藏書豐富，令人羡慕，他借我《開明少年》，我也成了藏書迷。

我高中轉到春季班，導師兼國文老師是倪策先生，北大哲學系畢業，有一次，他批評丁善璽與我的作文說：「趙天儀一天到晚風花雪月，彩虹一閃，曇花一現，沒了！」我剛好進教室，他說：「你看，說曹操，曹操就到。」下課，我去請教他，他說：「不要一天到晚風花雪月，你要讀哲學。」他借我法國韋伯的《西洋哲學史》、謝扶雅的《人生哲學》。我讀胡適的《胡適文選》、錢穆的《中國的歷史精神》。

高中因寫詩，認識了覃子豪、墨人、彭捷、白萩、葉泥、陳金池、柴棲鷺等。白萩開始與我往來，我們談詩、談愛情，他寫《紫色的花苑》在臺中《民聲日報》連載。白萩當年被認為是天才詩人，他說：「當年與我一起練跑的是趙天儀！」中部詩友有蔡淇津、游曉洋。還有小說家徐月桂也常來往。

一九五六年，我進臺大哲學系，系主任曾天從教授，有哲學重建論，後來成為我的指導教授，他是早稻田高校、大學德文科、大學院西洋哲學畢業，金子馬治、桑木嚴翼都是他的老師。方東美教授以《科學、哲學與人生》受學生矚目。一九五七年洪耀勳自美國訪問回來，教《西洋哲學史》、《印度哲學史》及名著選讀，並兼系主任。一九五七年殷海光教授也自美國訪問回來，他教邏輯、分析哲學。一九六二年傅偉勳自美國夏威夷東西文化中心回來，他教《西洋哲學史》、《印度哲學史》、《實存哲學與歐洲現代文學》。有一天，傅偉勳說：「趙天儀，你不是讀殷海光那種分析哲學的料！」於是，我開始選擇東西美學、藝術哲學的道路，我讀大西克禮、竹內敏雄、今道友信、深田康算、金子馬治等日本美學著作；也讀中國朱光潛、宗白華等美學著作。臺大哲學系有深田康算藏書，深田文庫有美學、藝術學、藝術史等名著。

一九六三年臺大哲學研究所舉行阿里山旅行，洪耀勳老師領隊，有傅偉勳、許登源、陳妙惠、何秀煌、王劍芬、郭松棻（外文系助教）、趙天儀、詹秀金、林模憲伉儷等參加。深夜造訪古典咖啡室張深切先生，張深切與許登源辯論臺語寫作問題，他主張用臺語創作臺灣文學，許登源不贊成。

臺灣戰後初期，《新新》雜誌發行人兼主編黃金穗老師，自日本京都帝大田邊元教授研究室回來，但要到一九五八年才在臺大哲學系教《數理哲學》、《數理邏輯》，有三年，黃金穗、何秀煌與我共用一個研究室，常聽他講幽默風趣可愛的故事。何秀煌以《記號學導論》一書風行一時，是一本清新的邏輯入門書。

臺大外文系、日本東京帝大英文科畢業的蘇維熊教授教《英詩選讀》、《莎士比亞》。他要寫幾本英詩研究的書，可惜生病，只完成第一部《英詩韻律學》。他曾告訴我：「在大學，最有學問的，是在第一線讀書的助教、研究生，然後是講師，其次是副教授，最沒有學問，也不讀書的是教授。」郭松棻代他教《英詩選讀》，大受歡迎。蘇維熊教授以情色erotic專家自居，談吐幽默，親切可愛。

一九六四年，吳濁流、鍾肇政、廖清秀等創刊《臺灣文藝》，同年，吳瀛濤、詹冰、陳千武、林亨泰、錦連、白萩、黃荷生、趙天儀、薛柏谷、古貝、杜國清、王憲陽等為《笠》詩刊發起人。後來黃騰輝任發行人，陳秀喜為社長。李魁賢、林宗源、莊柏林先後加盟。

後來我也從事兒童文學評論及童詩創作。所以我們這一代的文藝青年都跨越好幾個領域。

有一次在吳濁流先生舉辦的座談會上，郭水潭先生說：「什麼叫做文藝運動，像我們這樣開講，就是文藝運動！」

趙天儀（一九三五～二〇二〇）。臺灣大學哲學系碩士。曾任臺大哲學系教授及代理系主任、臺灣兒童文學學會理事長，於靜宜大學歷任中文系、生態所、臺文系教授、文學院院長、臺文系講座教授。「笠」詩社創辦人之一。曾獲巫永福文學獎、行政院文建會文耕獎、大墩文學獎等。著作包括論述、詩、散文和兒童文學等三十餘種。

曾經天人交戰

趙淑敏

回想起來，走過這麼多年的創作路，最快樂的時候，還是跟一群文學少年當「山頂洞人」共同搶書讀的時代。豪氣干雲，心胸開闊，零用錢較充足的同學買了新出的《野風》、《拾穗》、《暢流》等雜誌大家一起看；家有藏書的不是炫耀，而是分享，排班輪流閱讀。不過也有運氣不好的，輪到的時機不對。大仲馬的《基督山恩仇記》輪到我，正巧次日月考考歷史，結果我選讀小說而放棄考試準備；也許我天生該學歷史，僅憑記憶與常識所知竟考了八十一分。

就是那樣的，坐在防空洞頂，拿著還有油墨味的報紙副刊，共讀之後，分析批判，臧否人物，樂何如之！屆時，上課愛打瞌睡的我就活了。平常習於禮讓，跟曹辯論起紅樓人物我言詞犀利，但還鬥不過她的輸不起。不過有一點，她就沒輒了，因為她們認為異類的張蓓麗和我，兩人不滿十五都已在臺中的《民聲日報》副刊登載過文章。蓓麗的姑姑張漱菡是當紅的小說家，會向報紙投稿，皆因蓓麗的牽引鼓勵見賢思齊，她是我的第一位文友。追隨她去跟主編索取稿費是碰了一鼻子灰，但是也讓我立下志向，將來要寫很多很多有稿費的文章。下一篇我得到了稿費，但是那主編的眼神，也讓我體會到自己有很多不足，須努力再努力。我還會常常想起蓓麗，雖然她樂翻天時將我一腳踢下了防空洞，摔傷讓我幾乎疼了一輩子，我都不怪她，所以她到死都不知她造成的結果。

不像那些比我稍晚一些「出道」的人那樣幸運，參加過什麼文藝營之類的培訓，除了在學校裡得過作文比賽獎項，當過市壁報競賽的主編，再有被高一高三時的國文老師視做「好苗子」特別著力搥打鍛鍊，之外沒有受過什麼寫作的訓練。只憑自我教育，累積一點盲目投稿的能力，走了相當一陣子，最初還怕人知曉。

老師與訓導主任終於知道了我的「能量」，學校對具「文才武功」的學生特別關注，運動場上弱者的我，靠一支筆曾為學校爭光。記得那次的壁報比賽是入闈較量，把幾個學校的高中生都關在臺中一中的一間大教室裡，從早上八點，到下午五點，從無到有做成一張完整的壁報。我是臺中女中的主編，主要的活兒，除了提供「文章」以外，還要為刊頭寫藝術字。老師教我用金屬的鴨嘴筆寫字，為求速效，年輕的男性美術老師把著我的手一遍又一遍的練習，沒想過是否遭到了騷擾，我無邪的心臨場時的想法，是感謝老師的耐心教導終於完成任務。但我特愛的遊戲是更麻煩的一項工作，校正修補版面，那壁報是毛筆手抄上版，在美編設計好的圖形範圍內寫字，常常在一些「畸零地」不是欠著幾字就是字多出來了，當抄寫的同學拿著筆不敢往下寫的時候，我就要應聲去「救火」，腦筋轉幾轉，想出合宜或更出彩的句子放進去，於是皆大歡喜。噢！那真是很有成就感的挑戰。只可惜壁報製成，我就再也沒見過，是張貼在市政府還是圖書館，不得而知，不過聽說得到冠軍。那是高中的比賽，不過臺中一中的團隊卻混進了一名初中生，初三的丁善璽被徵召負責抄寫壁報，那時男校女校學生不說話，但是丁家與我家是同巷鄰居，我當然知道他的底細，不過因為他是初中生，無人抗議。他一邊點著光腦殼一邊揮毫的情景，到今天我還記得，後來他成了名導演。像這類的事，家裡都不知道，我自己都當成生活的新刺激，是一種練功方式。

按理，我家不該有作家產生，媽媽雖是藝術型的性格，嚴父則要求我們能循規蹈矩在傳統女性的軌道上前行。無奈他的女兒都有點野馬性格，對這樣的孩子他不知如何保護。我沒有姊姊那樣率性，可以表演乖乖牌。所以在外面出頭露臉的活動，都不給他知道，演講辯論比賽獲獎，是把獎狀藏起來。

家規很嚴，看文藝書刊就屬犯規，所謂的文藝班類的活動，連參加的念頭都不許有，那男男女女聚在一起沒日沒夜地做一些「教育常軌」以外的事，怎麼可以？別想！所幸每學期的成績單很漂亮，當我躲在蚊帳內狂讀文學作品時，父親都以為是在加料用功，而寫文章也是一樣，以為是學校的作業；再有可以待老爸上臺北開會時挑燈夜戰。那時用了一個筆名，這樣才可以躲過父親和學校老師同學的注意。間或，也不免有虛榮的心理，就是收到讀者各種來信。尤其是那些簽名蓋章打指印要「照顧」我的信，因為我偽作喪子的孤伶女子心繫愛兒，引來甚多的好男人表態，手足無措，求主編幫忙之餘，也偷偷開心。再有某人要我這中學生的文字，作為求職的敲門磚，我慷慨獻出，卒獲成功時，我跟著瞎樂；就因用的是筆名，給了人家這個方便。

其實「我們那個時代」，應該是一九四九以後臺灣文學的第二代了。從一九四九年到今天，臺灣文學沒有斷層也沒有斷代，三〇年代的作品與俄國作家小說絕跡之後，除了《約翰．克里斯多夫》、《雙城記》、《飄》之類的翻譯小說，在感覺上我們好像是被徐鍾珮、鍾梅音、張秀亞、艾雯、潘人木、孟瑤、林海音的作品所啟發的，稍後又有琦君，再後有羅蘭等。當時的女性作家似乎勢壓同儕男子（其時「女作家」三字應是一些男士意念中境界不高的貶詞），而這些帶著熟筆過海的女性，在現實環境下，於謀生的職業外，更重要的工作是家庭主婦，大體上都非學院理論調教出來的作家。那時大學的中國文學系強調的是詩詞歌賦、文起八代之衰的古文和古典小說，所以那一代的作家出頭天，全是自我教育的結果，閱讀、體驗、觀察、經歷、芻思、幻想，乃至於舉一反三。我晚生了十幾二十年，由於急著脫離管制，便選擇早早走入另一門戶當家作主，放棄了很多理想與路子，於是創作之途幾乎跟她們一樣，沒有師門也沒有師承。

依學校規定盡完義務，不想再去吃粉筆灰，因為要堅守那個家，也不肯上班，還想在奶瓶尿布堆裡鑽出頭來，須在家苦讀「研究所」的典籍，只有寫作可以符合這個要求，於是決定重新出發，再執撰筆。向報紙投稿，獲得接受肯定，再用那些文字，做自己的敲門磚，找頭路。

過關斬將，終於獲得中國廣播公司錄用為三個特約撰稿人之一，將白茜如從紅得發紫，透過節目推高到廣播界的超級明星。足足寫了七年，因羅蘭大姊的一句回答，不再為人作嫁，回歸自己純文學的創作，直到今天還在繼續努力。一度曾想像別人一樣，放棄文學創作，完全投入學術研究，因為我的本職在商學院。不很稔熟的孫震先生的一句話，讓我掙扎著少寫養晦，撐了過來。因此在工作崗位早退依親美國後，仍有賴以快樂生活的精神倚靠。

因後來必須養家與自贍，不能全心寫作，就一個作家而言，很對不起自己；從做一個人的本分，我妥協原諒了她。對自己真的很不滿意，四五十年間只出了二十幾本書和弄不清篇數刊稿的書報與存稿U碟，成績很不亮麗，但我還是感謝。一九七九年在臺中初次領取散文獎的時候，我代表致詞也感謝了高中時狠狠敲打過我的馬、熊二老師（好妙！他們都是山東人）。一九八八年我的長篇小說獲頒國家文藝獎時，沒有機會講話，前幾年我特別專函向羅蘭與孫震道謝。如今在紐約華文作家協會擔任文學沙龍主持人，我也曾對會友特別說過我的感謝，道謝以後才感安心幸福。有些小題大作？別人無法理解，只有經歷過內心的天人交戰，在痛苦中打滾過爬上岸的人，才能瞭解。

趙淑敏（一九三五～）。臺灣師範大學歷史系畢業。曾任東吳大學教授，現已退休，旅居美國。曾任教金甌商職、臺灣師範大學國語教學中心，實踐學院、輔仁大學兼任副教授、教授，東吳大學教授等。曾獲中興文藝獎章、中國文藝協會文藝獎章、國家文藝獎等。著作以散文、小說為主約二十餘種。

高二那一年

黃永武

我不知道高二的學生可否算是文藝青年？我高二那年，時在民國四十二年，十七歲，就向自己承諾：我要做一個詩人。自以為是文藝青年了。

高一暑假，臺大青年舉辦徵文比賽，我寫〈我希望做一個詩人〉得了第二名。第一名從缺，表示我的文章寫得不夠好，但彼時已算是罕有的獎項，對我頗起鼓勵作用，就天天勤於筆耕。那時文壇尚未成形，有一本《野風》雜誌，《現代詩》剛創刊，如今出名的詩人們各自尚在摸索階段，書店寥寥，都遠在臺北。

上月讀到郝譽翔的文章說：「當今臺灣的寫作者，彷彿已經形成一支焦慮的急行軍，為了擠入寫作的隊伍，而急於去認門歸派，祈求大老的點名垂愛。」想想今日也真是幸運呀！雖說焦慮，但經典著作琳瑯滿眼，處處有機構獎助，不時有大老提攜，個人只要一臺電腦，就是可向全世界發聲的舞臺。門派繁多，各具典型，左梯右航，條條能導引你前行，哪裡是我當時可能夢想到的？

那時我不知道什麼文壇主流門派，一味去愛文藝，於生活並無利益幫助，理工醫農，都被看作有前途，許多人眼裡新文藝只是騙騙高中程度女學生的玩意兒。所以面對文學悠悠，只是一人獨往，悶迷鬱屈，攀躋無路，所寫作的東西，可說毫無是處，若說有可取之處，只是那一片真誠的心意吧？

記得那年寫的〈思鄉〉詩，怎麼算詩？香港有一群喜寫「豆腐乾體」的新詩人，押了順口的韻腳而已，我也湊興寫了：

太久地作客對那遊覽怎不倦厭？
隆隆車聲蕭蕭馬鳴處處怕聞見，
如果杜鵑知情應不再催我歸去，
啊，可知阻我歸途不是海水和雲天。（錄四句）

那時沒人談張力，也不懂求意象。同班吳同學對我這外省人的鄉愁感覺新鮮吧，居然十分喜愛它，就去配上蘇格蘭民謠，配合字句節奏，他譜上自己的和聲，非常認真地用蠟紙刻印樂譜及圖案，並請油印專家指導，用手推滾筒的油墨套上紅藍黃三色，細點琢出背景，每頁花上一整天工夫，力求精緻，在當時貧乏簡陋的工具下，可稱一絕。

詩不足談，油墨推印居然套成彩色，倒成了臺南師範的特色，那年我主編《南師青年》，便首開標題插圖用套色的做法，較為醒目，救國團辦暑期營，就看上這一點，邀我與楊良緒去編營隊快報，楊同學鋼板刻字極端正，吳同學沒有同去，因為他與女同學約會，立即被學校強制轉學屏東師範，女同學轉去臺東師範，高中談戀愛是嚴重觸犯校規的，這也是當年特有的生活規章吧？

那年塗塗抹抹當然又寫了不少習作，不是豆腐乾體了，仍記得有一首〈耶誕紅〉的詠物詩：

蓮花因厭世而皈依佛陀，
那末你為什麼許給了耶穌？
是不是從洗禮那天開始，
就愛在教堂前笑呵呵？

你的愛情來得很遲，
你的青春遭逢著冬天，

是不是為了這祕密的痛楚，
才變成上帝憐愛的信徒？

這是一首投稿後沒有下文的詩，我沒心揶揄宗教，別人讀來多少帶些不敬，何況詩質淺白稀鬆，所以受不到編者的青睞。

別人掩飾自己的少年之作都來不及，羞不見人，我卻不顧顏面翻出年少失敗的詩來告白，主要在說明失敗並不可怕，前無典範，後無跟者，左右也無依傍的門戶，更沒潮流可追趕，落單也不可怕，反而充滿著蒼蒼莽莽的原創力，即使自己也不知筆下寫出的是什麼形相的文章，管它的！不急著抄捷徑，不被收編入隊伍，不走別人走過的路，不知道闖下去有沒有新風景，寫去就是！只求蛇蛻殼似的，不怕孤獨地退縮三日僵硬，蛻後能增長些尺寸就好。

文學本身就是豐盈的花花世界，以我泛愛的性格，加上種種的轉折，未能專一於寫詩，無意間卻成了詩文欣賞教學的倡導者，不僅普及於臺灣，連大陸也有所改觀，原來大陸上早就盜印了《中國詩學》，還可以免費下載。所幸我一直沒放下綵筆，寫了六十年，早由文藝青年蛻變為文藝老年。

最近聽《文訊》編輯說：「文青已成為時下流行的代名詞，旅行、吃喝、服飾，言必稱文青。」這表示社會的青睞賦予「文青」以價值，此價值又足以令青年自負。今日真是一個教人羨慕的華麗年代：精緻的生活、饒沛的物資、昌明的科技，提供了優游表現的多元舞臺，人人可以電訊傳文出書，圖文兼美，聲光奕奕。而我們那時過的是類同清教徒的刻苦生活，唯一的娛樂就是把玩粗糙紙質上的文藝，哪來時尚的衣食旅行？

有人稱呼那時代有「白色恐怖」，換個角度看，至少那時候大家還重視文字是思想界的大力士，輕輕的挑動，就可以撼搖國本，不然，執政者何須忌憚如此？大家認同文字不只是商品，筆下的風霜裡寓有使命感，是引導人心的指標。比起今日眾聲喧嘩無忌，任你去寫去罵，自由得很，傳布又快捷，沒人動容，文字似乎很難像往昔那麼風光了。單就這一點說，我那時代也有比今日幸運的地方。

黃永武（一九三六～）。臺灣師範大學國文系碩士、博士。歷任高雄師範學院國文系主任兼研究所所長、教務長，中興大學文學院院長，成功大學文學院院長兼歷史語言所所長，臺北市立師範學院教授，並曾創辦中國古典文學研究會，擔任創會理事長。現旅居加拿大，專事寫作。曾獲國家文藝獎。著作有論述、詩、散文約三十餘種。

桑品載
咬著文學的奶嘴長大

我從少年到青年，都生活在一個閉塞的環境裡——軍隊。休閒活動大多是集體式的，有很長一段時間，連星期天都不放假，只限在營區「自由活動」，重要節日如過年、端午節、中秋節，自己辦晚會或觀賞其他團體來營表演，會餐的具體意義就是「加菜」，也還是官兵團團圍住，行禮如儀。

閉塞，不只是對身體，也對「腦子」，特定意義的政治教條是「腦之大課」，所謂「政治教育」，終極目的就是要把許多個別腦子封鎖在一個共有的框框裡，不時還查查顏色，塗塗抹抹。

一九五〇年，舟山撤退，我十二歲，夾在部隊來到臺灣。到一九六八年退伍，我的身體從裡到外都處在同樣一種環境裡。個人，是被蔑視的，甚至是被視為罪惡的。

軍隊也提倡「文學」，不過，那其實是「文宣」的另一形式，不脫政治藩籬。我的文學起步，即受教於這個形式，讀了軍報副刊中的一些文章，描紅一般便寫將起來。試著投稿，居然有些也被刊出。

文學忽然和我的生命連接起來了，是我在那個閉塞環境中欣喜若狂的事情。只要部隊「中山室」裡有的，報紙、雜誌、書，先確定它多少總得有些文學身影，幾乎必讀。

漸漸覺得「中山室」的書不夠讀了，身體活動的受限度也逐漸降低，便向外去找別的書來讀，我的薪水當然菲薄得很，卻總有一半用來買書和雜誌。

因此之故，我幾乎能唸出所有稍具聲名的每一位作家的名字。我從不期待自己成為將軍，但希望成為作家。

因為多閱讀之故，文學的腦更加活化了。二十二、三歲那年，我認識了一位在臺北讀大學的香港僑生，他寫詩，有回他借給我一本書，薄薄的一本，作者叫錢鍾書，書名《寫在人生邊上》，我讀得入迷，捨不得還給他，卻總歸得還給他，我很聰明地想到一個辦法——把整本書抄下來。

那時我在一艘只有七噸半的機帆船上當少尉指導員，不但沒有自己的房間，整艘船沒一張桌子。距碼頭不遠處是郵局，有三、五張小桌子供寄信人填寫單子，我就老實不客氣地占用了一張，埋頭抄書。這方法，後來我又用過幾次。

另一本震動我寫作靈魂的是張愛玲的作品，書名《傳奇》（短篇小說集），還是那位僑生借給我的。這次他借我閱讀時間較長，因為適逢暑假，他要回香港。

這兩本書都是「禁書」，在臺灣不但買不到，也是不許讀的。我那位僑生朋友為免在入境時被查到，忍痛撕去書的封面，以同大小卻不相干的另一本書的封面替代。他以後又借我讀幾本俄國作家的書，如屠格涅夫的小說，都是用這個方式入境。

我當然無法讀一本抄一本，又不敢給錢託他買，因為既是買的，必會留在身邊，被查到是會被叩上「思想有問題」帽子的，所以盡可能抄，所抄的大概總是認為那是好句子。幾年下來，我抄了好幾本，可惜現在一本都找不到了。

我的青年時代，沒有電視，個人擁有收音機是一件引人矚目的事，物質文明不昌，使年輕人自然進入文字世界，報紙無論大小，無分官營、民營，儘管軍令限制不得超過三張（一度還限到二張半），副刊都是全版，而且都是以文學為唯一內容。文學性雜誌很多，即使綜合性雜誌都有文學專頁，包括《自由中國》和《文星》。

文學作品伴著青年長大，作家受人尊重，此盛況，現在看不到了。

文章尾聲，將積在心裡多年的話說出來，中國新文學自「五四」運動後蓬勃發展，報紙副刊提供發表版面，是重要因素，如《大公報》、《申報》，以及《中央日報》，政府來臺後，各報仍承續這個使命性的責任。我曾任《中國時報》「人間副刊」主編多年，仍未忘此一使命，努力對抗要求副刊多元化的聲音。後來，副刊變熱鬧了，自然吸引了更多讀者，有助報紙推廣，唯副刊不再以發表文學作品為唯一內容，常自問：我做得對不對？

桑品載（一九三八～）。政治作戰學校政治科畢業。曾任《東引日報》總編輯，《青年戰士報》、《精誠報》記者，《中國時報》「人間副刊」主編，《自由日報》、《臺灣時報》、《民眾日報》副總編輯，《落花生》、《企業世界》雜誌主編。曾獲國軍新文藝金像獎、救國團社會優秀青年獎。著作以小說為主，約有十餘部。

林錫嘉
我的文學因緣

臺肥的文學因緣

環境是可以改變一個人的喜好的。就我來說，環境是給了我一個很深遠的影響。高工念化工，畢業即北上考進國營事業臺肥公司第六廠。一個十九歲的大孩子，就這樣被六廠濃厚的文藝氛圍緊緊包住。學生時代所愛的音樂一下子淡漠了。倒是跟隨三叔公讀的唐詩和古典章回小說，還有一套《東萊博議》，沒想到這些文學種子竟然不知不覺地萌了芽。

臺肥六廠濃郁的藝文環境，竟好像廠裡的機器發出嗡嗡隆隆的聲音，日日催眠我。在五〇年代，一個化學肥料廠裡，竟然有八位文藝界活躍的作家詩人，實在令人驚嘆不已。在臺灣大概找不到第二個這樣的工廠了。

讓我簡單地寫下他們的名字吧。

創辦《皇冠》雜誌的平鑫濤先生；書法篆刻名家王北岳先生；翻譯《成功者的座右銘》的周增祥先生；翻譯兼寫小說的茅及銓先生；小說家王令嫻女士；劉克敵先生，化工專業背景，擅寫環保散文，曾獲《聯合報》「環保文學獎」；李魁賢先生，是臺灣第一位直接由德文翻譯里爾克詩作最多的詩人；史義仁先生，是《葡萄園》詩刊主編。

只有林煥彰和我，兩個二十來歲的大孩子，也喜愛文學，於是就跟隨這幾位作家前輩學習。

過沒幾年，史義仁、林煥彰和我在廠裡一起辦了一份《青草地》詩刊。而且用《青草地》詩刊這塊園地，經常邀請其他詩刊的詩人到六廠來辦聯誼。此期間還邀請詩壇前輩詩人紀弦、瘂弦、鄭愁予、許世旭（韓國詩人）等到廠講詩。詩的活動可說是盛極一時。這因緣也間接成就了我之後主編總公司《臺肥月刊》的原因。

王璞與我

王璞先生，小說家、《新文藝》主編，是當時文壇一位又真又直、人人尊敬的主編。我和王璞先生的結緣，是五十五年二月，我學習寫作投稿初期，投稿給《新文藝》，稿子刊登時，沒想到，王璞先生拿著剛出版的刊物和稿費到我住處來看我，我真嚇一大跳，心裡好感動。又正好是我家老大毛毛還不到滿月的時候，在我寫作的生命裡，這是我最初的感動，是令我難忘的日子，也形成一股極大的力量，把我推向散文寫作的位置。原來，他也住在南港，就隔一條街而已。

有一次，在文學聚會上，他笑著對我說：「我幫你報名參加『國軍新文藝散文隊』。」從此就在他的鼓勵下，我和散文又結了更深的緣。民國六十九年，我被大家推舉擔任散文隊隊長。在七十三年五月，有一個好因緣，我帶散文隊作家們做一次「作家送千本書上金門前線」活動，更由小說家蘇偉貞一路陪伴，圓滿完成任務。回來後，大家發表了作品，並輯集成書《碉堡與古厝》金門散文專書，由黎明出版。《碉》書後來被列為軍中連隊書箱讀物。

我與散文因緣

由於熱愛現代散文，七〇年底，我有了出版「臺灣年度散文選」的構想，遂邀約了林文義、蕭蕭、陳煌、陳寧貴幾位年輕好友共同參與作業，我們討論後決定交給「九歌出版社」出版。就此，臺灣第一部《年度散文選》誕生，叫好又叫座。

耕莘青年寫作會一直是青年學子學習寫作的重要搖籃。七十四年起，應陸達誠神父和馬叔禮老師之邀，到寫作會擔任散文指導老師多年。其中有一位學員是一家大工程顧問公司的工程師，上完課後認為頗有收穫，遂在回公司後，向有關部門建議辦一班散文寫作課程，邀我去授課。這因緣有點類似五十三、五十四年，我們在臺肥也常邀請作家詩人到工廠教授文學創作課程，這豈不是一個傳承的因緣？

另一個散文因緣，是我文學生命中很有意義的經驗。八十五年，有一個好因緣，應中華光鹽愛盲協會蘇清富先生之邀，到該協會為一群喜愛文學的視障朋友談散文寫作經驗。那一天，有一位學員遠從中壢搭車趕來。雖然他遲到了一些時間，可是他的用心使我心中無比的感恩和佩服。又於八十七、八十八年，為他們編了兩套「盲人唸書給你聽」現代文學有聲書，由他們的志工朗讀錄音。在我的散文寫作分享中，這是一件最令我難忘的體會。

林錫嘉（一九三九～）。臺北工專機械科畢業。曾任臺灣肥料公司基隆廠及南港廠機械工程師、研究中心行政管理師、總管理處工業安全工程師、《臺肥月刊》總編輯，為中國文藝協會、中華民國新詩學會理事。曾獲全國優秀青年詩人獎、青溪文藝獎、中國文藝協會文藝獎章、詩運獎等。著作以詩、散文為主，兼及論述。

丘秀芷
我偶然又必然的文學路

童稚時，親戚鄰居就給我一個綽號「游擊隊長」，青壯之後，家族長輩看到我總說：「妳怎麼會寫文章呢？奇怪！」

是啊，已完全不是一個野小女孩的樣，其實他們沒有注意到家族中，許多「必然」的因素，讓我走上一生爬格子的路啊！

人之初

快滿五歲，日本投降。爸爸第一件事是把我戶籍上的名字「淑子」改掉，我出生那一年，臺灣絕對皇民化，名字不取日本式的不許報戶口。光復，父親幫我改名為「淑女」，希望我能一輩子是淑女。

父親是飽讀詩書的人，也喜歡音樂。我童稚時，家中常有一些愛「廣東曲」國樂的人來，合奏幾曲〈旱天雷〉、〈步步高〉、〈昭君怨〉，父親的樂友有一位是宗親，他年齡和父親相近，自小過繼給張家，所以宗祧兩姓，張邱東松，他作詞曲，〈雨中鳥〉和〈燒肉粽〉、〈酒矸倘賣無〉當時已傳唱全臺。

家中沒樂友來合奏的時候，父親會說故事或帶我們用客語唸「人之初、性本善……」，唸「少小離家老大回」、「葡萄美酒夜光杯」，父親不勉強我們一定要記住，只是遊戲式地帶我們唸。以後一輩子，我背三字經，背誦一些唐詩，仍以客家話才背得順。

父親從不教我們認字，我直到快滿七歲上小學前，從海外回來的大哥才抓著我的手，教我寫我的姓名。

少年的我

民國四十一年，我要升小六了，不願同流合汙的父親離開公職，我們由臺北搬到四周是田野的臺中「鄉下」——現在卻已是臺中最熱鬧的五權路，臺中師範教育大學前。

我和弟弟轉學到臺中忠孝國小，四姊因轉學太遲，只能到豐原中學，每天搭火車。忠孝國小校長室有許多報刊，我常去看《暢流》、《反攻》……校長張碧水先生也不趕我，反而因為他教我們班作文，每次給我全班最高分。再加上我算術本來就很強，忠孝只讀一年，被導師輕視（因為我沒參加補習），但考中學時，全班只有我和班長同時考上省立臺中女中和省中商。

上初中前要體檢，我才發現自己的視力是所有同學中最差的，左右眼視力只有零點一和零點二。原來那就是長期窩在光線不足的角落看雜誌的後果。那年頭，幾乎沒有女子戴眼鏡的，我鼻梁上卻架起了眼鏡。

即使如此，臺中自由路上有省立圖書館，有私人經營的中央書店，還有臺中女中的圖書館，那麼多書報，任我閱讀。

初中二年級時，西區的房子也沒了，我們搬到南屯水田邊。高一，那田也保不住了，搬到北屯大坑口，借住親戚的旱田田園中，住的是原先人家放農具、養牛的土角厝草寮。父親和大哥得幫親戚種水果。母親和大嫂在果樹空間種些菜蔬。

我、弟弟、姪兒們假日全到園裡幫忙，做沒錢的童工。草寮沒自來水、沒電燈。那年頭女孩子讀中學的絕少，何況我考高中時，還只有考取第二志願臺中市立一中。市一中在中女中隔壁，還是新設立的，否則只怕我也得像四姊一樣跑到豐原讀豐中了。

天上掉下一堆線裝書

大坑口多蛇，還真讓我見識到「五步一蛇」，草花蛇最多，過山刀、龜殼花、錦蛇也常見。唯一好處是離祖居大坑近了，父母親回祖房把原屬他們的家具和書籍全搬到土角厝的草寮。我終於「看到」母親常說的她娘家是葫蘆墩大戶，那些家具全是一等一木材做的，而且從客廳、書房、臥房到廚房是全套的。

我也認知了父親真的是「知識分子」，一大堆線裝書《三國演義》、《全唐詩》全是版刻的，還有《中東戰地》，以及《京戲大觀》、《民國名人書牘》……也有許多民國初年的教科書《新國文》、《新地理》、《新歷史》。書封面寫著「鎮平　邱琮寄」。

邱琮是三伯父丘念台的本名，日據時期，在祖國的伯父怕在臺灣的堂弟忘了本，寄來許多書，我還看了父親以「丘公望」為名寫的許多古詩。

那些書，有的我看得懂，有的十分艱深，尤其以宮商角徵羽記譜的書。還有幾本線裝四書和唐詩，居然是母親一九二〇年嫁到邱家後，上漢文班讀的。

父母親和大嫂、大哥住大坑口時，每天都必須在地裡忙，而我和弟弟、姪兒們休假日也必須挑水、摘野菜（餵鴨鵝）、剪枝、種菜，過節還得磨米做糕粄。

我讀高中很惹親族非議，窮到三餐不繼，我還不去工廠。四姊甚至初中畢業就去當花木蘭。

還好，即使我愛看雜書，學校的成績還不錯，尤其數學每次考滿分，所以每學期拿里長開的清寒證明，去臺中市政府領清寒獎學金。

非放假日，我天天留在學校圖書館，因為回家沒電燈。乙炔燈和油燈都有怪味道，對氣管不好的我而言，簡直是一種摧殘。

考大學時考甲組，我的三民主義得了一個奇怪的分數十二分。在別人最容易拿分數的科目，一下少了六、七十分以上。所以我的分數落點在我不可能去讀的私立中原理工學院。那個年代國家窮，根本沒有所謂「學生貸款」。

轉折

高中畢業，但家中不允許我吃閒飯。正好念台伯的大女兒在永和新辦個小學、幼稚園，數學很好的我去幫她管帳，順便幫幼稚園班帶唱遊課。我一下就摸熟了風琴如何彈奏、配合音，加上小學、中女中都是合唱校隊的，教幼稚園綽綽有餘。

我白天上課記帳，晚間騎自行車過中正橋，到羅斯福路志成補習班補習。平時在學校裡搭伙，星期六、日，到三伯念台伯家。他家有很多書報雜誌，我每次去就坐在一角落看書看報。

三伯父覺得用客家語叫我的名字很不好叫，再說我四位胞姊，都是秀字輩的，他寫了「秀芷」二字，問我：在家中就這麼叫好嗎？我同意。

我在竹林小學幼稚園只待半年，為了考大學就離開了，但是考上的學校還是私立的，還有一次考軍校，分數足夠，但體檢因近視眼和身高沒過。

沒能上大學，也不能在家中吃閒飯，民國四十九年秋天，二姊在埔心開一家雜貨店，我去幫忙，埔心的冬天很冷，我那三十九公斤的身體受不了，只住了三、四個月又回臺中大坑。民國五〇年，新婚的二哥、二嫂在三重買房子，白天沒有人看家，我去看家。

像我這種近視矮個子的人，找工作很難。兄嫂也不會叫我做家事，我白天除了買菜，就是去租書店借書，去淡水河邊看木船。當時淡水河還十分清澈，中興橋未建，來回的木船很多。每天看船，我茫茫然，不知何去何從。

也是這時，我看到報上登「中華合唱團」招考團員。國小、初中都是合唱團校隊的我，於是去應徵。五線譜難不倒我，音色、音域又不錯，我就這樣開啟了我的音樂人生。

中華合唱團團長張世傑，是建國中學的老師，我們練唱的地方就在建中，每周日練唱，三不五時有巡迴演唱。

民國五十二年，八二三炮戰五周年，中華合唱團到金門、烏坵演唱，國防示範樂隊也去，此外有一些大作家如鍾梅音、穆中南、楚崧秋等，這時我已開始寫作一年，與名家同行十分開心，但不敢去請教。

其實，稍早我在民國五十一年，看到報上刊「中華文藝函授學校」招生，免學費，但定期交作業，分小說組、散文組、新詩組。我報名小說組，李辰冬老師的講義，影響我很大，使我認識如何寫文章。第一篇寫的就是農家挖筍人家的故事，立即被函校老師介紹到《自由青年》雜誌刊登。

文章刊出還有稿費，我自己也直接投稿，《新生報》、《中央日報》、《聯合報》、《幼獅文藝》，都第一篇稿就被採用，以後被退稿就不灰心了。筆名就用念台伯為我取的名字，姓氏也恢復古有的「丘」字。

有了稿費，我不再是一個「吃閒飯」的人。合唱團多彩豐富的生活更使我煥發起來。而由於「中華」多唱愛國、反共歌曲，有些團友就自己另外出來練藝術歌曲，尤其世界一〇一名曲，全是英文、拉丁文的。我們取名為樂友合唱團，以樂交友、育愛會友。

合唱使我瞭解了人不能孤芳自賞，必須合群而居。而在合唱團的無形「合作」，使我漸漸懂得如何在群眾中縮小自己，成就團體，之後在人格養成上助益甚大。

而開始寫作，除了精神上的重建自己，在實質上有了收入，那年頭寫稿子的女孩少，更沒人以臺灣田野鄉間為背景寫小說、散文。就這樣我很快地進入各報刊雜誌。

民國五十二年暑假，我重回大專聯考戰場，只不過由甲組改考乙組，落點還是私立學校世新，世新有許多名師，教近代史的沈雲龍；新聞史的成舍我；世界史的胡秋原；採訪學、編輯學的朱虛白、王世正；新聞文學、文學概論的王洪鈞、張佛千、孫如陵……。

無形中，「新聞」的訓練，教我如何剪裁，如何去蕪存菁，還有很多。

出世新校門，一本厚厚的剪報讓我得到豐原中學（四姊和弟弟的母校）教職。

教書第三年，和一位文風、出身完全不同的文友步入禮堂。

再幾年，我離開教職，但世新的學弟孫思照要我在《徵信新聞》（《中國時報》前身）闢一個報導文學式的專欄。又不久黨史會讓我寫先叔祖傳記。而父親那一堆線裝書中的《中東戰記》，原來說的就是甲午戰爭前後的事。三伯父雖已過世，但那一大落「臺灣文獻叢刊」正是我需要的。

教育部讓我寫「日本侵臺史」，中時海外版要我寫「臺灣風土」的作品，還有《婦友月刊》為我開闢「先民的腳印」專欄，「新生副刊」和「中央副刊」也先後開闢類似專欄。

原來，過往在鄉野間的經驗，父母的際遇、家中和親族中、學校裡、書店、圖書館那麼多書報及雜誌，一點一滴注入我的血液中。

因為寫作略得薄名，在父親被迫離公職三十五年後，我被「強力邀請下」，進入父親曾工作的大單位，工作了十六年，正好補足父親應該做到退休的年限。巧合嗎？不正是必然的嗎？

而且，由於曾在田園中做過許多苦工，豐富了我寫作的素材，自小到成年，在家中耳濡目染，在藝術歌曲合唱團的訓練，使我對音樂多少有些瞭解，後來在行政院新聞局工作時，辦活動大膽地找樂團表演，尤其肢障、視障樂團。不只帶他們臺澎金馬走透透，也去歐洲、大陸。這也增廣了我生命的厚度和廣度。

原來許多事冥冥中有定數，人生許多偶然，也更有許多必然吧！

丘秀芷（一九四〇～），本名邱淑女。世界新聞專科學校編採科畢業。曾任豐原中學教師、行政院新聞局國內處顧問、中國婦女寫作協會理事長、世界女記者女作家協會臺灣分會副理事長等。曾獲中國文藝協會文藝獎章、中興文藝獎章、中山文藝獎、國家文藝獎、五四特別貢獻獎等。著作包括散文、小說、報導文學、傳記及兒童文學約二十餘種。

我曾經有過的*LIFE*

劉靜娟

孩子們看到我拿出一疊六〇年代的生活雜誌，訝異又歡喜；奇怪我有這些「遠古」的雜誌。

光看歷史感的封面，就很有意思。比較吸引人的封面是瑪麗蓮夢露、達賴喇嘛、鐵幕後的中國等幾期。

封面上還保留著英文地址條，收信地點是美國德州的Terrell市。雜誌是我年少時的美國筆友Mr. William N. Curry訂的；他看過就航空寄給住在臺灣中部小地方員林的我。

每次收到捲成一個結棍圓筒的*LIFE*，我就小心解開，在日式房子木條大窗下翻閱，感覺自己與外面的世界有了連繫——以現在的說法，就是「接軌」。日式木條窗有院子裡芒果樹、桑樹葉子的剪影，更加典雅；「青春少女」在這樣的畫境中讀洋文雜誌，私心裡也有一絲虛榮吧？

那是純真而保守的年代，交筆友是浪漫又神祕的行為，很多以中學生讀者為對象的雜誌常附有徵友欄；筆友進展成為情人的小說，令少男少女有了美麗的遐想。可是我們班的志向不同，因為英文老師李篤恭[1]的鼓勵，我們交筆友的目的在練習英文和增加一點國際觀。

多數同學都參與了這股熱潮。

交筆友，基本自我介紹一定有嗜好，於是一時之間，大家都愛閱讀、集郵、看電影、騎腳踏車、打羽毛球等，有人扯得比較大，說愛游泳、跳芭蕾；反正盡量把會寫的英文單字填上好充實內容。打好草稿，謄在薄薄的紙上，裝入信封，貼上航空郵票，到郵局寄出去。一切純手工，認真而慎重。接下來的日子便充滿期待，也充滿驚喜。

美玉的美國筆友捎來了玻璃絲襪，教沒見過那時髦玩意的同學們好生羨慕；淑美的筆友是南非神學院的黑人學生，稱讚她的皮膚很白，說畢業後要申請來臺灣傳教、找她，教她嚇壞了；惠娜的筆友是美國男子，說他很想娶東方人為妻，如果她沒興趣，希望能為他介紹……。

最經典的是淑敏的英國筆友，說他是天體營會員，順便寄來一張他的天體照片，把一干沒見過世面的女孩子們驚得哇哇亂叫！

在那風氣閉塞、戒嚴的年代，可以收到來自不同國家的信，何等刺激、新奇！

我的筆友最多，先後有德國、瑞典、義大利、印度、英國和美國人。我開始注意國際新聞，筆友所屬國家的新聞特別有親切感，瑞典公主的戀情、英國的大雪、義大利的黑手黨都有了意義，也增加了我寫信的題材。不過，多半通信一年半載就不知所終，只有美國德州的比爾，也就是William N. Curry最有長性，雙方的通信從密集到疏淡，有五、六年。

他是成年男子，年過三十，銀行副理，有一個美麗的妻子和名叫莎拉的稚齡女兒。

他喜歡閱讀、藝術、旅行和看電視——當時臺灣還沒有這項科技產品。他蒐集戰爭紀念品，有早期印地安人的箭矢，美國獨立戰爭和南北戰爭的文件，第二次世界大戰德國將領的制服，德國宣布投降的報刊，美國西部開發時歹徒使用的型號的槍。

他送了我一枚印地安人的箭矢，而因為跟他說了臺灣原住民曾有過的出草習俗，他問我能不能幫他找一把番刀，他可以寄錢購買；他蒐集名人簽名，希望我幫他索取我們的總統蔣介石的。這兩樣我都沒做到，跟他說他自己寫信到總統府去索取會更受到重視——我哪敢寫信到總統府啊。至於番刀，我連日月潭都不曾去過，再粗糙的紀念品都不知何處買。

他全家出門旅行，就把行程路線地圖和特別的照片寄給我，告訴我林肯待過某旅店期間，有一段無法證實的緋聞；傑佛遜曾下榻某個古堡云云。

知道了人類第一枚人造衛星史普特尼克通過德州上空的時間，他徹夜守候，拍到一張繁星熠熠中衛星畫過天際拖出的一道白線，寄給我那照片和刊登它的地方報紙。

他以打字機寫信，每次洋洋灑灑數張紙，總要花我很多時間查英漢辭典；我回信則必須借助漢英辭典，沒有打字機，純手工。基本航空重量十公克，只能容納四張信紙，每次唯恐超重，增加郵資負擔，還要假仙地說，「啊，你大概對這個沒有興趣，就此停筆了。」（他卻一定說他很有興趣。）

我最大的興趣是閱讀小說和神話故事，所以他寄給我荷馬史詩《奧德賽》和一本《希臘神話》。後來因為我在報上發表文章，他驚嘆我能使用「世界上最古老又艱難的文字」創作，把我定位為writer，給了我一本《希臘哲學家》。以我的英文能力，它們得到的待遇是，偶爾「請裁」讀一頁，再回到書櫥裡當裝飾品。

寄得最多的、不間斷的就是*LIFE*。

*LIFE*照片多，我「看圖識字」。達賴喇嘛那期寫的是他在拉薩躲過中共的監視、經過千辛萬苦、逃到印度、引起世界矚目的事件。當時中國為了顏面，說他是被某部落族綁架。「新中國內幕」報導的是「大躍進」時期不分男女老少土法煉鋼、建壩的情況。毛澤東許諾一個烏托邦，「以三年苦勞換取千載幸福。」

當年的警備總部做思想控制，由國外進來的讀物「有問題」的部分會被塗黑，我的*LIFE*捲得緊緊的，因此躲過了檢查吧，連中共人民公社很多圖片都完整。不過難說沒有整本被沒收的情況；因為比爾說他每一期都如期寄出，而我曾經漏收過。

好萊塢影迷的我更有興趣的是影星的照片和新聞。以瑪麗蓮夢露為封面那期介紹的是她的新片《熱情如火》。導演比利懷德示範夢露走過冒著蒸汽的火車旁，「像這樣走」的照片挺逗趣的。那一期還有女高音天后卡拉絲為了她備受爭議的行為自我捍衛的文章，也報導了日本明仁天皇和美智子的婚禮。

二十五周年的特別版回顧世界大事，科學、醫學、人類學、太空發展、諾曼地登陸。有兩頁說到各種領域都有與男人一較短長的女子，重點照片卻是那些年的美女，瑪琳黛德麗、麗泰海華絲、愛娃嘉納、葛莉絲凱利、瑪麗蓮夢露、奧黛麗赫本等。這些經典照片，讓我如獲至寶。年輕時蒐集明星照片，還曾得到一位晚報影藝版編者慨然相贈用過的電影照片。

*LIFE*上的廣告不少，手錶、鋼筆、香菸、酒、挖土機、相機、米其林輪胎、康寶濃湯、百事可樂，航空公司；車子則是大而豪華的雪佛蘭、凱迪拉克、別克等。還有漂亮的洋房和四爐式的調理檯及烤箱、洗碗機等各式電器用品。兒子問我當年看這些奇巧的日常用品，會不會心生羨慕？我說不會啊，電影裡也有先進大國才有的景象，距臺灣甚

遠，一般人過日子想都不會去想它們。

我到《臺灣新生報》工作後還和比爾交換過耶誕卡，後來熱中寫作，跟和我差不多年紀的文壇新手寫信、切磋，就淡了。

但我一直很高興我曾有那麼一段筆友歲月，感謝比爾不嫌我幼稚，和我討論美國的黑白問題、金門八二三炮戰響尾蛇飛彈的原理和它的來源——從臺灣報紙，我天真地認為那是我們自己研發製造的⋯⋯。

而且，不間斷收到的LIFE，讓一個鄉下女孩長了不少見識，有了「世界觀」。那時候，美國就是世界哪。

註：

1. 李篤恭（一九二九—二〇〇五），後來成為小說作家。著有《賽跑》、《跋涉幾星霜》、《浪迹》等。與鍾肇政等人設立「磺溪文化學會」，紀念並宏揚臺灣先賢、推動地方文化。

劉靜娟（一九四〇～）。彰化女商畢業。曾任《臺灣新生報》副刊主編及主筆，二〇一六年開始臺語文創作。曾獲國家文藝獎、中興文藝獎章、磺溪文學特別貢獻獎。著作包括散文、小說，並有自繪插圖及兒童文學，共計二十餘種。

輯二・青春結伴

王潤華
在樹下成長的南洋華僑文藝青年

抄寫與輪流閱讀地下流傳的禁書

我這一代的南洋華僑文藝青年，成長於一九六〇年代前後，沒有電腦與手機，沒有麥當勞，更沒有時尚咖啡座與文學獎。但我們擁有樹林下陰涼安靜的空間，學校的壁報，與老師熱心的關懷和鼓勵。我們不但沒有時尚書店，也沒有電子書，在英國殖民主義全面封鎖大陸、臺灣的中文出版書籍之下，我們往往需要輪流傳閱禁書，甚至用手抄寫整本地下流傳的文學作品。現在回想起來，對二十一世紀的文青來說，我走過的南洋華僑文藝青年的生活風貌，已經成為傳奇故事。

在我的鄉鎮，文青在樹上樹下閱讀反殖民主義禁書

由於當時的中學都是半天制，下午一點放學回家，在赤道邊緣的馬來西亞，天氣炎熱，屋子沒有電扇，更沒有冷氣，我喜歡坐在我家門前大樹下閱讀，這是時髦的文藝青年的生活。母親因為有一位兒子在門前樹下讀書而感到驕傲。住在我家隔壁的同學，他更囂張，喜歡爬上他家門前的大樹上看武俠小說，在社區與學校，傳為佳話。當時在我的鄉鎮，樹上樹下閱讀文學作品，就如現在文青在咖啡座或國外旅途上，非常時尚。

我的中學在馬來西亞的北部金保小鎮，位於主幹山脈山腳下，下午放學後有時候不回家，參加左派同學組織的地下讀書小組，走進學校左邊山上的余東旋花園，坐在大樹下的草地，或是在人去樓空的洋房別墅的門廊聚會，閱讀與討論手抄本艾青、田間及其他左派的戰鬥詩。傳閱反殖民主義的禁書，那就更時尚，因為左派就代表文藝青年的潮流，加上敢對抗英國殖民帝國主義而讀禁書，那就有反殖民主義英雄的滿足感。

壁報文學的世代，以詩代替作文的特別待遇

我在中學的時候，最令文青興奮的事，是學校的創作比賽。我記得沒有獎金，只有得獎後在周會上，上臺領取校長頒發的紀念品，然後看見自己的作品張貼在學校走廊的

壁報上。接著，成群的同學站在走廊上，爭先恐後抬頭閱讀壁報。這樣的獎勵帶來的快樂，並不輸給目前文青追求高金額的文學獎金。

我一生最難忘的文青經驗，是在讀高中的時候，每次上作文課，余乾風華文老師，在黑板上寫好作文的題目，便走到我的座位旁，輕聲的對我說，「你不必做黑板的題目，寫一首詩就可以。」後來每次上作文課，我都享有如此的特別待遇。其中一首詩〈旋轉的琉瑯〉，因為是寫馬來西亞鄉下勞動婦女淘洗錫礦的辛苦，後來寄到香港的左派文學期刊《文藝世紀》，竟然也刊登了。這種鼓勵是我走上寫詩道路的重要原因。二○一二年我出版《王潤華詩精選集》，特地將它收入。

文青的歷史使命感

一九六二年我到臺灣的政治大學就讀，繼續寫作，開學期間，能到果夫樓對面的圖書館寫作，已算很奢華了，我記得有一個晚上，看見林懷民就坐在對面的長桌寫小說。暑假圖書館不開放，我還是搬了一張椅子，在醉夢溪河邊的樹下讀樹。有些臺灣文青也如此。

臺灣當時流行的現代主義，完全改變我的寫實左派寫作路線。除了在政治大學校內刊物《政大新聞》、《政大青年》發表作品，還投稿到各報紙副刊與刊物，包括當時重要的「中央副刊」、「聯合副刊」、《幼獅文藝》、《創作》、《現代文學》、《藍星》、《葡萄園》、《笠》等，繼續我的文藝青年生活的追求。作為僑生，又參與寫作，深受文壇前輩的鼓勵，首先是被木柵地區的作家如李莎、尉天驄、藍采、鍾雷、王祿松所鼓勵，然後余光中、謝冰瑩、蕭白、高準、羅門、蓉子、洛夫、瘂弦等作家相繼提拔。

在政大三年級開始，我與政大與其他大學的同學，如張錯、林綠、淡瑩、陳慧樺，都是讀西方文學，而臺灣當時現代主義正在流行，我們野心抱負都很大，不只是創作，還負有引進西方文學的使命，所以決定創辦星座詩社，出版《星座詩刊》，除了推動現代詩運動，企圖翻譯西方詩歌與介紹西方文學理論。現在重讀《星座詩頁》與《星座詩刊》，我驚訝詩刊發表過這麼多重量級的詩人作品，譯介了很多西方詩論。這些工作，不是目前文藝青年想要做的事情。我們的使命感實在太重，不是今天文青想要擁有的。

詩人博士帶領文學潮流的夢想

我與星座詩社的文青，都抱負著帶領現代詩學與西方文學思潮走向亞洲，因此社員紛紛出國深造，期待完成博士回返亞洲各地的大學教書，寫作、推動東西方多元的文學與思潮。雖然成為最多博士的詩社，由於過於超載的使命，反而壓垮了星座詩社與《星座詩刊》的出版。但是星座的僑生文青，成長後，基本上至今還堅持當年的願望、努力與方向。我們後來在新馬、香港、澳門、臺灣等地都產生了影響。

我們這一代的文青，把文藝當成宗教，一輩子執著的信仰文藝在社會的意義，所以張錯、林綠、淡瑩、陳慧樺、黃德偉、鍾玲與大地詩社的成員如李弦、林明德等人，至今還是沒有放棄文學，繼續為文藝而努力。

王潤華（一九四一～）。威斯康辛大學東亞語文系博士。「星座」詩社創辦人之一。曾任南洋大學人文與社會科學研究所所長、院長，元智大學中語系教授兼系主任、人文社會學院院長、國際語文中心主任等。曾獲中國時報散文推薦獎、中國文藝協會文藝獎章、東南亞文學獎、新加坡文化獎及亞細安文學獎等。著作包括論述、詩、散文二十餘種。

周志文
啟蒙材料

我不算「文藝青年」，因為我在我的青年時代，沒寫過什麼具有「文藝腔」的文字。我曾參加過學校、縣裡舉辦的論文競賽，也僥倖得過名次，但那些論文不比小說、詩，勉強只能算是散文，都以議論為主，沒有太大的文學氣息。雖是如此，我在從少年到青年的過程中，對於文學、藝術與音樂，曾發狂地閱讀過、聆聽欣賞過，所得的一些東西，莫名其妙地累積在我的心中，想不到有一天也發揮了作用，我現在來談談。

我在一生「職場」上最後擔任的是大學中文系的教授，別人都會認為影響我最早最大的是中國文學經典，其實錯了。我讀初中的時候就讀了一些五四時代作家的文章，當然都很片面也很零碎，給我的印象是傳統中國文化是有種種問題的。等我讀了高中，慢慢地讀多了，把《胡適文存》也讀了，他批評中國文化的許多缺點，在我心中產生了影響。有一次又讀了吳稚暉的雜文，其中一篇談中外廁所的文章令我印象深刻，他說上中國廁所總得掩鼻，而在歐洲上廁所卻是享受，他們的白瓷馬桶乾淨得可以在上面「打麵」（揉麵），反正在機械與物質文明上，歐洲是如何如何的發達，中國是如何如何的落後，這源於中國自古是如何如何地輕視知識，而歐洲人自古是如何如何地重視知識……我把這些零碎又片面的所得放在心中，對中國傳統就抱著一種輕鄙又懷疑的態度，我讀過《孟子》，他是中國歷史上罕見的英雄人物，我在孟子身上得到的是反抗精神。

在我年輕的時候，因為苦悶，閱讀了大量歐洲的文學作品，當然都是透過翻譯，其中以舊俄與法國的作品為多，也讀了不少英國文學經典，多以小說為主。大學雖讀的是中文系，我卻對如何思考產生了興趣，一度想轉讀哲學，後來功敗垂成，是因為自己放棄了。我發現自己有一個根深柢固的毛病，我在閱讀文學作品時總抱著很強的理性，但在讀理論書的時候，又常會止不住感情，偶爾還會神馳物外，這是很糟糕的，這使得我往往能體會這種哲學思考產生的因素及作用，卻不容易進入這個哲學純粹理論的核心。我既有這個毛病，讀哲學也不見得適合，就因循地待在中文系了，這是因為中文系比較自由，說透了是比較好混。

生活中我還有一個習慣是聽音樂，這個習慣跟著我將近一生。小時候環境壞，沒有聽音樂的條件，但我會找音樂來聽，這純粹是天性。我對聲音的辨析能力比較好，有關聲音的記憶也好些，但這項「能力」也使我受盡苦難，因為在我們的世界，不諧和的噪音永遠比諧和的音樂要多。然而一碰到好音樂，就覺得受到那麼多的苦難都是值得的了。

我又有一段時候沉迷在繪畫的世界，少年時期因為畫畫得好，受美術老師的賞識，一度想做個畫家，後來也放棄了，但對美術的喜好一直在心中，一有機會就找有關的書與畫冊來看。我讀臺大研究所的時候，一度為查考資料須進故宮的圖書館，我在閱讀我所找的材料之外，還「趁便」讀了許多館藏的美術叢書，故宮有許多美術史的資料，尤其是世界各大博物館、美術館的出版品蒐羅最豐。書中許多有偉大特質的畫作，激起我有關於我與宇宙之間無盡的幻想，我曾自以為對十九世紀在歐洲進行的印象主義有點心得（當然是愚不可及的），心想也許可以用畢生之力用中文寫一部印象主義史的書，這類的書在西洋可是汗牛充棟，而在中國卻沒有呀。

當然都是幻想罷了。我的「本業」是中文，說實在，我在上面也下了不少工夫，我從少年、青年一直到今天，仍然保持著某些閱讀的習慣，就是好書不限中外。我在音樂與美術的啟蒙應該是西方的，文學好像也是，但那些材料並沒阻礙我在中國學問上的追求，多數還很有幫助呢。譬如談起西方的印象主義，它是西方近現代美術理論家族樹（Family Tree）的主幹部分，二十世紀其他的流派都算是它的延伸，而印象主義是受到許多東方藝術理論的影響的，而所謂的東方藝術理論又多源自我們中國，我就是因為讀了許多印象派的畫冊，才從故宮「不惜重資」地搬了部《故宮名畫三百種》的大部頭書回家，從此謝赫、范寬以及揚州八怪也入我眼中了。

我讀初唐陳子昂的〈登幽州臺歌〉時，覺得四周一無憑藉，再簡單不過的四句，我翻盡我的語彙，好像都不能幫別人解釋周愜。一天晚上，我讀莎士比亞，李爾王說：「你是誰？能告訴我，我是誰嗎？」（Who is it that can tell me who I am?）李爾王陷入強烈的孤獨感之中，那是一種完全無所依傍的孤獨感，使自己都懷疑起甚至不信自己的存在了。還有哪些囉嗦的話、哪些嚴謹的學術術語，比起莎士比亞的這句問話，更適合用來解釋陳子昂的「前不見古人，後不見來者」的呢？

周志文（一九四二～）。臺灣大學中文系博士。曾任淡江大學中文系教授，捷克查理大學東亞所漢學講座教授，臺灣大學中文系教授，《中國時報》、《中時晚報》主筆等。創作包括論述、散文、小說共十餘種。

幾個人的一句話

亮軒

主編邀稿大概是要我說說怎會走上文學創作一途吧？高中到大學的交往跟閱讀，沒有什麼出奇之處，寫不出什麼來。只確知要交一篇稿，這篇稿，也是自己滿口應允了的，在好幾個月之前，怕不已是平生拖得最久的稿件。這麼講，應當覺得沒有什麼可寫，只好說說怎麼走上文學創作之路的來歷。

平生寫下的文章有多少字，從來沒有計算過。但是出了二十幾種書，都是用業餘的空檔完成的，每種保守地估計，十萬字一本吧，這就是二百多萬字，而存稿已刊尚未成書者，當在十倍以上，這就有兩千多萬字了。這還只是指可能成為書的作品，在生命歷程中曾經有幾乎三十年的時間寫短評，最密集的時候，天天都有作品上報還是在什麼刊物裡，這樣的作品說是有兩、三千篇也不為過，是扔了的。每篇一千字好了，三千篇就是三百萬字，這道算術題看來也簡單，只說是寫了好幾千萬字的稿子了。要講一定沒有災梨禍棗，那怎麼可能？檢討起來，覺得還好害的是樹，人倒沒怎麼傷到，因為讀者也不多，作者也真無害人之意。說了等於沒有說的言語非常多，要語語著力，至今依然無把握。功夫如此而已，這還是寫了幾千萬字。到了晚年，偶爾又出一本書，卻有信心沒有糟蹋森林，這個問題的答案是相對的，看到更多的書還是刊物，胡亂上市，吃驚不已，於是自己出上兩三本書，也就理直氣壯了。這可以說是繼續寫文章繼續出書的理由。

一生成為一個所謂的作家，到了古稀之年回首再看，偶然因素不少。絕非少懷壯志，何況這樣的身分，何壯之有？歷來常常在什麼場合有人會問，你有沒有覺得最重要的一句話要對大家說？聽到了這個問題就心虛，因為常常覺得幾百幾千句話，要把一個剎那之間的感覺還是領悟表達出來，都很不容易，何況是影響我們一生還是半生的一句話？然而現在想想，從小倒是受了許多人一句話的影響。比如說，才七、八歲的時候，課堂上的「說話」課，老師總是說：「來，某某某，你上臺來講故事。」同學都很高興，我也得意，這個，是否可以稱之為一個寫作者的萌芽？說故事是說書上的故事，雖然常常順口改編，到底稱不上創作。大概是九歲那一年，應老師之命，大家都要寫篇「我的小史」的作文，我們跟著長輩從大陸來的這一代，隨便講講都是故事，這篇作文得到了老師一句話的讚許，他說，「這篇文章內容還不錯」，居然在連連作文都是丙的情況下，得了個甲下。在當時家庭學校沒有任何一件事可以受人肯定的狀況中，這一句「內容不錯」讓我模模糊糊地摸索到了作文該怎麼寫才比較能夠受到老師的肯定。又過了兩年，另一位老師在作文課之後批改好了發本子，怎麼等就是等不到我的作文本，結果是，老師要我當場把一篇很招笑的文章親自讀給大家聽，全班笑得顛顛倒倒，原來在此之前讀了一冊老人家從重慶帶來的《老舍幽默傑作集》，紙質很爛的一本書，許多篇都讀不懂，連什麼是幽默都不知道，只是學著說些有趣的言語而已。但是從此知道怎麼樣的自我調侃一番就能受到大家的歡迎。老師要我上臺讀作文的那一句話，影響至大，因為從今以後就要我編壁報了。編壁報得邀稿，肯配合的同學很少，所以自己以各種筆觸風格寫各種文章湊數，一連編了好幾次，養成了要博讀書、換語氣的狡獪，連帶畫插圖也得自己來，因此照顧到的作文問題就更多了。之後專科學校畢業，預官退伍，不知何去何從，寫了一大落的評論短稿，一次寄出，沒幾天遭退回，然後原封不動地投給另一家報紙副刊，居然連連上報，主編桑品載先生說：「你馬上給我們寫方塊吧。」一句話，我出名了。後來遇到了趙玉明先生，他編一種刊物喚作《文藝》月刊，名稱很是無趣，很難買到的雜誌，他跟我約稿，我當時養了一頭貓頭鷹，只活了三天，感慨很多，順手把這種感覺寫了下來。他收到了稿子之後打電話來，說了一句話：「這一篇稿子給我們可惜了！」可惜歸可惜，並沒有退給我，但是這樣的一句話，把我帶入了散文創作的世界好幾十年。長期以來，一手寫什麼都評的短評，包括劇評、影評、畫評，當然還有國內國外的時評。我對於主編很少拒絕，你們敢要我就敢寫。因此也要讀些書，有了資料在背後來壯膽，這一支筆能寫的就多了。但是時評依然占了大部分的工作時間，直到有一天焦桐為了什麼報章在催稿，我回應說手邊還有短評稿要寫，得慢點兒，他在電話那一頭說了一句話：「那些稿子沒幾天就沒用了。」這句話，可驚醒了大夢未醒的我，立馬不再寫這些玩意兒。從此，成了只寫散文、小說跟評論，後來漸漸的心虛，評論不敢再寫，這就是直到今天我的創作生涯之來由。可以說是許多人的一句話的結果。

主編要我們寫下當年曾經參加了什麼文藝團體，交了什麼朋友，想想我都不怎麼上勁，參加了什麼團體，後來看看大多不是勢頭，沒意思，就再也不交會費，乃至於主動請求除名，更別放在理事監事選舉的名單上。我想我有點社交恐懼症，作家中有此病者不稀奇。總覺得創作嘛就是該拚命地寫，拚命地讀，其他的事越是不管越好。所以明星咖啡沒有喝過，野人咖啡廳去過一次，烏煙瘴氣，認識了三兩位作家，也無深交，只記得一杯咖啡那麼貴，我幹嘛要去喝？在這個國家許多文藝活動風起雲湧的時候，我都不知道。連鄉土論戰都沒份兒。《文學季刊》、《歐洲雜誌》、《現代文學》、《大學雜誌》、《自由中國》、《野風》、《文匯》、《西窗》、《拾穗》、《皇冠》、《臺灣文藝》、《自由談》、《文壇》……無不涉獵，然而從來也沒有想到去投稿。只記得在學校裡要想買便宜一點的《現代文學》，請姚一葦老師幫我在上課的時候帶來打折的書，一買好幾期，五塊多錢一本，姚老師跟我當著同學的面銀貨兩訖，很有意思。後來還幫姚老師作口述筆記，只那麼一次，老師後來把我的筆錄改得滿紙花花綠綠的，讓我領教了一位學者對文字要求的精確是怎麼回事。這個經驗，不算是一句話，是一次經驗，很重要的經驗，對以後教書影響至大，包括讀姚老師的著作，然而不在本文要交待之列。

現在是午夜一點半了，今夜驟寒，氣溫一下子降到了只有十一、二度，這會兒也許只有十度、七度，又濕又冷，一個人坐在書桌前打電腦寫這一篇文章，感觸很深，過來人當知此意。當然會想到人生要是重來，會不會依然想當文學作品的創作者？人生是無法重來的，只能想想。先父是很受世界重視的科學家，但是到我認識到科學的奧祕比諸文學哲學不遑多讓之際，已是中年之後。認識到文學能夠解決的人生問題非常有限時，已經老了。要重起爐灶，我可沒那個氣魄。要是在校讀書讀得好，能考上醫學院，我也願意行醫，年少時就想，如果我是醫生，一定要幫助許多急需幫助的人，看著他們的病一個個地好起來，人生可以活得那麼有功效，真好。也想到要是去當神職，就可以在簡單的生活中做實實在在的許多事，多好！但是我這個人七情六慾至今未滅，那怎麼行？

人之一生，能夠學會的東西很少，用筆寫稿還是打電腦寫作，大概於我可以算是熟練一點的小技能，寫作是一生有意無意中學會的僅有的這麼一點專長，那就一路寫下去吧，還要怎麼樣呢？

亮軒（一九四二～），本名馬國光。紐約市立大學廣播電視所碩士。曾任史丹福語文中心和臺灣師範大學國語教學中心教員，中廣公司節目主持人、製作人、廣告公司企畫，《聯合報》專欄組副主任，臺灣藝術專科學校廣電科主任，世新大學口語傳播學系客座副教授等。曾獲中山文藝散文獎、吳魯芹散文推薦獎。著作包括論述、散文和小說約二十餘種。

陳慧樺

當我聽說「文青」被顛覆了

當我聽說「文青」被顛覆了，開始時，我還是愣了愣，然後想一想，這是一個「後××主義」（……isms）特多的時代，有許許多多「東東」都被顛覆了。總之，有什麼「東東」是不可能發生的？

引領風潮一直都是非常迷人的一件事，可不是嗎？據說這兩三年來，臺灣掀起一股「文青風潮」，從旅行、服飾、吃喝玩樂等言必稱文青，可見「文青」儼然已成為時下的流行代名詞！我們不必急著把它放諸文學史來考究它原來的嚴格意義。對於念過英、美國文學史的人應該都聽說過，英／美國大詩人艾略特曾經說過，我們每個人在二十一、二歲之前都曾經是詩人。既然如此，時下一般年輕人為了趕時尚／趕風潮，他／她們動不動就給自己的作為按上「文青」這麼個標籤來炫耀，他們是否只是僅僅「挪用」還是「擴充」了艾大詩人的說法？這樣那樣的解構是否真的是很好玩的一件事？再者，如果這種解構真正能形成風潮、引領風潮，那還可真是非常令人期待的一件事吧。

《文訊》這個專題讓我回想起自己作為文青階段所積極推動與參加過的種種相關文藝活動。那時身處六〇年代中後期與七〇年代初期，我所參與或創辦的詩社一共有三個：星座詩社、噴泉詩社和大地詩社。

先談談大學階段所參與的兩個詩社：星座詩社和噴泉詩社。一九六四年秋，我獲得僑委會海外有關單位的保送如願進入師大英語系就讀，比起畢洛、張錯和王潤華這些星座詩社的創辦者來，我可是晚他們一兩年才進入大學的。換言之，在我抵達臺灣時，他們這幾位加上葉曼沙和陌上桑等，以及本地詩人如藍采、陳世敏和方鵬程等，早已創辦了一份最具有能力引介西方詩歌與理論的《星座詩刊》。我是於大二才加入這個詩社的，不久就聽說社長畢洛被林綠給「開除掉了！」在此我要特別指出，第一、在當時的特別時空底下，臺灣是不准許有學生跨校組織什麼團體的，星座詩社不僅跨校而且跨行業（藍采為軍人），根本就不可能向內政部申辦登記。第二、星座並未如一般人所說的，純粹是一個全由僑生所組成的團體。事實上，社員僑生占了三分之二名額，本地生（詩人）占了三分之一。

我們的活動一般都在木柵的同仁租屋舉行，內容主要是挑選稿件，另外就是選定專題以及指定同仁來撰寫或翻譯專題所需要的稿子。編輯工作完成之後，我們就一邊聊天一邊喝酒吃零食，由於大家都很窮酸，我們所能喝得起的酒都是些烈酒如小金門（非陳年高粱），要不就是烏梅酒或是啤酒等，根本不可能學當今的時尚喝紅酒。除此社內活動之外，詩社也辦了一些「外活」，例如我們一起去爬政大附近的指南山或去「瀏覽」政大校園後頭的醉夢溪，然後我們最常遠征的標的就是羅門位於安東街的「燈屋」，在羅門、蓉子夫婦的熱情慣寵之下，我們一抬槓即可抬槓到三更半夜才肯散去。由於我們這個詩社社員男多於女，瀏覽商品櫥窗似乎也無法搭配上我們的習性，但是當年大學生還是滿喜愛到西門町去逛街或看場電影，這也就是說，我們很早很早之前就已經變成班雅明筆下的都市漫遊者（flâneur）。

我們當時籌辦詩刊純粹是為了興趣使然，並未有太強的針對性，詩歌內容技巧等等也從未有什麼特別指定的路線要遵循，一切都是完全自由創作，可我們卻有一道「神聖的」使命感在，那就是要極力發揮念外文的專長，盡量翻譯、介紹外國優秀的詩文理論到臺灣來。事實上，星座諸子在未來臺灣留學之前，他們在海外大都已有創作經驗。例如，我在到臺灣念大學之前就曾經跟文青在北馬創辦過一個海天社，來臺念書之前即已經出版過十六、十七期的《海天月刊》，而林綠在南馬則已主編過雜誌以及出版過文學叢書，王潤華和淡瑩等都已在大馬報刊雜誌發表過詩文。《星座詩刊》於一九六四年六月創刊，陸陸續續撐持到一九六九年六月收攤，如果不把革新號之前所出版的那幾本一起計算，則一共出版了十三期。《星座》所推出的專號有法國大詩人梵樂希（Paul Valery）和波特萊爾（Charles Baudelaire），以及英國女詩人雪脫維爾（Edith Sitwell）等，另加一些翻譯與評介其他詩人的文稿，這就給當時的臺灣詩壇帶來了衝擊，尤其在翻譯論述美國當時非常流行的投射詩以及敲打的一派等詩人，對當時的臺灣詩壇的確造成立即的影響。在社員方面，我們後來又邀了剛到政大西語系就讀的鄭臻（鄭樹森）加入，加上已在美國威斯康辛州就讀的鍾玲也受邀加入，社員的學術背景可說相當堅強，而且同仁後來大都在國內外拿到博士學位，故詩壇有人封稱我們的詩社為「博士詩社」。不管怎麼說，《星座詩刊》開創時雖然小小一本（三十二開本，僅有八頁），可它跟我後來參與的詩社一樣，一點都不排外（任何的「外」）；它的開放性讓百川四海都可納入，臺灣六〇年代重要的詩人如洛夫、余光中、鄭愁予、瘂弦、羅門、蓉子、李魁賢、紀弦、商禽和李英豪等，都曾經在上頭發表過詩文。由於我後來又參與創辦了師大的噴泉詩社和跨校的大地詩社，如果要我特別挑出星座詩社的弱項的話，那就是它的發行量不及其他大型詩社廣；我們的詩刊很少鋪出去賣，我們所採取的策略是寄送給其他詩社或是相關的文人。這樣一來，現今如果有人真要尋找一套完整的《星座詩刊》來瞄一瞄，恐怕不太容易找到。

至於我跟秦嶽、藍影和李弦等在師大創辦的《噴泉詩刊》，由於它編列在校內活動項目之下，我們可以向學校申請補助經費，籌辦起來當然就輕鬆多多。我們除了向校內同學邀稿，也向校外名詩人邀約，譬如第一期就邀到余光中、陳錦標、路衛、吳瀛濤和李魁賢等人的詩稿或翻譯。編輯都在校內學生活動中心或是教室進行，我們能享受到的最優越待遇就是一杯茶水加幾塊餅乾，最主要的滿足感都是屬於精神層面的：我們師大竟然有辦法出版一本編得不錯的詩刊！此外，學校有了詩社，我們要籌辦其他相關文藝活動如談詩之夜、詩歌朗讀等，就會比較師出有名。不過由於噴泉詩社籌辦成功時，我們這些籌辦人大都已是大四的學生，能為它奉獻力量的時間當然少了許多；可是由於有了這個詩社作為橋梁，而且它的指導老師如余光中和邱燮友又都是我們的師長，詩刊出版我們當然義不容辭會供稿，而且我們也會很積極地為它拉稿。另一方面，只要是由噴泉舉辦的藝文活動，我們也都會盡量想辦法從各地趕回來參加。這個詩刊好像只出版了十幾期，後來似乎只籌辦或僅只參加各種朗誦會而未再出版詩刊；它在出版到第十二、三期時，我和秦嶽、李弦等都還一直掛名為它的編輯委員。

念研究所時，我最大的收穫就是和李弦、林鋒雄、余中生和古添洪等臺大、師大、政大、輔大、文化等校的詩友同好創辦了大地詩社。《大地詩刊》的創辦不僅有相當的針對性，而且具有其特殊的時代意義。詩刊第一期於一九七二年九月一日出版，出版登記字號係洽請文馨出版社幫忙我們申請到的，詩刊的主編和經理都採取輪流制，詩刊出版之後經理就召集幾個班底一起來包裝，包裝後就寄發給我們的二十幾個國內外經銷處。主編和經理都得隨時召開會議，並且有專人向同仁收取會費。上提所有這些工作的推動都是義務的，主導者不僅要出錢出力，而且要花費許多工夫才能竟其事功。

前頭所提及的針對性說得具體一些就是，我們對當時詩刊所流行的執意晦澀真的無法苟同；另一方面，年輕詩人作者若不投這些詩刊之所好，跟詩刊主編social一番，則其詩作恐怕一輩子都無法在他們的詩刊刊登。《大地詩刊》當時要作時代的領頭羊，第一件事就是要改革掉當時臺灣詩壇的習氣，第二件事則是要開拓新局面：前者在於把從橫的移植轉為縱的繼承，後者則要大家一起來關注吾人所生所長的土地。讓我們略微回到當時的場景，民國六〇年代初期臺灣忽然間一下子冒出好幾個小刊物來：《龍族》、《大地》、《主流》和《草根》等，它們的創辦指標跟創辦於五〇年代的刊物如《現代文學》和《星座詩刊》等，完全不一樣，創辦這些小刊物的指導原則就是回歸鄉土現實。《龍族》創刊於一九七一年三月，可囿於當時的嚴峻情境現實，它僅在封面裡以「我們敲我們的鑼，打我們自己的鼓，舞我們自己的龍」來替代發刊詞。這一來，比《龍族》晚一年多出版的《大地詩刊》就真的凸顯了它的領頭羊地位，因為是《大地詩刊》的我們在創刊號的〈發刊辭〉裡提到，我們冀望《大地》的創刊「是中國現代詩的再出發」；「我們希望能推波助瀾漸漸形成一股運動，以期二十年來在橫的移植中生長起來的現代詩，在重新正視中國傳統文化以及現實生活中獲得必要的滋潤和再生」。讀者諸君請看，我們要的「縱的繼承」和詩文本「必須植根於生活」，這裡全部清清楚楚都記錄下來了。事實上，臺灣文學史上鄉土文學運動就是在這樣的情況下推展了起來，而《大地詩刊》這個源頭後來常常都被忽略了。關於這個文學發展運動源頭，我和李弦在好幾篇中英文論文中闡述過，茲不再贅述。

至於文中談論到要革除、排除文壇的汙濁習氣／風氣，那已涉及社會風氣與文化政治，更牽扯到人性變化，豈是三言兩語就能道盡的。至於當今所謂的「文青」作為，那顯然是時代賦予他／她們的時尚與特權，那也許是他們獻身文藝過程中的一種方式吧。

附記：謝謝柯慶明教授幫我找到一些早期的《星座詩刊》，否則我這篇短文就無以完成了。

陳慧樺（一九四二~），本名陳鵬翔。臺灣大學外文系博士。曾任臺灣師範大學英語系副教授兼外籍學生輔導室主任、英語系教授兼英語中心主任、馬來西亞南方學院客座教授、佛光大學外文系教授兼系主任等。為《星座》及《大地》詩刊創辦人之一。曾獲全國優秀青年詩人獎。著作包括論述、詩、散文等。

楊小雲
當文藝成為美妝

說實在，我真的不太懂所謂的「文青」究竟是啥意思。

近幾年來國內興起一股流行名詞風，先是稱這一代年輕人為「爛草莓、草莓族」，接著有多位大學生前往澳洲打工渡假，從事屠宰場殺牛的工作或牧場打工，於是又被冠上「臺勞」；最令人難解的是「文青」的濫用，現在但凡是旅遊、吃喝、服飾、美妝、保養品、小酒館……一律稱之為文青。前不久有位大陸女星來臺出席保養品代言活動，明擺著是商業宣傳，斗大的標題卻寫著「美妝界也能很文青　濃濃文藝氣息瀰漫美妝界！」

好你個文青啊！

怎麼會出現這等莫名所以的文青風呢？無解！

在商業掛帥的年代，為刺激消費，自是無所不用其極，而文青這個名詞，卻是清新又不落俗套，有點高雅又耐人尋思，無怪乎一出現便躍為最熱門流行名詞，人人爭相往自個頭上掛，已然是現代年輕人最佳自我漂白聖品。

可我左看右察，細細品味，實在看不出個所以然，文青究竟意所為何。

有人說文青的源始來自早期對喜好文學年輕人的統稱——文藝青年。他們的特質是喜愛文學，熱中於閱讀、書寫，將自己一腔熱血、對生命的夢想、對社會的觀察，透過文字的編爬，懇切地表達出來，既抒發了心中的壘塊，又完成了自我的實現，而微量的稿費，也成為實質的鼓勵，於是，許多懷抱夢想的年輕人便前仆後繼地拿起筆埋頭苦寫；那時多半抱著只管耕耘、不問收穫的傻勁，將完成的手寫文稿小心翼翼地裝進信封，恭恭謹謹地寄出。

在五〇、六〇年代，文學性的雜誌儼然是閱讀主流，而各報的副刊更是繽紛繁華，有如繆思的花園，一篇好文章所引發的迴響之大，難以估量，帶給社會的衝激，也十分驚人。

相對於報紙的即時性，雜誌就溫和許多，但其時效性卻成為另類優勢。我第一篇小說便是投給《創作》月刊，沒有特別誘因，正好手上有一本、又看到頁間的邀稿小啟，加上一股熱情，花一天時間寫了三千字短篇小說〈藍色的夢〉，就寄了出去。一星期後，收到主編楚軍先生的信，告知「文稿經修改後錄用」。就這樣，我踏上了文字工作之路；當時雖年輕，可從不曾以文藝青年自居，也極少參加活動，屬於獨行俠類的小蝦米，不認識所謂的文壇大老，也不大了解文壇生態，只知埋頭閱讀、一個勁的寫、一個勁的改、一個勁的重寫，由短篇邁入長篇，還是寫了改、改了寫。當第一個長篇《千里煙雲》連載之際，受到當時《自立晚報》副刊主編柏楊先生注意，透過楚軍先生向我約稿，好為人師的柏老，第一次見面就嚴厲地指出我小說中許多不足之處，他的話有如當頭棒喝，令原已忐忑不安的我，羞愧得無地自容，淚水在眼眶裡打轉，就差沒奪門而出，接著他話鋒一轉語重心長地說：「寫作是一條艱難又寂寞的路，單靠熱情是不夠的，毅力和堅持才是重點。」

毅力和堅持，於是成為我的座右銘，也成為日後面對各樣挫敗、退稿、文思枯竭、身心疲憊、受批評時的最佳解頤良藥。

寫作，一點都不難，人人可為；年輕時誰心裡沒有一把火？不論是悲春傷秋，懷抱美夢，抑或義憤填膺，皆可化為文字抒發，皆可自詡是文藝青年，但若要成一家之風，化小情、小愛為大情、大愛，需要的就不僅是熱情，而是毅力和堅持了。

我真的不敢明確地說自己是不是文青，對現在流行的所謂文青，更是迷惘不解。當美妝也成為文藝、文藝成為美妝時，那迷惘就更深、更濃了。

楊小雲（一九四二～），本名鄭玉岫。實踐大學家政系畢業。曾任耕莘文教院教師、《今日生活》主編，並曾為中國婦女寫作協會、世界女記者與作家協會理事。曾獲中興文藝獎小說獎、中國文藝協會文藝獎章、中山文藝小說獎。著作以小說為主，兼及散文與兒童文學，計有五十餘種。

喬林

我的詩創作的啟蒙與養成

我的寫詩生命是萌芽生長在那一文藝糧食的荒年，啟蒙與養成要分二階段。

一九五八年我讀初中時，才從我哥就讀基隆中學從上海運來的商務印書館出版的國文課本，以及其購回上海出版的刊物《中學生月刊》接觸到新文藝作品。但不久國民政府完全的敗退來臺，陷匪作者的著作及刊物便完全禁止在臺出現，成為禁書，因此書市除了無關禁書之老舊書籍外，近乎荒涼。

再之，在我讀幼稚園時正值國民黨軍隊節節自大陸敗退，傷兵不斷地從基隆港上岸運來，我讀的國小校舍改為傷兵急救所，同時發生了八堵火車站事件、基隆中學事件，以及石碇鄉鹿窟事件等各種事件，路邊駐紮著坦克車，設哨攔檢行人，時有抓人新聞，生活中充滿著肅殺的恐懼。為避白色恐怖，父親自國營臺灣煤礦公司八堵礦場請調至臺北縣雙溪鄉牡丹煤礦，我家便由基隆市暖暖移居臺北縣礦工小村牡丹村，礦長為浙江大學數學系畢業的江蘇人，不懂礦業，故由我父完全綜理礦務，那時盜賣貪汙盛行，唯我父克己甚嚴，不取非分之財，故薪水不足養家，後來便被挖角改任民營煤礦礦長而再移居鄰村雙溪。這時我也就讀省立瑞芳工業職業學校土木科（學校前身為日本總督府測量學院）。我的成長環境就被侷限在雙溪、瑞芳這二煤礦小鎮。中、小學老師大部分都是濫竽充數，因此我不會國語注音，沒有學到英文基礎，沒有文學老師沒有文友，對文藝的學習就只有默默的自己找尋道路。

高二時從報紙廣告得知「中華文藝函授學校」招生，我便報了名，繳了二次作業後，我就沒再寫作業，開始向《華僑月刊》、《中國勞工》、《中國新詩》、《曙光文藝》等許多刊物投稿，而不曾退稿，這對我鼓舞很大，這要感謝「中華文藝函授學校」覃子豪先生編寫的講義給我的啟蒙與初步的完整詩學教育。這時我的求知慾狂熱，開始搜購書市上可以買得到的滋養書籍，如以本書局編輯部為名的陷匪地區朱光潛《文藝心理學》、《給青年的十二封信》及其譯著《美學原理》，馮沅君、陸侃如的《中國詩史》、馮友蘭的《中國哲學史》、作者不詳的《理則學》（今稱邏輯學）及印度《泰戈爾詩全集》與《奈都夫人詩集》等。那時因家境關係沒錢可買書，只有一點稿費收入，怎麼辦？我就把買通學的火車月票錢，沒買省下來，每天緊張地逃票坐免費車上學，等集了些錢再逃票乘免費車到基隆的書店找書買。然而基隆的書店水準不高，於是我想到向臺北三民等諸大書局寫明信片索取書目郵購。那時感覺臺北是距離我很遠的一個大都市，因此我從不曾到過臺北。

第二次寫詩的教育養成與啟蒙，是在宜蘭四年。高工畢業後我到位在宜蘭的退輔會森林開發處任職。因我前已在朱橋主編的《青年雜誌》附刊的「藍星詩頁」登出詩作，因此我第一次休假就去拜訪他，後來親如兄弟，並在業餘當了《青年雜誌》旗下的《學生版》主編。青年雜誌社是臺灣的第一個雜誌集團，旗下分別出版有《青年雜誌》、《學生版》、《青年通訊》三種期刊。朱橋也是臺灣第一位新文藝運動家，他利用其當宜蘭青年救國團文教組組長的學校資源，每年分別訂有文藝年、美術年、音樂年，每月起碼有一次活動，邀請當時國內名作家、詩人來演講座談，現代畫家來展覽其畫作，宜蘭地區的高中音樂師生辦理演唱、演奏會。此一現代化文藝運動氛圍，讓我浸淫其中，再加上《文星》的發行，及「志文出版社」的現代思想、文學、電影等譯著的出版，都拓展了我的視野，開啟了我對如何成就現代詩寫作的再啟蒙與養育。諸如，詩需要現代哲學的深度來深化意境、需要切合當下人的生存境況的社會學認知來貼近讀者的感受、需要現代繪畫及電影的意境構造方法來找尋詩的新出路、需要各種心理學的知識來造就召喚讀者心境與情感的語法與形式。我的「文藝青年」歲月就是這般經過。

喬林（一九四三～），本名周瑞麟。中國市政專科學校土木科畢業。一九七一年與詩友組「龍族」詩社，曾任《青年雜誌》旗下的《學生版》主編，榮民工程公司工程管理組組長、業務一處副處長。曾獲首屆全國優秀青年詩人獎。著作以詩為主。

吳晟　樹林小鎮

一

偶爾有機會遇見愛亞，如文學獎評審的場合，我必定趕緊趨前打招呼，稱呼一聲學姊，不敢怠慢。在場朋友總會很好奇，這一聲學姊從何而來？我簡單說明，我們是樹林高中校友，雖然愛亞看起來明顯比我年輕，實際年齡小我一歲，卻高我一屆，當然是學姊。

一九六〇年代樹林高中的學生，有一大部分來自臺北縣市的眷村子弟，如婦聯一村、婦聯二村、松山機場附近眷村……，給我的總體印象是較大方、豪邁、帥氣、新潮、會玩；負面印象則是耍狠帶流氣。

不知什麼原因，雖然我是來自中南部的農家子弟，竟被選為班長，有時候他們私底下會調侃我一句「土班長」，但相處還和諧；他們曾「說動」我去參加以生日之名的家庭舞會，女生居多，記得那時流行「貓王」等西洋熱門音樂，流行什麼扭扭舞、阿哥哥舞，連學校女教官和幾位家長都參加，熱烈舞動，女教官還好意要教我、帶我，我沒辦法融入他們的世界，卻讓我見識到那樣開放、那樣奔放的場面和「文化」。

不過，出身背景相同，不必然都性情相近，也有幾位較「古意」，不和那些會玩的眷村子弟「同掛」，混在一起，反而和我們這些臺灣囝仔較接近。我曾去他們家作客，生活十分簡樸，他們的母親都很親切。有一位叫國華，住板橋眷村，去讀陸軍官校；一位叫德義，住中和眷村，去讀海軍官校。

愛亞學姊在校時，我們並不熟識，未有交集，但我記得她的樣子，屬於新潮型，穿喇叭褲、叩叩鞋，衣服不紮、顯露在外、在腰際間打結。走路很「大伴」，以我們的標準，就是「太妹」樣。

我和愛亞正式「相認」，大約是在一九九〇年左右，聯合報系王惕吾為歡迎聶華苓回臺而設宴接待。我也去過愛荷華、受過聶華苓周到照顧，因而也被邀參加，愛亞也在場。我們「相認」後，整晚餐會上，大半時間坐在一起敘往事。那時的愛亞淑女、優雅多了，已不復見「太妹氣」。

從二〇〇九年我投入反對國光石化運動、反對中科四期搶奪我們農鄉水源運動，數年來，許多藝文界朋友挺身而出聲援，我一直心存感激。愛亞特別熱心，多次陪我走上街頭，拿起麥克風「討伐」環境殺手集團，我彷彿又見到高中時期的愛亞學姊，原來所謂的太妹氣，轉化為俠氣而重現，不只是支持我這個學弟，更是支持環境公義。

二

臺北縣樹林高中既非什麼明星學校、也不是什麼專長的學校，為什麼我這個中南部庄腳囝仔，會「千里迢迢」遠去就讀？在一九六〇年代初期，確實很特殊，難怪有些朋友會好奇。歸根究柢，總因文學。

我從初中一年級暑假，開始對文學發生興趣，進而閱讀大量文學作品，狂熱而痴迷，又不善分配時間，課業成績急速下滑，以致多科不及格未能畢業。

初中未拿到畢業證書，不甘留級，領取同等學歷證明，只考取彰化市八卦山頂上一所新設立的私立高中。讀了一個學期，就讀國立大學的大哥，不清楚我的「斤兩」，帶我去參加臺北市「三省中」，即建中、附中、成功三所省立高中聯合插班考試。當然不試便知，沒有學校可讀，只好留在臺北補習。

我們家是很平常的農村家庭，也是靠耕作維生。但父親「有出社會、吃頭路」，雖然經濟條件並不富裕，卻比多數農家好一些；最重要的是，父母親非常重視教育，克勤克儉也要盡力栽培子女，因此在那樣的年代，才捨得供給我昂貴的補習費、住宿費、生活費。

然而剛上臺北安頓下來沒幾日，我就找到傳說中的武昌街周夢蝶書攤，並成為常客，凡有詩集詩刊出版，必定購買，很少遺漏。有時帶幾篇詩稿去請教，聆聽他簡要的指導。周夢蝶話不多，我也不擅言詞、近乎木訥，有時候只是在書攤旁的圓凳上坐坐，就帶著新買的書離去。

大哥朋友介紹，租住在補習班附近、羅斯福路二段、穿過金門街的一條小巷晉江街。晉江街其實是一條長長窄窄的巷弄，很安靜，我的活動範圍以此為中心，往東到臺大校園、往南到水源地，最常去的則是牯嶺街、衡陽路、重慶南路書市最盛的地帶，坐〇南公車很方便，這是我在補習班期間唯一會乘坐的臺北市公車路線。

金門街有一座圖書館；晉江街盡頭記得是同安街、詔安街，有租書店，我偶爾會去看看。

臺北市五光十色的繁華，對我這個農村少年，好像視若無睹，唯一吸引我的，竟然只有書攤和書店，琳瑯滿目的書籍、報刊雜誌。粗飽的三餐之外，我從不買零食或其他花費，父母親供應我的零用錢，還算充裕，從未感覺匱乏不足，盡數用在買書。

逛書攤書店，比去補習班上課的時間顯然還要多，更助長了我的文學興趣。這是我踏上文學之路十分重要的契機之一吧。

當了數個月補習班常缺課的學生，再度參加臺北市省立高中聯考，仍然無緣。留意打探招生訊息，獨自拎著包袱巾的行囊，趕往多所單獨招生的學校應考。

我的獨立性還算強，但在來來去去的火車、公車旅途上，從白天到黑夜，在一連串的挫敗中，面對茫然不可知的未來，隨身攜帶的文學書籍，寬慰了不少寂寞、孤獨、惶惑的年少心靈。

忘了什麼情況下，留意到臺北縣樹林高中第二次招生的廣告，前去報考而錄取。總算比私立升了一級。有二件事至今難忘。

其一是第一天考試中午休息，我竟睡著沒聽到鐘聲，幸而有位考生過來搖醒我。這位好心的考生也錄取，成為同班同學，名字很詩意，叫做李詩宗，家住土城，他後來考取醫學院，回土城開診所。

其二是第二天筆試考完的口試，大概問了我為什麼會來報考樹林高中之類的問題，我記得自己的回答，狂妄而無知，表明要當作家，無需什麼學歷，是為了父母才要升學。主考的女老師表情一愣，看著我和緩地說：要當作家，基礎知識也很重要呀！

三

樹林距離臺北市並不遠，搭火車只經過板橋、萬華二站。出了臺北火車站、走過天橋，即可到重慶南路書店街，和住在晉江街沒多大差別，假日我仍常去那一帶尋尋看看，逗留多時。

也可以在萬華站下車，從「側門」走路到書市中心的牯嶺街、南海路、重慶南路及周夢蝶書攤，不需多久，約二、三十分鐘左右吧。

或許是年歲的增長，或許是社會關懷傾向較濃厚的個性，我在書攤除了買到《筆匯》、《現代文學》等新、舊期文學雜誌，還有不少《自由中國》、《人間世》、《文星》等社會思想的刊物。

我的文學閱讀領域逐漸擴大，包括深受感動的梵谷傳《生之慾》、半生不熟啃讀《約翰·克利斯朵夫》等「世界名著」……我的閱讀面向也不斷增加思想性、政治性、哲理性的書籍文章，如一些「文星」叢刊，幾乎超過對「純文學」作品的興趣。《自由中國》雷震事件、胡適的去世、《文星》上的多起論戰……不斷衝擊之中，帶領著我建構了自由主義批判見解的粗淺基礎，許多中國、臺灣歷史的認知、價值判斷，和一般「正規」的反共體制教育，有很大差異，對我往後的人文思維，社會關切的詩風，應該有很大的影響。

一九六〇年代初期的樹林，還是樸素無華的小鎮；樹林中學周邊，還是一大片一大片田野。我租住在鐵道旁、幾乎和鐵道平行的鎮前街，距離樹林酒廠不遠處的一家商店樓上。可以眺望遼闊田野和連綿的遠山山脈。房東是一對很「古意」、勤勉的中年夫婦，在樓下經營雜貨鋪，附設小麵攤。我在他們家搭伙，對我十分照顧、善待，像家人一般。

從我的租住處後門出去，連接一片果樹園，再過去就是樹林高中正門。沿著酒廠後面、學校附近的一條圳溝小路，步行大約十分鐘，有一處水源地，茂密的林木，清幽靜謐。水源地緊鄰寬闊的河流，新店溪下游大漢溪，水流豐沛而清澈，溪石纍纍，常有人在垂釣。這是我最喜愛流連、徜徉的地方。

每天下午傍晚時分，尤其是春夏季節、放學後到暮色籠罩，至少還有一、二個小時，我經常獨自帶著文學書籍和札記本，前往水源地閱讀、漫步、賞景、冥想、醞釀詩篇；有月光的晚上，甚至流連到踏月而歸。

那是多麼純淨的自然風光、多麼純淨的文學心靈！

四

我竟然想不起就讀樹林中學的時候，一個年級有幾班，只確定初中部較多班，高中部好像只有二、三班吧，總之是小學校，才容得我有表現的機會。

初去就讀一年級，就「囊括」高中組演講比賽、朗讀比賽、作文比賽第一名，而打響小小的名聲。我最歡喜的是，每得什麼獎，幾乎都會領到一、二本書當獎品，字典啦、世界名著啦、文學作品啦，我一直覺得這是最珍貴的獎品，真希望每個學校、團體、機關，都來仿效，這是最有實質意義，又很容易做到的獎勵方式呀！

樹林高中老師，「外省老師」居多，大都待我很好。有位女音樂老師，讚賞我聲音低沉渾厚，適合唱男中音，多次「慫恿」我，要栽培我成為聲樂家；國文老師王聿府，是作家王聿均的胞弟，知悉我愛好寫作，特別鼓勵我。升上二年級，我理所當然代表本校參加臺北縣演講比賽、作文比賽，獲得新詩創作第二名。

即使我在「幹部會議」上慷慨激昂發言，指責教官拳打學生，還縱容高年級糾察隊，藉故欺負低年級生的霸凌行為，違背「愛的教育」。校長找我問清楚後，要教官來和我溝通，教官也能不動怒、心平氣和接受我的建言，並下令糾察隊不准再動手打人。

二年級開學之始，我以班長名義，號召了多位對文學有興趣、或只是為了挺我的同學，創辦了校內文藝刊物《苗圃》月刊，設投稿信箱，由學校供應紙張和蠟紙，並請工友幫忙油印，我們負責裝訂。每期徵稿截止，利用周末下午召開編輯會議，聚集在一起討論選用稿件，氣氛頗為熱烈。

稿件確定，我利用晚間親自設計封面、親自編排、親自刻鋼板，純「手工業」。

我的字體很端正，真是名副其實的「刻」。出了四期。第二學期有位住在板橋的編輯同學，他堂姊在打字行工作，建議改用打字。我們募集了一些資金做為打字費，紙張和油印仍由學校供應。

二年級最後一期出了狀況。有篇文章最後一句話：「夭壽呦！中華民國萬歲！」不知被誰發現有問題，訓導處緊急收回已經發出的刊物，並將這一頁撕掉，才發給各班。

我從《自由中國》、《文星》等雜誌的閱讀中，略知戒嚴體制箝制思想的嚴密，但未料一句口頭語、和「莊嚴」的口號，不經意組合在一起，也會惹禍。我深切感受到詭異的緊張氣氛，令我「成長」許多。

雖然訓導主任好意問我要不要繼續辦，似乎講到以後稿件要先給他們看。我已決定停辦。這個事件只是最佳藉口，真正原因是，沒什麼稿件，或者說沒什麼好作品。

我們常聽到「國文程度越來越低落」啦！「文學越來越式微」啦！事實上，我們當年的國文老師就常如此感慨。一代一代習慣性地感慨下去。我們那個年代的學子，「國文程度」不見得有多好；文學風氣不見得有多「蓬勃」；「文學人口」比例也不見得有多高。

如果有文學同好，彼此很容易聞到氣味；但我不曾聞到班上任何一位同學有這種氣味。包括《苗圃》的編輯，也只是「有興趣」，卻幾乎不讀什麼文學書。

直到高三，按聯考制度分為甲、乙、丙三個組別，重新分班，我們丙組人數不足一班，合併到乙組，男女合班，才認識一位女生呂美慧，也喜歡文學，曾拿她寫的一些詩詞給我看。她大學畢業後，遠嫁加拿大，一九八八年七月以筆名呂慧出版了一冊旅遊散文《隨我到天涯》（希代文叢），邀我寫一篇短序；一九九五年在九歌出版社出版《環遊五十國》、一九九七年再出版一冊散文集《要擦亮星星的小孩》。

呂美慧偶爾回國還有聯絡。可惜這些年已失去音訊。

樹林高中階段，我的詩作非常多產，陸續發表在《野風》、《創作》、《文星》、《文苑》、《幼獅文藝》等雜誌及《藍星詩頁》、《海鷗詩頁》等報紙副刊，數量不少；我留存的手抄詩集，至少五、六十首。但我自知才分有限，只因這是我捨棄大半課業，「交換」而來的小小成果。

樹林小鎮青春年少的時光，畢竟是我文學生命非常重要而美好的成長期。

五

從「初四」下學期去臺北補習，到就讀樹林高中，三年多文學青少年逐夢歲月，發表過不少詩作，有些雜誌社、文學團體舉辦作者聯誼會、座談會之類的活動，也會通知我，或許是鄉村子弟內向的本性吧，我從未參加。

印象最深的一次，《文星》雜誌舉辦什麼茶會，我是「文星詩選」作者，也收到邀請卡。但我在衡陽路徘徊良久，還是不敢進去。

經常去周夢蝶書攤處，總有機會遇見一些比我年長的詩人、作家。其中有幾位對我特別表示友善，我很感謝，但都未有聯繫、未有交往。

唯獨和張健相識，承他好意邀我去他家，我果真常去找他。或許是年齡較接近、和他的親切，只能說有緣吧。他是我中學時代「詩壇」上除了周夢蝶，唯一有交往的詩人。

張健雖然只大我四、五歲，但他入學早、又聰穎、學業順遂，我高中時他已任教於臺灣大學，並早已出版詩集《鞦韆上的假期》（藍星詩叢）。而且那麼巧，我有一位樹林高中相處還不錯的同班同學，初中時，張健教過他，因此我也跟著這位同學稱呼張健老師。

張健家在中正路公家宿舍，距離臺北火車站走路約十分鐘。他待我亦師亦友，有時帶我去看籃球賽；帶我去公園散步、聊心事，包括他的愛情進度；有時帶我去小館子吃飯，更多時候是在他家裡談論詩藝，教我良多。

張健個性十分耿直，是「讀書型」知識分子，博覽群書，讀書速度和寫作速度都很快，但不太理會人情世事，和現實社會不免有些隔閡。

有段時間他以「汶津」筆名在報紙副刊寫專欄，有一篇寫到「臺灣糧價很穩定」，他的資訊得自報紙、得自官方。我告訴他民間盛行一句話：「一日三市」的含意、起落不定的實際情形。那時政府還未實施稻穀「公訂價格」，穀價、米價大都由糧商在操縱。

張健是「藍星詩社」重要詩人，「詩壇中人」，有時會講一些詩壇風波、軼事，我當然很喜歡聽，但說實在，遠遠不如對社會事的關心。

高中畢業聯考放榜，我剛得知考取屏東農專，帶了幾本向張健借的書要去還他，在臺北火車站稍坐一會兒，突然看到有位警察在打男童。這位男童大約十歲左右，原因是在火車站兜售扇子和愛國獎券。男童不管怎樣挨打，只顧一直哭喊：還我扇子啦！還我獎券啦！

男童被警察拖進月臺旁的警察局，我趕緊買了月臺票跟進去。警察局內已另有幾位男童。看見警察輪流走過去，罵一聲、用公文夾拍打一下男童頭部。我氣得發抖，站在門口怒視他們，很快有幾位壯漢警察衝出來，將我架進去，喝問我：你在這裡幹什麼。我大聲說：你們怎麼可以這樣欺負小孩。結實的拳頭立即往我肚腹揍下去：他媽的，充英雄啊！

問我一句，我回一句，就挨一拳。我衡量情勢，不再吭聲。最後是所長出面收場。

張健聽我講述經過，也沒辦法；要告，沒有證據呀。

那時他已很了解我的個性傾向，「社會型」很明顯。

不過，張健對我的創作才能，有很大的「期望落差」。愛之深責之切。有一天晚上，我帶幾篇新作去給他看，應該是很失望，直直唸了我數小時。總言之，每個人可以做的事很多，不一定要寫詩。

他舉甘地和泰戈爾為例，是對我的莫大期勉。另有深意。但我那時還年輕，哪有能力理解多少，情緒很低落。唸到深夜，我一語不發，張健可能發現唸得太重了，最後講了一句做結尾：如果是某某某，再怎麼唸也沒用，我才懶得唸。表示我還有救，算是安慰。

我還是放不下詩、放不下文學，我心裡想，每個人都可以寫詩，只是要有自知之明，不一定要當大詩人、名詩人。

一九六六年十二月，我大專二年級，自費出版了一冊薄薄的詩集《飄搖裏》，請張健作序。回頭來看這篇序言：

「仔細推敲過他的聲音或真實地與他交往過之後，你又會發現他有他的抱負和強烈的正義感（我常戲稱他為最少壯的少壯派）。」

「他的抱負不容許他自囿於小慧淺思。」

「他表現了一個有心用世的年輕人的壯志與苦惱。」

這些評語，不免過度誇獎，卻也很清楚預見了我往後積極的社會參與；也預見了我文學創作與社會懷抱二方面未能兼顧，都受到極大的限制。

我多麼幸運、多麼感謝，在我文學起步之初、摸索的階段，遇見這樣一位學問淵博又直率的知己兄長；願意花那麼多寶貴時間陪伴我、引導我，甚至叨唸我的張健老師。

附記：本文依據舊作〈文學起步〉之五、之六、之七，三小節擴充而成。

吳晟（一九四四～），本名吳勝雄。屏東農專畜牧科畢業，東華大學榮譽文學博士。二〇二三年擔任東華大學華文文學系駐校作家。曾任彰化縣溪州國中教師、靜宜大學中文系兼任講師，曾赴美國愛荷華大學「國際作家工作坊」訪問。曾獲優秀青年詩人獎、第一屆中國現代詩獎等。著作以詩與散文為主約二十餘種，寫作之餘亦從事農事。

吳敏顯

回到半個世紀前

半個世紀前，宜蘭的年輕孩子不讀職業學校，而去考初中、高中，目標擺明邁向大學之路。從此日夜都得心無旁騖，要將腦袋瓜鑽進課本裡。

偏有個鄉下孩子把路走歪了。他什麼書都迷，單就不喜歡教科書；他勤快地書寫很多字句，單就不愛寫課堂作業。

好在父親是個公務員，不太講迷信，才沒拎著不愛讀正書的我，去找紅頭司公驅邪逐妖，探究哪個魔神仔把兒子拐跑。通常做法是，用老祖宗傳下來的大道理訓誡一番。

宜蘭鄉下多屬窮苦人家，身上缺乏營養，頭殼跟著貧瘠，大部分的老師和家長皆難認同文學和藝術對人生有任何助益。總說，當學生應該認真聽課學習，丟開課本是不知上進，如此少壯不努力，老大肯定徒傷悲！

而整個官署和文化能沾點邊的教育科局，僅認得教科書，成天盯著老師是否幫學生惡補。其他課外書刊沒人認帳，學生弄到小說、散文、藝文刊物等冊子，只能設法躲躲藏藏，防範督學、老師和家長圍攻夾殺。

有人半夜蒙著棉被閱讀，有人利用假日遇雨不必協助農作時，撒個謊躲到廟裡或農會倉庫走廊，才掏出塞在衣服裡的書刊，讀個目眩神迷。

三年初中，正課不好好讀，沒能繼續考上離家五公里的省中高中部，必須跑到十幾公里外的縣中就讀。路程加倍，搭車通學要多一趟轉接，耗時費事又多花車錢。於是，每天上學放學便改騎腳踏車穿梭於農路間。

晨昏時刻，農人蹲踞田裡忙農作，鄉下道路鮮少人車。舊式的腳踏車龍頭鐵管呈水平狀態，和控制前後煞車那兩根細鐵管並行，我用撿來的粗鐵絲綁成克難書架，擱上借來的課外書，邊騎邊看。

於是，莎士比亞全集裡的羅密歐與茱麗葉，跑到我車把上談戀愛；那個本領高強又愛搞花樣的孫悟空，當然不會缺席。至於聊齋裡的妖精鬼魅，嘿，不單大白天在農路上左晃右晃，到了夜晚還跑到我的夢裡作怪。

年紀小夢卻多，一天接一天地讀著課外書裡的故事，難免異想天開，突然告訴自己說：這個我也會寫。就這麼開始跟著夢囈塗鴉。

許是天公疼憨人吧！高一的國文老師宗華先生，慷慨地在我的作文簿上不斷地劃紅圈圈，兩三頁的習作後面常出現一長串又一長串的評語，教我明白哪裡寫得好，哪裡要怎麼加強。宗老師只教了一年，卻影響我一輩子。

這時，在宜蘭救國團擔任文教組長的朱橋先生，熱衷編刊物並鼓勵學生投稿。他還陸續從臺北請來謝冰瑩、王藍、公孫嬿、馮放民、墨人等知名作家到宜蘭演講。當年北宜交通不便，火車班次少，來回車程得花掉五、六個鐘頭，一場演講等於耗費整天時間，若欠缺那股熱情，誰會來？

有前輩如此點火煽風，能否燎原，端看自己是不是跟著提筆書寫。那是個必須把文稿寫在有格稿紙，再把它裝進信封，貼上郵票投進郵筒，才算完成手續的年代。我住的鄉下沒有文具店，而宜蘭和羅東街上的文具店，不乏信紙、十行紙、單光紙、白報紙、模造紙，偏偏少見稿紙。大家只好借來鋼板刻蠟紙，把模造紙油印成有格稿紙。滾印時需要高超技巧，印油多寡必須調得均勻適度，印油少了格線模糊不清，多了則滲出油漬。

在那個只有鉛筆、毛筆和鋼筆的年代，用鉛筆寫作怕被報刊編輯誤認是小學生，毛筆小楷又寫不好，當然只能拿鋼筆寫作。偏偏鋼筆墨水容易遭那漫出格線的油漬排斥，顯不出書寫的筆劃。幾經折騰，寫好的稿件投進郵筒，往往等同投石入海。縱使附了回郵，恐怕也得等一段漫長時日，才會收到退稿。有幸被錄用，隔幾個月甚至一年半載刊出，都不算稀奇。

想維持心底那朵創作的火焰，能夠持續燃燒，我的對策是繼續寫、繼續改、繼續投，永遠懷著希望。

能容納學生習作的園地畢竟有限，寫得比自己好的人又多，同好們為了鼓舞自己，不得不另謀出路，找幾個人一起編油印刊物。讓大家既是讀者，也可以是作者或編者。

年輕的好處是不知天高地厚。一時間彼此有樣學樣，全縣六所高中職學生印行的刊物曾經多達二十餘種，雖然大都是單張油印，極少鉛印，卻也弄得紅紅火火。

彈指間，半個世紀前那個所謂的文藝青年，已是個在宅老人。體力視力記性耐性無一不差，僅剩心底那朵火焰還算熾熱，勉強能夠尾隨著現今的文藝青壯年，動動滑鼠按按鍵盤，在百花盛開的花園裡散散步，聽點鳥語，嗅點花香。

吳敏顯（一九四四～）。政治作戰學校藝術系畢業。曾任陸軍總部新聞官，省立宜蘭高中教師，《聯合報》副刊編輯、萬象版主編，宜蘭社區大學講師，《九彎十八拐》編輯。曾獲國軍新文藝長詩金像獎、陸軍文藝金獅獎、中華民國新詩學會優秀青年詩人獎、中國文藝協會文藝獎章等。著作包括詩、散文、小說約十餘種。

汪啟疆

曬海為鹽

寫作不是在海灘拾貝，再美麗晶瑩也是有其所屬；我被生活所教育，寫作是濾大海曬鹽，凝出身軀內裡的原始、粗獷，體察汗和眼淚那味道、高貴。

小學留連舊書店，鳳山小鎮有牛墟稻田柴頭埤，同學不分籍貫彼此相邀去熟悉小世界。我在火金姑焢番薯游泳裡長大，曹公國小外省人開了間舊書店，泰山安徒生福爾摩斯郭子儀都在那兒認識。發生了兩次不名譽事件：偷書和偷掏父親軍裝口袋買《西遊記》上下集，藏在書包。

壁報和初中作文是啟蒙教導，王光燾老師每次都叫我唸自己的作文，指定我演講比賽自己寫稿，借給我閱讀艾雯的《青春篇》和已遺忘作者的《北雁南飛》，它陪著續升鳳山高中的我擴展閱讀世界：《約翰克利斯多夫》、《靜靜的頓河》、《憂愁夫人》。

民國五〇年救國團要求學校創辦《省鳳校刊》，我被張敏文老師選進編輯組，初次鑽進排字房，劃樣、校對，當然少不了創作、彙稿。當我把鉛字條深印肌膚，體認各處方塊字在肉裡出現，具有特殊感動。

進海軍官校是因為軍人家庭九口之戶承擔不了大學所需求，自己認為繼承陸軍父親往另一條軍人路途頗有意義。我在陸戰隊士官學校以三個月時間受磨難轉化，從士官口頭的死老百姓變作「勉強」認可的「娃娃軍人」！海官一年級電子、機械、輪機、航海全是原文書，學長磨練：服從、忍耐之外，是沒有文學兩個字的。期末考把全班入伍兩百六十九人刷剩一百二十個，莫不戰兢恐懼如海鯰般聚成一團，彼此鼓勵。二年級參加五十二年國慶閱兵為排面班正步操練，進駐臺北時因同學郭義忠帶來《藍星》，才接觸了詩。暑期派艦實習在左營水手巷書攤擁有了葉維廉《賦格》詩集，更嚐到了海和詩的空間和自由；我們回校以年班名義創辦了六期的油印刊物《滋風》，我更嚼爛了《白鯨記》和《冰島漁夫》。

四年級任學習隊職幹部，結識了目具異采，拳擊手身姿的沈臨彬。他派任預備班輔導長，是位軍人詩人畫家的綜合體，詩才正式在我面前出現了活生生的樣板者。

我一直維持手札的習慣，安靜孵在海的內容裡，接觸民謠音樂，習慣合作信賴、同舟共濟；航行下更後浸入最大水域保持閱讀：小說、札記、自傳、神話，成為漬鹹的海藻生物，似乎在成長、卻不明白自己長成啥樣子。戴雲軍艦大修，我拎了兩瓶酒由沈大哥帶到左營軍中電臺見管管，恭敬馴服以尉官身分向長官呈上幾本手札筆記。管大爺很梁山泊的說：「好，我拿給張默看看。」這二位所創《水星詩報》，首頁的發刊詞下，就有我的五首詩作。爾後張默老師引介我入《創世紀》，且被接納，是對自己最大肯定。

開始出發，首先是國軍文藝小說銅像往金像走；第一本集子是《攤開胸膛的疆域》（心影出版社），然後才有黎明出版公司的《夢中之河》詩集，序是季野在《消息》詩刊贈我的詩。這時我已是兩棲坦克登陸艦、中程軍艦中校艦長，駛南洋途中。

出書和寫作後，有學長誠摯的私下告知：好好考量，你是個文人？還是個軍人？正是我寄出〈馬蹄涉水聲〉給《後浪詩刊》，收到蘇紹連兄來信稱為迄今收到最好一篇外稿之時。

沉寂了下來，直到林燿德。他在海軍總部政二處任文宣預官，而我已是作戰署作戰組長。每在中午他推門看我戰務不忙、卷宗不多，就進來辦公室或兩人到後山一處清代墓碑的墳塋談一切他所知道的，他要詢問的，他所鼓勵的。直到我派任兩棲登陸艦隊副艦隊長，占少將缺。離開總部前將這段時間手寫的二本詩筆記交予他作紀念。他後來為號角出版社編輯了第一套中國現代海洋文學選：《海是地球的第一個名字》（詩）、《藍種籽》（散文）、《海事》（小說），三者都給了我一份很大的比重；而且為尚書出版社出十二本新詩集中，就納入我二本筆記以《海洋姓氏》作為我晉升少將賀禮，要求我：帶種籽出海！

我就這樣平凡誠實熱忱的記錄自己的海洋生活和汗淚般滋味的海水。自知少具文學才氣，只是樸摯認真的寫，作個以生活海水曬鹽的人。幾年前在大陸，白靈問我怎麼一直在寫……我回答：「我不及你們；如果不多努力些，你們就把我更甩落後了。」這些是我由一個青年軍人迄今的寫作實貌。

汪啟疆（一九四四～）。三軍大學戰爭學院畢業。曾任艦長、作戰處長、海軍總部作戰署副署長、海軍學院院長、海軍航空指揮部首任中將指揮官。「大海洋」詩社創辦人之一，並主編《大海洋》詩刊。曾獲國軍新文藝金像獎、時報文學獎、年度詩人獎、行政院文建會臺灣文學獎等。著作包括詩、散文約十餘種。

六〇年代以及

尹玲

一

二〇一二年十月十二日夜裡，你捧著陳本銘的《溶入時間的滄海》詩集，從頭到尾閱讀數遍。六〇年代以及隨後的歲月，如潮水般無法停息地撞擊你。

二

六〇年代南越的華文「文青」，於一九六五年購買到臺灣現代詩刊與詩人詩集後，得到的啟發和影響難以想像。一九六六年，你們決定出版《十二人詩輯》來證明自己研習過「現代詩」之後的改變，果然與以前所寫的「新詩」，或「白話詩」樣貌明顯不同。這十二人是：尹玲、古弦、仲秋、李志成、我門、徐卓英、陳恆行、荷野、銀髮、餘弦、影子、藥河。

藥河是陳本銘的筆名。一直到一九六九年十月十三日上午，他親自對你說：「藥河的筆名從現在起成為陳跡」；從那天起他決定以本名「陳本銘」署名他的書寫。

一九六八年（戊申）越共假借停火協議發動的春節總攻勢「大崛起」之前，你們這一代的「文青」應該是南越華文文學史上最積極、活潑好動、熱愛成立詩社文社、舉辦各類文藝活動最多的一群，儘管自一九五四年南北越對峙之後烽煙處處。而戊申一九六八春節戰役慘烈殘酷，讓整個南越在越共「無縫不燒」的「用心」下，幾乎「淪陷」入「死亡」邊緣的深淵。

三

一九六九年你決定離開西貢。你申請到中華民國政府獎學金，在胡璉大使親切的祝福聲中毅然飛往臺北，進入夢想已久的臺大繼續念書。行前藥河完成〈幾時我們是雨〉贈你。抵臺後，你按照與他討論過的共同意見，將你的〈記憶〉與他的〈幾時我們是雨〉同時投到當時是吳東權主編的《文藝》月刊，沒多久登了出來。一九七〇年國軍文藝中心三樓「風花雪月」詩歌朗誦會中，你替藥河抄寫此詩展於現場，並將它譯成越南文，以越南語朗誦〈幾時我們是雨〉。之後連續數年，你在臺北代他將其詩作投向「詩隊伍」與好幾種不同的詩刊或期刊。

四

一九六九年九月十七日赴臺的你，與母親從西貢機場哭到臺北。

隨後，你決定要讓母親對「臺灣之行」留有美麗印象與記憶，你陪著她參加僑胞歸國國慶活動，臺灣北中南與三軍都在眼前。你們最難忘的畫面，是在中山樓看著蔣介石總統與夫人宋美齡優雅地在你們面前微笑走過，你們站在第一排。你也帶母親去了日月潭、烏來、陽明山及其他，那是母親唯一的一次出國機會。她返越時，你在松山機場二樓的觀景臺上目送她瘦弱的身影拎著手提行李，慢慢走到機場中間的飛機旁，登上扶梯，隱入機艙。你淚流不止。從此漂泊。

五

十月多你聯絡上趙琦彬先生，他曾在西貢待過，優秀傑出的劇作家。親切地邀請你到他家去，品嘗他夫人為你準備他的家鄉菜，對你鼓勵多多。

不久你到《幼獅文藝》二樓拜訪你崇拜已久的詩人瘂弦，他給予你許多鼓勵，你也開始試著投稿到《幼獅文藝》，創作或是翻譯。越南短篇小說阮光現寫的〈無名的懷念〉經你中譯後獲得他的稱讚，刊登出來。

《詩宗》於一九七〇年一月創刊，你認識《創世紀》多位著名詩人：洛夫、張默、葉維廉、管管、辛鬱、沈甸等，也與彭邦楨、羊令野、于還素和許多那個年代的詩人、文人、小說家、散文家。你們經常愛聚在國軍文藝活動中心喝茶聊天，中午一起到附近衡陽路的「曲園」餐廳吃湘菜客飯，或是去中華路隔著中華商場的另一邊上海館子「開開看」解饞，飯後又回來喝茶；一杯茶可以從上午十點喝到晚上，出去時將名字寫在紙上貼上杯子即可。

你繼續投稿到後來由姜穆主編的《文藝》，《青年戰士報》的「詩隊伍」（主編羊令野）與副刊，主編胡秀先生對你非常好，肯定你、鼓勵你，你寫散文，也翻譯了都德（Alphonse Daudet）的《小傢伙》和《磨坊札記》二書連載。

一九七〇年夏，胡秀辦一次到小琉球參觀訪問的活動，邀你參加，你因而認識了許多仰慕已久的作家：朱西甯、大荒、舒暢、曹又方，散文隊隊長王明書等。回臺北後，你的散文和詩作（以及陳本銘的）也投到朱西甯主編的《新文藝》去，他對你特別好，會邀你在周末空閒時到他在內湖家中去，鼓勵、討論、聊天；但最印象深刻的，是劉慕沙那一桌好到不能再好的佳肴美食，尤其她和你一樣是客家人，他們的親切和藹加上「鄉親」，讓孤獨留在臺北讀書的你偶爾少去許多落寞，換來歡樂笑聲。

王明書隊長認你為乾女兒，一家人待你特好，春節過年或過節時，一定邀你回「家」，讓你可以減少思鄉思親之苦。乾爹和幾位他們的兒子都是美食者，肯定燒出一大桌的好吃菜肴，可以大飽口福。

六

一九七一年一月「龍族」詩社成立前後，高信疆、林煥彰、陳芳明、辛牧、林佛兒、蘇紹連、蕭蕭、景翔、黃榮村等詩人都先後來找你，力邀你加入詩社。可惜那個時候的你特別喜歡獨來獨往，只在《龍族》詩刊於一九七一年三月創刊後投稿。一九九六年，你和彭邦楨、向明、白靈到香港，才再見到已闊別二十五年的高信疆，俊帥瀟灑依舊。他在半島請好多位港臺詩人共進早餐，談詩論藝，恍惚之間，你還以為回到從前。

七

一九七一年和一九七三年暑假，你曾回越南去，與多位詩友文友共聚。戰局因美國軍隊的「光榮撤退」而越來越不樂觀；只是，當時的阮文紹總統領導的越南政府反而認為：美「帝」已走，越共與南越應可坐下「享受和平」。

一九七三年七月，你與成千上萬從國外回到西貢的留學生受到政府邀請，進入那時的總統府「獨立宮」，與總統阮文紹、副總統阮高奇、前後總理陳文香、陳善謙和他們的美麗夫人以及多位文官武官，「把酒言歡」，想著「可能」的「和平」。酒會之後，讓你們於第二天登上軍機，花了七天時間，載著你們參觀「戰後」的「南越真實面貌」。你看著全毀的「安祿」（An Lộc）小城，踏在戰火亡魂早逾百萬的「驚惶大道」（Đại Lộ Kinh Hoàng）之上，在南北越對峙的鐵絲網界線與年紀小小的越共小兵問答十來分鐘，你感受到的是戰火仍正等待飛躍，全力捲向你們，如同曾在「大道」上將那九歲小女孩徹底紋身一般，即使她已全裸，戰火仍無憐疼之心。你們每天軍機軍車，訪問參觀許多城鎮。和平何在？

一九七五年四月三十日，南越真正「淪陷」，才上臺未到四十八小時的「楊文明總統」（之前曾是政變頭子）熱情打開「獨立宮」大門，歡迎解放軍進來「解放」。此後「獨立宮」變成「統一營」。你再也沒有任何詩友文友的訊息，包括你的家人。你的烏髮，一夜慘白。

八

一九七六年你應姜穆之邀，翻譯法國作家Raymond Queneau的小說 *Zazie dans le métro* 成中文，先由《青年戰士報》副刊連載，再由源成出版社出版。一九七七年你獲得臺大國家博士，教了兩年書，又決定放棄一切，申請到法國政府獎學金，立刻前往巴黎，去見識你自十二歲開始即進入西貢中法學堂念法國中學課程的法國真正面貌風情。你於巴黎第七大學追隨Julia Kristeva上符號學與探討羅蘭．巴特（Roland Barthes）的課，你這時才曉得，原來你所譯的小說和作者，正是巴特在《書寫的零度》中所讚美的「文學語言社會化」到極點的作品和文學家。你立即想到法蘭西學院（Collège de France）追隨巴特上課，誰知他卻於一九八〇年二月二十五日從學院出來，過馬路到對面時，被一部卡車撞傷，住院一個月後去世。你再也沒機會聽他的課，只能買他的錄音帶聆聽。

九

在求學念書的時光裡，你一直都遇到非常好的老師、教授，教導你許多課本內課本外，領域裡與領域周圍的學識、知識。臺大的鄭因百、臺靜農、葉慶炳、屈萬里、裴普賢、張敬等恩師在浩瀚的中國文學和中國學術裡不斷指引你求知的應走之路、解答你尋索許久而覓不著的困難謎底，在你孤單焦慮絕望時為你點燃明燈。法國的恩師Y. Hervouet和J.-P. Dieny在你於巴黎求學之前與之後都給予你非常多的導引，讓你在學術和法國與歐洲文化之中獲得比別人更多的悠遊空間。

一九七九年到一九八五年之間，你曾追隨多位不同的名師修習文學、理論與社會學課程，其中以P. Rambaud對你影響最大，讓你走進「文學社會學」領域，成為華人世界裡最先研究並撰寫此學科專著的人。一九九五年，你再次到巴黎進修「發生論文學批評」（Critique Génétique），跟隨R. Debray L-Genette教授和J. Neefs、Leenhardt、Burgos、Bremond等老師，那時你曾數次與Henri Mitterand一起上課。此外，你也去旁聽J. Derrida和H. Cixous的課，德希達的課永遠是人山人海，不論你多早到，也必須跟密密麻麻螞蟻一樣的學生群擠進那巨大的梯形教室搶座位。幾次你看到最前面的一排都是名教授，其中有H. Cixous。你這次研讀所得，部分寫進了《法國文學理論與實踐》。

一九八五年，你從巴黎回臺北，寄了四十幾箱各重二十五公斤的書和資料回來，當然只有法文。每一箱都幾乎以被拆爛的面貌出現在你住所大門外。一日，警備總部來一份公文，說你的書有「問題」。你心驚膽跳，他們已「進步」到讀懂法文書，尤其是文學理論書？你硬著頭皮去，他們翻開大Larousse百科全書字典封底（中文書籍的閱讀方式和方向），指著第一頁全世界不知道多少國家的國旗之一：你為什麼要寄這本有五星旗的回來？你不知道這是共匪的嗎？

解釋再解釋，最後以黑油筆塗黑，周圍的國旗也遭殃。幸虧他們沒繼續翻，毛澤東、周恩來、列寧、史達林都有照片在內，當然，蔣老總統也在。否則你可能已在綠島。

十

一九七六年至一九八六年之間，你拒絕創作。

一九八二年，你從巴黎飛往美國進行蒐集論文及其他所需資料，紐約、紐澤西、波士頓、華盛頓D. C.（國會山莊圖書館）、馬里蘭、舊金山、洛杉磯、休士頓再回波士頓和紐約，你在這些地方的著名大學圖書館內盡可能地尋覓蒐索。

休士頓市裡，你再見到以為不可能再見的徐卓英時，恍如隔世。你於一九八六年重新創作之後，每次經休士頓見到他時，都勸他重執筆寫詩，他反過來勸你不要過度勞心勞神。二〇〇〇年八月十五日，你到芝加哥，再見到三十三年未見的荷野，勸他再寫詩，他很快燃起六〇年代年輕時對詩的熱愛，「風笛」很快響遍全球。

二〇一一年八月十三日，你特地從巴黎赴比利時探望已四十二年未見的季春雁（鄭華海）。二〇一一年十月二日，古弦和他的另一半婉儀，從澳洲到臺北來看你，四十五、六年的隔離，多少往事湧上心頭。二〇一二年四月七日，在西貢唐人區堤岸再見到自一九九四年幾乎每年都見的陳國正、陳燿祖、秋夢、雪萍、曾廣健之外，同時還有翁義才（餘弦）、徐達光和江錦潛。餘弦是你們一九六七年成立「濤聲文社」時的成員，四十五年未能見面，他今年特地從南越的最南端「金甌」（Cà Mau）趕到堤岸相會，「文青」時對詩歌的瘋狂熱愛有如昨日，你的熱淚直在眼眶打轉。

徐卓英終於在二〇〇六年十一月三日寫下〈愧說是詩〉，刊於二〇〇七年九月《臺灣詩集》五號頁二八；他於二〇〇八年一月二十八日去世，〈愧說是詩〉成為他最後作品。

至於陳本銘，雖然早於二〇世紀末二〇〇〇年九月二十八日去世，卻於二十一世紀的二〇一二年十月，在秋原精采的評介中，我們讀到他畢生的《溶入時間的滄海》。

我們走進歷史，歷史走進我們。

我們這一代南越華文「文青」，六〇年代以及……。

尹玲（一九四五~），本名何金蘭。臺灣大學中文系博士、法國巴黎第七大學東亞所博士。曾任淡江大學中文系及法文系、輔仁大學法文系、東吳大學社會學系教授。曾獲中興文藝獎章、中國詩歌藝術學會詩歌創作獎。著作包括論述、詩和兒童文學。

喻麗清
大同小異的苦悶

我一直覺得理想的人生應該是青春時活得閃閃發亮，年老時活得優雅從容。其實兩者互調也許更加完美。可惜年輕時，我們如何能明白什麼是從容？

最近收到北醫大「北極星詩社」的簡燕微小學妹寄來的《望遠文報》，知道沉寂了很久的詩社又活躍起來了，心裡有說不出的激動。當年我把我的青春全押在那個詩社上了。誰知它依然健在，依然有詩的熱情在那裡燃燒。也許每一代有每一代打發寂寞的智慧，而我們那一代的青年，如果沒愛上文藝真的不知如何打發日子。

我們的青春像張白紙，草稿不知如何打起，父母老師替我們設好的框架我們未必心服。沒有電腦沒有旅行沒有多餘的物質讓我們揮霍，因為外在的自由太少，我們反而拚命想要用文學藝術來豐富自己的內心。回顧所來處，我們強作堅毅用以掩飾脆弱，爭自由有時反而加重了自身的負擔卻不自知。

一種對美好事物的渴望與追求，使我們著迷於哲學，那時候存在主義當道，我們急於知道生命的起點和終點，結果存在主義更加讓我們迷惑。我記得蕭孟能的《文星》和林衡哲的「新潮文庫」，幾乎是我們那一代人最愛的精神糧食。在升學主義的壓力下，其實文藝只能拿來當副食，說它是鴉片也未嘗不可。

我還記得胡秋原和李敖大打筆戰，一個要維護傳統文化，一個要全盤西化，現在想來不過是老人跟少年的戰爭，打到現在中國大陸接下來還在打。那時候文建會和救國團真的為我們這些文藝青年做了很多洗腦的工作。等我出了國門後，才明白原來對岸文化大革命的時候正是我的青春期，不禁捏把冷汗。想想如果調換了場地，難保當紅衛兵的不是我們。當那些紅衛兵犯著一點都不美麗的錯誤時，我們卻在鄭愁予答答的馬蹄中享受著過客一般的浪漫情懷。青年救國團帶給我們的救贖真的不小。

由於愛寫詩，除了在大學裡創辦北極星詩社之外，我還代表北醫參加過救國團辦的暑期文藝營、歲寒三友會、出版研習會等，受益是一輩子的，加上天主教的耕莘寫作班，就讓我文藝得更加徹底。留學風氣一開，大家跟著潮流走我也走，一心要去遠方……流浪……三毛去沙漠受苦受難其實是替我們那一代青年去的。青年的苦悶沒有國界，文藝是苦悶的象徵沒錯。

如今自助旅遊吃香喝辣，手機隨身聽平板電腦，什麼都唾手可得，但宅男宅女們的空虛好像並沒有被填滿。外在的自由多起來，無從選擇的煩惱就開始了。我想，人的一生最好不要像水桶一樣的被注滿，要像火一樣一次次的被點燃，我們那一代的愚蠢也許跟這一代並沒有太大的差別，可是這一代的聰明我們卻遙不可及。

喻麗清（一九四五～二〇一七）。臺北醫學大學藥學系畢業。「北極星」詩社創辦人。曾任職耕莘文教院青年寫作班、紐約州立大學、柏克萊加州大學脊椎動物學博物館、世界海外華文女作家協會會長等。曾獲中國文藝協會文藝獎章、金鼎獎、兒童文學小太陽金鼎獎等。著作以散文為主，另有詩、小說、兒童文學等計有四十餘種，也從事翻譯及編選。

脫代的、孤立的文藝青年

鍾玲

如果「一代的文藝青年」是指同一時期一群在中學、大學愛好文藝的青年，那麼以我的境遇而言，沒有什麼辦法談「一代」的文藝青年，因為我青少年的文學之旅，是一個人的孤獨成長，或兩個人的雙人摸索。

我是在南部長大的，初中、高中讀的是省立高雄女中。文藝青年那時應該是指酷愛讀文學課外讀物的學生，和熱心寫壁報的學生罷。一九六〇年左右處身南部，不像在臺北有明星咖啡屋，有現代詩詩社，有藍星詩社。後知後覺的我完全不知道在近在咫尺的左營，《創世紀》已經出刊幾年了，因為那時還沒讀過瘂弦、洛夫的詩。一直到高三，一九六二年，才發現現代詩。

加上我讀的是風氣非常保守的女子中學，中學六年不記得有哪位老師談過當代文學。但是在高雄的書店卻買得到翻譯小說。我讀翻譯小說是舅舅培養出來的，還在讀小學時，他就買愛德蒙．亞米契斯的《愛的教育》給我，中學又送我托爾斯泰的《戰爭與和平》。所以在中學時期我大量閱讀法國小說、英國小說、俄國小說的中譯本。

此外，也閱讀中文古典小說，《西遊記》、《紅樓夢》都讀得津津有味。《紅樓夢》還讀過兩遍，是不是因此對古代世界特別嚮往？因為初中名列前茅，所以可以直升高中，暑假閒著，父親的上司家中有一整套由大陸帶過來的《蜀山劍俠傳》，我就活吞了五十多冊。是不是因為還珠樓主這部作品，我寫小說偏好靈異題材呢？所以說中學時期讀文學作品沒有什麼指引，也沒有遇到有時代感的文藝青年。其實是碰到什麼就讀喜歡的。

初一的時候，父親由辦公室每天帶一份《香港時報》回家，我天天追上面連載的〈華山劍俠傳〉，這部武俠小說成為我交到一生知己的媒介。方瑜，我初中的同班同學，也是一位文藝青年。兩個人就對坐在教室外的騎樓上，對講武俠小說。每天我講一段〈華山劍俠傳〉，她講一段《白髮魔女傳》。不久，她背一首古典詩，或一首詞給我聽，她是由國學底子深厚的父親栽培出來的。於是我們倆由武俠天地轉進到古典詩詞的世界。

高中畢業以後，即使我們分開進了不同的大學，仍然互通文學情報，互相激勵。她考進臺灣大學，我以第一志願進了東海大學。我們之中一個發現了《現代文學》雜誌，兩個人就把白先勇、叢甦捧在手上心上，當經典來讀。兩人其中一個發現了《文星》雜誌，它就成為兩個人至高的精神糧食，再加上讀卡繆、卡夫卡、朵斯多也夫斯基，兩個人又同時患了時代病，就是陷入感嘆生命沒有意義的存在主義情緒之中。

在大學時期認識的另外一位大文藝青年就是楊牧。我在東海大學外文系讀大一的時候，他是同系的學長，四年級。我給他編的《東風》雜誌投稿。見過學長幾次，我害羞，他也內向，彼此沒有説幾句話。楊牧（葉珊）那時已是詩壇上的新星了。我也開始寫作投稿。雖與他交往不多，另外一個文藝青年的存在給我無形的力量。在大學時期最初發表的作品有一九六五年在文星雜誌上的小説〈陰影〉和一九六六年發表在《中央日報》副刊上的散文〈旅美尷尬集〉。

所以説我是脱代的、孤立的文藝青年，隔離在邊陲的南部，囚禁在女子中學。但是那也沒有什麼關係，雖然閉塞，不管土地多麼貧瘠，只要有一點小小的養分、只要有偶然的緣境，像是一位長輩的一臂之力、一個同樣為文學跳動的心靈，芽就會發出來。不謀而合地，我也具有那一代文藝青年共同的特色：對外國文學中譯本的熱情，對存在主義的追索，還有對試筆的熱衷。因為讀文學作品，令我接觸到那些奇異的、遼闊的內心世界。因為文學創作，令我覺得自己的生命有發光發熱的機會。

鍾玲（一九四五～）。威斯康辛大學比較文學系博士。曾任美國紐約州立大學阿爾巴尼分校副教授，中山大學外文系教授兼研究所所長、系主任、文學院院長，高雄大學西洋語文學系教授兼教務長，香港浸會大學文學院講座教授兼院長、國際作家工作坊主任。曾獲聯合報文學獎、國家文藝獎、菲華特設中正文化獎等。著作包括論述、詩、散文及小說約二十餘種。

曾西霸
追憶文藝營歲月

民國五〇年代，尚在竹山小鎮就讀初中的我，已經是個超小的文藝青年，算是既會畫畫又擅長寫作，尤其後者的表現成績更佳，曾經得過省教育廳主辦的「國文獎金」競賽一等獎，獎金三百元（在那個五毛錢就能吃一碗紅豆挫冰的時代，可以每天吃一碗、連續吃上兩年！）另一小成就則是《亞洲文學》的小說徵選得到「佳作」（第一名是虎尾女中的季季，第二名是新竹師範的曾信雄，第三名則是衛道中學的林懷民），這個小文青考上了原則上不會留級的新竹師範以後，可以隨心所欲地畫／唱／寫，加上機緣巧遇有了美術與音樂名師李澤藩和楊兆禎的教導，文藝成分越來越加全面化，但因長期在《野風》、《中國語文》、《亞洲文學》、《自由青年》等雜誌發表作品，因此個人會最優先爭取參與的救國團「自強活動」自是好漢雲集的「戰鬥文藝營」，民國五十四年我第一次被錄取，同期隊友計有黃以功（臺視導播）、鄧育昆（影視編劇名家）、喻麗清（散文名家）、黃肇松（曾任《中國時報》社長）、王墨林（表演藝術家）等，接受過第一次文藝營洗禮的我，終於徹底理解自己的不足與努力的方向。

到了民國五十九年的文藝營，營隊名稱已褪去黨團色彩，更名為「復興文藝營」，那年我做了一個非常奇特的選擇，放棄公立大學，以第一志願第一名進入文化戲劇系，所以再度回鍋時選擇了「戲劇隊」，同期的隊友則有洪醒夫（小說家）、杜十三（多元藝術家）、林曼麗（曾任故宮院長）、王世勛（曾任立法委員）等，大家年輕熱情、志同道合，還曾擬訂計畫要印行《劇創作》期刊，可惜沒有真正付諸行動。

我與瘂弦先生先後在《幼獅文藝》與文藝營結緣，因為在中國青年寫作協會同工的關係，兩人又均為戲劇系畢業生，在他主持策畫「復興文藝營」活動期間，便極想把戲劇的重要性重新提出，而有了「李白組」、「曹雪芹組」、「韓愈組」、「關漢卿組」並列的構想，並找我去做「關漢卿組」的助教，協助留英的莎劇專家金開鑫教授排戲，猶記得當年詩人陳黎在霧社參與話劇演出時的身分竟非「李白組」，而是「關漢卿組」的成員，而其他組不守本分經常逃課的「第五縱隊」，成員則有林文義、林清玄等。

及至民國七〇年代初期，瘂弦先生要我接任「中國青年寫作協會」總幹事之際，鄉土文學論戰方興未艾，南鯤鯓的「鹽分地帶文藝營」開辦，文藝活動未受政治影響反而大開，蔣勳到「復興文藝營」講課，我則獲瘂弦先生同意，應向陽之邀前往「鹽分地帶文藝營」演講，此一時期的文藝風氣極盛，報名參加文藝營絕非易事，因而「復興文藝營」同時開辦大專學生、中小學教師、工廠青年三種營隊，我每每在迎新晚會上告訴成員：他是你寫作的同好，會讓你在挑燈夜戰爬格子的時候看見遠處山谷中猶有火光，而深感吾道不孤；他也是你寫作的假想敵，如果他可以在《聯合報》的副刊登一篇文章，為什麼我不能在《中國時報》的「人間」也登上一篇？你們的關係有如挪威的易卜生之於瑞典的史特林堡，寫實主義大師易卜生每到怠惰懶散時刻便回望掛在牆上的表現主藝大師史特林堡的照片，砥礪自己振作衝刺！而由我主事的戲劇組活動，則不脫「寫作」的總概念，以編劇與評論為主。而文藝營的舉辦地點也多元化了，照片中的屏東劉氏宗祠之旅，就是在高雄工專舉辦期間我接待駐隊老師的旅遊活動，朱天文很快地就把這場景與東港木造小火車站寫進劇本，變成由陳坤厚導演的電影《最想念的季節》（張艾嘉與李宗盛主演）。

　　三十年後的今天，經歷了革命性的世代變化，新一代的生活模式已非吾人所能想像，傳播媒介的多元自由，閱讀行為的改弦更張，人類對文藝的需求不再那麼強烈，連鎖反應之下文藝營早已風光不若當年。但對我而言，只要想起文藝營在曾文水庫舉辦的那一年，懨懨的夏日午后，營裡特地安排四條船出去遊湖，讓熱愛詩、小說、散文、戲劇的師生們，在幽靜的山光水色中談文論藝，那是何等幸福美好，值得一再追憶的文藝營歲月！

曾西霸（一九四七～二〇一三）。中國文化大學藝術所碩士。曾任學者電影公司創辦人兼董事長、中國文化大學講師、世新大學廣播電視電影學系副教授、玄奘大學大眾傳播學系兼資訊傳播所副教授，培育影劇人才不遺餘力。曾獲中興文藝獎章、行政院文建會舞臺劇本獎。著作論述多為電影評論和戲劇教學，約十餘種。

憶華年
我的一九六〇年代

李黎

一切開始在一九六一年夏天的南臺灣。初二升初三的暑假，我讀完《紅樓夢》，眼前的世界增添了些不一樣的顏色：白茫茫的雪地裡，一個披著大紅斗篷的身影……。

在那之後的高中年代，自己摸索出來兩個閱讀世界：古典的中國文學，和現代的西洋文學——後者全都仰仗翻譯本和《現代文學》雜誌的引介。

一九六五年，我考上臺大歷史系，從高雄去到陌生的臺北。我是個歷史系的逃學生，四年念下來除了必修課程之外，不是跑到中文系和哲學系修課，就是溜到外文系旁聽，實在愧對母系。

一九六六年《文學季刊》創刊，我發現了「現代」和「中文」美好的交集。那些作者：陳映真、尉天驄、黃春明、王禎和……全都成為我的偶像。我熟讀每一期的每一篇文字，那些文章和作家給予我的文學養分，我終生感念。還有短暫的《劇場》雜誌

（一九六五—一九六七），讓我驚鴻一瞥歐美現代戲劇電影，同時也因為看不到原典的悵惘，而感受到了那無所不在的檢查與封閉。

幸而音樂是一個窗口。中華商場的彩色塑膠翻印唱片讓我聽到外面世界的聲音，那幾年聽的是鮑伯．狄倫、瓊．貝絲、披頭四……音樂後面隱約有訊息如密碼，加上流傳在校園裡的那些其實是非常遙遠的人名與書名，於是我生吞活剝存在主義，沙特、卡繆、尼采、齊克果，從現代詩到早逝的才子王尚義的野鴿子；古與今，中與外，我倘佯其間，快樂又焦慮，偶然嗅到的外面的空氣反而讓我更感覺窒息。

一九六八年春天，我跟隨朋友去見形同隱居的殷海光先生。在他溫州街巷子底的家裡，我們喝他沖泡的咖啡，聽他談他的老師金岳霖。有一回送我們出門時，殷先生指著長長的巷子說：當年那些監視他的特務，就在那裡站崗。這是我第一次「看見」那隻無形的戒嚴之手。殷先生的遭遇令我思索什麼才是理想的制度，從而引發了我對烏托邦文學的興趣。

也就在那時候，聽說作家柏楊被捕了。我感到詫異莫名：柏楊的專欄和小說我都讀過，就為了那些嘻笑怒罵的文字，一個作家竟然坐牢？

然後就是那個難忘的夏天：長我十歲、從小到大一直與我非常親密的乾姊姊被逮捕了——竟然是涉及「共匪組織」之類的恐怖罪名。我想起她曾帶點炫耀地讓我看一眼朋友借給她的魯迅的小説，可是打死我也不相信她會加入什麼組織。她的那些寫作的朋友我也見過，聽説好幾位都出事了，其中就有我最崇拜的陳映真，而且聽説他的罪名嚴重得多。忽然之間，那些遙遠模糊的恐懼變成一張幾乎觸摸得到的黑網，逼近籠罩在我的周遭。

在那樣的時候，我的惶惑與煩躁不安更超過了恐懼。生活周遭忽然發生太多令我不解的事，而我知道，只憑著我能接觸到的書報和聽聞的片斷，不可能得到解答。我也隱約知道外面的世界正在發生更多的事：大陸在進行一場「文化大革命」，一個個「匪酋」都成了階下囚；臺北滿街是來自越南戰場的渡假美軍，報紙上説越戰是一場反共的正義戰爭，但我已經學會把報上的話反過來看。我試著找到一些英文雜誌，但是裡面的「敏感」字句常被塗黑，甚至整頁圖片被撕棄。

我渴望有一個知道真相的人能對我誠實地解釋這一切，但我不敢期待有那麼一個人會出現。我感覺自己是待在一間封閉的屋子裡，外面人聲鼎沸，我卻聽不真切更看不見，我焦慮地希望有人來把窗打開，卻又擔憂試圖開窗的人都可能被那張無所不在的黑網綑罩吞噬。

我也寫些詩和散文，投稿到臺大的《大學新聞》周報和《大學論壇》雜誌；出於本能也是局限，我的文章並不觸及當時敏感的禁區。大三那年，《大學論壇》總編輯是森林系的王杏慶（多年後他的筆名叫南方朔），副總編輯是動物系的薛人望。他倆常因稿件內容不妥而被總教官叫去訓話，勒令刪去某些文字，兩個初生之犢就在內文裡將被刪的段落一字不漏用X號代替。記得有一期封面是禁忌的大紅色，上面無數問號，總教官看見時已經來不及查禁了。

我因投稿而認識了薛人望，他介紹我看一本英文書*Brave New World*。秋天我們升上大四，兩人決定動手把這本二十世紀的經典小說翻譯出來，因為這本「負面的烏托邦」描述的是極權統治者用高科技對人民的思想控制——這是我們當時最單純而直接的解讀。

一年之後，用筆名「黎陽」翻譯的《美麗新世界》由志文「新潮文庫」出版。我們畢業，然後一同出國，結婚……自此告別了我的一九六〇年代，開始了一九七〇年代——正好趕上海外保釣運動。那是人生的另一章了。

二〇一二年九月二十八日於美國加州史丹福

李黎（一九四八～），本名鮑利黎。臺灣大學歷史系畢業，印地安那州普度大學政治學研究所。曾任編輯和教職。現旅居美國。曾獲華航旅行文學獎、聯合報小說獎。著作包括散文、小說約二十餘種，並從事翻譯。

心岱
大河的一滴

街頭聚集了各式的地攤，占據了長長的人行道，販子攔住過路人，叫賣著堆積如山的「跳樓貨」。我站在剛下車的公車站牌前，久久無法行走，望著那些工廠滯銷貨背後可能的血汗故事，打從心裡一陣陣的抖簌，禁不住淚流滿面。

這是一九七三至一九七四年間，中東戰爭爆發以來，因石油禁運而引起全世界的第一次石油危機，臺灣當時有五萬多家中小企業應聲倒閉，整個社會所發生的恐慌漣漪效應：有錢人家拋售房產、搶辦移民，貧窮人家則競相囤積日常用品；在前一年的一九七二，臺灣剛剛經歷臺日斷交的外交風暴，此刻雪上加霜，灰暗籠罩大地，路人個個露出茫然的神色，匆匆隱遁在巷弄之角，空氣中迴響著攤販嘶聲力竭的叫賣聲。

那年我二十五歲，每天在家裡寫小說，努力耕耘著「作家夢」。或許就是這個環境氛圍，觸動了我的靈魂，種下了我日後會深入高山河野的大自然，穿梭於市井民間的一股力量。

我是戰後嬰兒潮的世代，在戒嚴令下長大的孩子，我們從不談論社會事件，國家大事甚至是重大禁忌，我們追求的是「自掃門前雪」的安全生活。我從當時非常封閉的鹿港家鄉來到臺北，懷抱的正是與我所受教育完全相左的意識形態。我無法止住內裡要探索世界的渴望，一顆洶湧著熱情奔流的心，載著我，來到了命運之途，當我感受了街頭一幕的騷動，冥冥中我知道我將脫胎換骨。

六十年代初期，世界思潮正邁向「尋根」的步伐，當時臺灣遭受局勢動盪，自第一次石油危機之後，雖然臺灣啟動了「十大建設」挽救經濟頹勢，但一九七八年，卻面臨最大的「臺美斷交」之挫折與傷痕，臺灣有如國際孤兒，於是社會興起了一股「本土熱」，知識分子登高一呼：回歸鄉土，尋找自己的根。此時也是「黨外崛起」的年代。

文藝界正如火如荼地展開「報導文學」的書寫，作家從象牙塔出走，報導熱情奔流的民情俗事，反應令人隱憂的環境故事，把臺灣人腳踏的土地做了一番檢視與掃瞄。

我的第一個工作，便是搭上了「報導文學」的列車，在當年的社會氛圍中，以臺灣作家的身分，為《皇冠》雜誌開闢採訪專欄，詳實報導草根的現實界。

當時，除了我之外，《皇冠》雜誌還網羅了馬以工、李利國、愛亞及攝影家林柏樑，算是雜誌媒體中最早一批由作家組成的「報導隊伍」，《皇冠》雜誌原本是以「小說、散文」為主流的大眾文學雜誌，在六十年代中期，卻易改旗幟，將一半的版面匯聚到潮流大河，為新時代的來臨，創造了嶄新的空間，為新讀者開啟了「未來之眼」。

有別於「新聞採訪」的「報導文學」，其報導的素材或執筆的訴求，都是為了揭櫫人所不知的真相，或凝聚於現象的挖掘，引發人們觸碰不敢正視的議題，或扭轉觀念、或導正解決……作家之筆往往扮演了這算是「社會良知」的聲音。為了佐證，來自圖像的說明，正是「報導文學」不可或缺的搭檔，況且，照片的力量有時候遠勝於文字的訴說。

因此，採訪工作往往需要雙人行，也就是作家與攝影家互為搭配。

我最早的攝影家搭檔是林柏樑，當年我們都是熱血青年。不久，《時報周刊》創刊，林柏樑立刻被邀聘而離開了我。隨即，其他三位作家也各有前程，紛紛離去，只剩我一人獨撐大局。

但是，連捲底片都不會的我，怎麼辦呢？此時，在《皇冠》雜誌相遇了黃春明，他熱切的導引我認識當時風靡全球的「報導攝影」；他先舉了日本為飲水汙染而引起「痛痛症」的例子，再讓我看當時報紙、雜誌所揭發的報導。一張張令人震撼的照片說明了曾經被掩蓋的疾病之謎。

「『報導攝影』的精神，就是以平視的眼睛，發現別人所視而不見的現象。」黃春明為我下了這個註腳。

「最好以五十的鏡頭，平實的反映真相。不要曲扭事實、不要誇張故事。」他說。

接著教我捲底片、調光圈、按快門……。

我於是懂得了「攝影」對我工作上的意涵，此後八年在《皇冠》雜誌上所發表的題材，都是由我策畫、採訪、攝影、書寫一人完成，這一套完整功夫的學習，開發了我日後多元的潛能，雖然，我並非想要成為「攝影家」，但透過鏡頭看到的事物，以及在瞬間就要決定的掌握，練就了我心、眼、手三者連結的準確與犀利，以及分寸之間的平衡與美學表現。

我獨自一人上山下海，走遍臺灣各個角落，以書寫與攝影記錄臺灣尚未全面破壞的自然資源，它映現了臺灣當時城鄉尚存美好的景致。

七十年代，臺灣經濟起飛的黃金時光，我有幸以筆參與了社會再造，並響應當時由高信疆先生在《中國時報》「人間副刊」所舉辦的「報導文學」獎，我以〈大地反撲〉、〈美麗新世界〉兩篇文章蟬聯第四屆與第五屆的首獎。

「報導文學」成為本土化最初的旗手，它解讀了當下的社會真相，立即傳達了民間與執政者之間的交流，它的文學功能立竿見影，它拋出了議題空間，影響了政策的制訂，雖然報憂令社會沮喪，但是真相提醒了大家面對不逃避。在當時還處於「報禁」的年代，報導文學是一種變相的「言論自由」，是一種「改革發聲」。

所幸有了這種文學形式，加上文學家大規模的參與，它可以說締造了臺灣的生機。因受獎關係，我應聘到《中國時報》，站在第一線上，擔任「生活版」的專欄記者，寫人、更寫生態，寫文化現象、更寫自然浩劫。

我這時的攝影搭檔是林國彰，屢獲國際新聞攝影獎的他，總是埋頭工作，從不多言。在職場上，我有幸與志同道合的人並肩出征，展現有如「武家」的身手。

我真的脫胎換骨，經過了臺灣從暗夜苦海到黎明揚帆，然後是「解除戒嚴、報禁開放」，「經濟起飛、亞洲四小龍」，這期間，本土化是臺灣轉進的關鍵，接著，解嚴之後的風起雲湧時代，環保意識得以有了啟蒙空間，自然保育、愛生哲學的種子開始萌芽，我很慶幸自己一邊走一邊摸索，不僅完成了「作家夢」，更是參與了大時代變貌的一個棋子，在這條奔流中，有機會扮演大河的一滴。

心岱（一九四九～），本名李碧慧。育達商職夜間部畢業。曾任《國語日報》語文中心教師，《自立晚報》副刊、《皇冠》雜誌採訪部策畫，《工商時報》副刊編輯、《中國時報》、《民生報》記者，創意工作室主持人、時報文化出版公司主編。曾獲時報文學獎、中華文化復興委員會散文金筆獎等。著作包括散文、小說、報導文學和兒童文學約六十餘種。

葉言都
文學編青與《臺大附友》

文學編青者，花在編輯刊物上的時間精力比寫作多的文學青年也。

臺大附友者，就讀臺大的師大附中校友也。

《臺大附友》者，四十多年前臺大、師大的附中校友會曾編印過的一種內部刊物也。

那時我還稱不上是以寫作為主要活動的文學青年，倒是對編輯文藝作品很有興趣，可稱個文學編青。

時維一九六八年冬，幾個剛升上大二不久的臺大附友想為校友會做些事。這批人陣中包括當今行政院長陳冲、臺大法律系教授葛克昌、已故的大導演但漢章等，我也列名其間。大家幾乎都是念文、法的，既無過人的體力與球技在比賽中為母校爭光，亦缺足夠的人脈弄到經費與場地舉辦大型活動；腦力激盪下，也不知是誰首先提議，我們可以為臺大附友們辦一份高水準的文化刊物，眾人立刻紛紛贊成，當即為這份我們初試啼聲的刊物取名《臺大附友》。

那時的文學編青說幹就幹。我們散會後立刻分頭構思邀稿，並約定下次聚會時間。眾人一陣奔走後，承蒙諸位臺大附友的支持，居然邀到大致能編出一份雜誌的稿量，內容則從中文系附友研討《詩經》的學術文章到經濟系附友漫談黃金的散文都有。剩下不夠的分量，就由我們幾個各寫點東西包辦了，當然但漢章談電影的作品不在充數之列，反而是重要的賣點。

刊物的經費除去可憐的校友會費外，我們的腦筋動到向母校師大附中募捐，我還是募捐代表之一。結果母校鼎力支持，加上極少數全靠人情拉來的捧場廣告，經費也就勉強夠用；自然我們的誤餐費與公車票錢都不得報銷，各位作者也全無稿費。

那時沒有e-mail，沒有傳真機，取稿得靠信件或跑路。好不容易收齊稿件後，又因沒有word檔，沒有電腦打字，送交印刷廠檢字排版就是接下去唯一的出路。經由另一位附友的介紹，我們找上臺北市公園路巷子裡的一家小印刷廠，老闆一口答應承印，也報了價。於是以後幾天大家輪流窩在那裡校對稿件，一些校對專用的符號，我還是看廠裡其他書籍雜誌的校樣現學現賣的。在印刷廠狹窄的空間裡，聞著油墨與紙張混合起來的氣味趕工校對，一種加入文化人陣營的感覺油然而生，連巷口小麵店的麵都變得特別好吃。

《臺大附友》第一期印完時是個黃昏。眼看著自己長時間打拚的心血終於變成白紙黑字的印刷品，封面還有四個金色的刊名大字，眾人全部大樂，每人拿起一本還帶著微溫的「文化刊物」欣賞起來。正在得意之際，有位政治警覺性特強的老兄忽然發現，刊物封面的「友」字製版時左邊那一撇做得太短，幾乎沒有超出上邊的一橫，有點像個「反」字。「臺大附反」？在那個年代這可不得了！

幸好我們的頭腦尚屬靈光，不久就找出解決之道。我們立刻飛奔到一個刻印攤子前，買下幾個只有一條橫槓的橡皮章，回到印刷廠要了點金色油墨，七手八腳用那幾個橡皮章蘸著油墨，一本一本地往封面上蓋。如此這般之下，「反」字出頭，變回「友」字，《臺大附友》總算得以正名出刊。

一切搞定，刊物也運出後，我帥氣地走進老闆的辦公室要他結帳。他拉開抽屜取出一本發票簿，抬頭問我：「發票要開多少？」那就成為我第一次踏入成年人世界的洗禮。

記得我只回答他三個字：「開實價。」這三個字使我通過考驗，終於成為一個文學編青。

葉言都（一九四九～）。臺灣大學歷史系博士。曾任《中國時報》「人間副刊」編輯、記者、美洲版副總編輯、祕書、協理、副總經理、財務長等，世新大學通識教育中心、東吳大學歷史系兼任講師，並為時報文化出版公司監察人及董事。曾獲時報文學獎科幻小說獎、推理小說首獎。著作以科幻小說為主。

蘇紹連
舞文弄墨話後浪

記得在一九七〇年代，我二十多歲，在某一期《創世紀》詩刊介紹作者時稱我為「青年詩人」，而另有一期卻忽然見到我被喚作「文藝青年」，當時我嚇了一跳。對於前者稱謂，「青年詩人」是指詩人的年紀輕，或是青春年少，「青年」二字是形容詞；若喚作「文藝青年」，意義大不相同，是以「文藝」二字為形容，形容一種有文藝情狀的青年，也就是說這種青年不見得是詩人，只是披戴文藝的風貌。

現在回憶那個年代，我被視為是「文藝青年」，必然有一些代表性的理由。主要的理由是，文藝青年得會舞文弄墨，最好具備一身寫作才華，在文學類型的詩、小說、散文中至少要有一項表現，若未見到其中一項的發表，則難被視為「文藝青年」；另外，文藝青年也要具備一些才藝，諸如書法、繪畫、歌唱、演奏、戲劇、裝置等藝術的表現，換句話說，能「舞文」又能「弄墨」的，才是標準的文藝青年。像當時我崇拜的不少詩人洛夫、張默、瘂弦、商禽、辛鬱、碧果、周夢蝶、羅門等前輩，除了基本的「舞文」（寫詩）外，哪一個不來「弄墨」（書法、繪畫、歌唱、演奏、戲劇）的？

而我這一代的「文藝青年」呢，誰在舞文弄墨？就以自身說起，我是師專體系出身的青年，那是一個封閉的校園，學生集體住校，往往要靠社團形塑為文藝青年，故而凡參與文藝社團的，如校刊編輯社者、文藝社者，是為有文藝氣息的青年，只可惜因有名額限制，要入社不易，就在有一年校方答應可以由學生申請創立校內社團時，我同級的隔壁班同學王永福或呂錦堂等人組織了一個「以太畫會」，我則與低我一屆的洪醒夫申請組織了一個「後浪詩社」，如此展開青年人的創作理想版圖。王永福是誰？他畢業任教職幾年後，成為「新雨出版社」的發行人，當年常在圖書館遇到沉潛於書香的他，沒想到他果然成就了他的文化出版事業；而洪醒夫呢？除了是「後浪詩社」的三位發起人之一，又接了校刊《師專青年》的主編，在校刊內設定了「後浪詩頁」，刊登後浪詩社的作品。洪醒夫熱中文學創作與活動，創作主力放在小說，與陌上桑等人合辦《這一代》文學雜誌，廣交文友，可謂是標準的文藝青年。

而我畢業後，把「後浪詩社」帶出校外，為了讓詩社茁壯，登上詩壇，所以廣納他校年紀相仿的詩人，改組為「詩人季刊社」並出版刊物，這時我主要的文友是以「詩人季刊詩社」的成員為主，原來後浪班底為師專學弟陳義芝、掌杉、廖永來等人，陳義芝的溫文儒雅，是文藝青年的形象典範，一路與詩不離，並擔任了《聯合報》副刊主編，為文學奉獻心力，造福不少作者與讀者。掌杉（張寶三）好學不倦的形象，亦是文藝青年的楷模，年紀輕輕即擅於論述評析，最後埋身於國學研究的領域，在臺灣大學擔任教授。廖永來走上政治之途，從文藝青年轉變為熱血青年，以政治延續其文學精神，他從政壇退隱後，仍拾回其文學創作。

在「詩人季刊詩社」的社員中，來自東海大學的李勤岸是熱心而有理想的文藝青年，他歷經補習班與雜誌經營的磨練，走著自己的「國民詩」創作，再至美國求學深造，取得夏威夷大學語言學博士學位，回臺成為臺語的語言和文學的領袖之一。國立藝專畢業的林興華，是詩社社員中最早出版詩集的，且由詩社出版，書名《星期》，余光中寫序，後來回到他的花蓮壽豐，扎根故鄉，投入社區文史工作付出心力，令人感動。臺北醫學院畢業的許茂昌曾是校內北極星詩社的一員，在加入後浪詩社後，帶來歌與詩的甜美詩風，他彈吉他寫歌，早年流行歌壇也有不少歌詞出自他的筆下，後來在臺中的北屯經營藥局。在當年詩社的詩友中，李仙生已在職場工作，他有一股為其他文藝青年所無的俠義之氣，曾在詩刊中與龍族詩社打過小小的筆戰。而最能與陳義芝一樣在詩壇大放光彩的是蕭蕭，他從龍族詩社轉進到後浪詩社，與大家並肩打造詩的版圖，至今著作達百本以上，建構了其臺灣新詩美學的鉅大工程。

當年詩社十多位社員們相互交往，一起辦詩人節慶祝活動、座談會、推銷詩刊，毫無吝惜個人的時間與金錢，雖然當時每個人都不是文壇要角，對詩壇發聲似乎人微言輕，出版詩刊總是財務困頓，在現實生活中也充滿了無力感，但大家除了各自的「舞文弄墨」外，還是展現了一代文藝青年不畏不懼的精神，把一個詩社詩刊撐完階段性的使命後才宣告結束。

蘇紹連（一九四九～）。臺中師範學院語教系碩士。曾任臺中沙鹿國小教師。後浪詩社、龍族詩社、《臺灣詩學季刊》創辦人之一，長期為《臺灣詩學吹鼓吹詩論壇》主編。曾獲創世紀二十周年詩創作獎、國軍新文藝金像獎、時報文學獎、洪建全兒童文學獎、聯合報文學獎、年度詩獎、臺灣文學獎、大墩文學獎等。著作以詩為主，並與攝影作品結合約二十餘種。

王岫

半調子的文藝青年

我考上大學是民國五十八年。五、六〇年代，大學錄取率低，特別是乙、丁組（文、法商組），大約只有十八—十九%，大學生還算是社會的菁英，故只要上了大學，走在校園裡，洋裝書一抱在手上，就似乎是天之驕子，社會也常以文藝青年稱呼大學生。

那就是廣義的文藝青年。彼時尚無電腦、網路，更不用談到臉書、推特的串連，青年要對國家大事、社會議題或流行時尚有所反映，唯有透過一支禿筆，在報上的副刊或雜誌發言；大學生要關心校園之外的訊息，也唯有多看報紙或期刊，大家自然而然就培養出一股文藝氣息吧。

念文組的，即使不是正統中文、外文系的學生，也多多少少會關心文藝之事，因為文藝知識，似乎算是文組學生的基本涵養。我念的是師大社教系，分為新聞、圖書館學、社會事業三組；新聞組必須磨練文筆，重視文學寫作自是必然；圖書館學組必須多知書，古代史書藝文志觀念的傳承，自然也令我們不敢忽視文藝通識；社會事業組需寫輔導個案或社區訪視報告等，也需有一支快筆的需求；因此，我們三組的同學組織讀書會，討論的書經常還是以文學書籍為主，如白先勇當時一鳴而紅的《臺北人》或《金大班的最後一夜》等，又如，當時存在主義的風潮，也常席捲國內報刊，我們雖然不懂，但總會去注意一下。

這是我所謂的半調子文藝青年——就是雖然不是文藝科系學生或從事文藝創作的青年，但至少對文學有點興趣，有一點通識，或者會關心文學大事。這和現在許多大學生或青年，畢竟有所不同。我看許多年輕人，除非念的是文學本科系，要不然即使是文組的其他科系，也都極少有人在讀報紙的文學副刊或知道什麼文學刊物了，問起他們有哪些作家或作品，他們也都很陌生。這也不能怪他們，因為他們的底層通識，都被3C電腦、網路及臉書等功能、技巧所占去，文學變成可有可無的邊緣知識而已。這也難怪，和五、六〇年代報紙副刊和文學刊物的百花爭鳴相比，現今的報紙副刊凋零，文學刊物式微，不就是少了我們這一代——這一批半調子文藝青年的關係嗎？我們那一代的半調子文藝青年，就如同棒球迷一樣，雖然本身沒打球，但支持球隊，會去看比賽，這種人一多，棒球風氣自然興盛，球隊實力自然提升。如果少了球迷的參與，職棒即使繼續存在，打來也是有氣無力了，正如我們今天的棒球環境一樣；而文壇，似乎也如此。

大學畢業後，我進入中央圖書館（今國家圖書館）工作，我發現我們這種半調子文藝青年頗多，像張錦郎學長，談起文藝作家，頭頭是道，還編了一些作家筆名索引之類的工具書。其他如蘇精學長、鄭恒雄學長、宋建成學長及唐潤鈿、黃淵泉、顧敏等同事，也會在報紙副刊介紹一些圖書館或圖書方面的新知，可見他們都知道結合自己的專長——圖書館學，在文學園地開闢一點知識的花朵。而二、三十年來，我也因對文藝有一點興趣，嘗試以散文或報導的方式，在報刊持續介紹圖書館或新書的資訊，兩邊遊走，老妻笑說我兩邊都是半調子了。其實，文藝知識深遠，文學創作則要有才華，我還是以圖書館員自居，文藝終究是休閒和欣賞。

我比學長和同事們較幸運的是，後來我的工作之一，是曾經參與圖書館一段長時間建置的「當代文學史料影像全文系統」的建檔及審閱工作，看過了幾乎兩千多位作家的資料，這份工作曾和《文訊》雜誌進行合作，因此幾乎每個月都要讀《文訊》。我以前半調子文藝青年的素養，讓我對此份工作，還算駕輕就熟。這時候，我總想起來，和我一起打拚，已於三年前英年早逝的好同事莊健國先生，他是臺大哲學系畢業，卻也多知文學作家之事，我本以為他跟我們同樣是半調子文藝青年，沒想到他更厲害，電腦知識和技能一把罩，這系統幾乎是靠他的努力建置完成的。

我不得不承認，現在半調子文藝青年，另外半調子，最好還是能趕上時代，多嫻熟一些電腦新知，或許才能為文藝的數位發展及檢索技巧，開創一些新道路，為文藝的研究提供一些幫助吧！

王岫（一九五〇～），本名王錫璋。臺灣師範大學社會教育系圖書館學組畢業。曾任省立臺中圖書館館員、幹事，中央圖書館編輯、國家圖書館編審兼代參考組主任，同時為《國語日報》家庭版「每周書訊」專欄作者及親職教育版「觀念頻道」專欄編選人。著作以散文為主。

廖玉蕙
那些仰望滿天星辰的日子

二十歲那年，我因為主編東吳大學的校刊，有機會參與救國團舉辦的「全國編輯人研習會」，因之被瘂弦先生網羅進去當時頗負盛名的文學雜誌《幼獅文藝》擔任編輯。從此，一頭栽進所謂的「文壇」，和當時的許多文學前輩，或當面請益，或以書信往來。也許是這樣的因緣際會，我的人生和現代文學建立了非常密切的關係——三十多年來，除了創作散文，同時也在中文系裡研究並教授文學。

當時《幼獅文藝》的作者群堪稱冠蓋雲集。在主編瘂弦先生的力邀下，琦君、張愛玲、王鼎鈞、周夢蝶、余光中、洛夫、楊牧……等現代文學巨擘都齊聚一堂。那真是個文學的黃金年代！年輕的我，像仰望滿天星辰般，目不暇給。

在《幼獅文藝》當了幾年編輯，有幾宗印象深刻的事，直到現在都難以忘懷：一是周夢蝶先生長年穿著冬季厚衣、戴厚呢帽的模樣。每當他出現辦公室時，我總因為感同身受而大汗淋漓。當年瘂弦先生曾請他代為潤飾《幼獅文藝》的部分稿子，他老愛用毛筆作業，除毀屍滅跡式地槓掉冗詞贅句之外，還將文章修改得通篇黑麻麻的。我記得最清楚的是，有一回修改一篇西班牙的譯文，他大氣派的更動，我感覺已大大逾越我所理解的「潤飾」而更接近創作，然因原作已然血肉模糊，不復辨識，所以，也無法查核是否符合原意。只是，他一時改得興起，竟將翻譯者名字中的「分」字也逕自改為「棻」字，讓瘂弦先生大吃一驚，也讓我們大開了眼界！

其次，有一年，瘂弦先生出國進修，由王鼎鈞先生暫代職務。王先生為人非常謹慎，可能是被白色恐怖事件嚇壞了，常常為我們認為無足掛懷的細事再三斟酌沉吟。譬如：迎著燈光，拿著畫家所繪插圖，在燈下反覆尋找有無潛藏臺獨記號。有一回，終於讓他給找著了——十六開的畫紙上作者簽了個「台」字。我們笑著回說：「繪圖者就名叫『楊國台』啊！」他竟神情凝肅地質疑：「這就對了！他為什麼不簽『楊』或『國』，偏就簽『台』！這不就是一種暗示嘛！」當年，編輯臺上有許多的禁忌，紅色就是其中之一。有一次，奚淞先生在《幼獅少年》上翻譯了篇〈穿紅背心的少年〉短文，他提醒我們格外注意：「為什麼不穿白背心或綠背心，偏要穿紅背心！」我們駭笑說：「因為原著的題目就是這樣的啊！」他又說：「你不覺得奇怪嗎？他幹嘛偏要翻譯這樣的文章！」當時年少輕狂的我，聞言簡直驚悚地雞皮疙瘩掉一地。前些年閱讀他的

《文學江湖》才知當年的江湖險惡，這些看似無聊的疑慮，還真有其殘酷的背景因素存在！

另外，瘂弦先生內務、外務都多，作者寄了稿子來，他往往來不及審閱，日子久了，就算不合適，倒不好意思退稿了。曾經有一本擱了許久的翻譯稿子，因久候未登，譯者差點兒因此翻臉。瘂弦先生只好匆忙讓稿子上版，打完字回來校對時，編輯室裡差點嚇壞，內容是同性戀加亂倫，以當年救國團刊物的尺度衡之，堪稱大膽情色之至極了。無奈之下，瘂弦先生開始進行加工改造工程，將同性戀和亂倫者身分一併修改，連載的情節，因為角色性別的錯亂及身分關係的修改，所有衝突的動機都成了缺乏邏輯的掙扎、矛盾，讓讀者丈二金剛摸不著頭腦，堪稱編輯史上最大的烏龍。當年文網之密，使得人人自危，由以上二事可見一斑。

如今回想，也覺奇怪，那些堪稱和文壇最為接近的日子，卻也是我個人和寫作最為疏遠的歲月。在《幼獅文藝》的中後期，除了照常幫忙約稿、採訪作家、審稿、校對外，也擔負起撰寫「編輯案頭」的責任。有時推薦當期重要文章；有時概述當期編輯策略，感覺自己似乎開始能獨當一面了，卻始終未曾想到過提起筆來寫寫埋藏在心裡的想法。我只是拚命得閱讀，並在和作家的聯繫中努力的觀看他們的寫作姿態。

其後，因為結婚生子，我暫辭工作，遠走桃園龍潭，開始在家相夫教子。然而，日日推著娃娃車，看著蘆葦翻飛搖盪，諦視渾圓的紅日落下山頭，忽然覺得心下悃悃然，彷彿掉了魂魄，再也找不到生命中的熱鬧繁華。於是，繞了一圈後，我決定重新走回老路子，尿布、奶瓶成為過渡，我還是覺得只有在文學的國度裡才能安身立命。

三十年來，我邊教書、做研究，邊抽空創作。在學院和文壇間兩頭奔走，仗著文學圈子的老鳥經驗，我為學校請來名家白先勇、黃春明、雷驤、施叔青、蔣勳……擔任駐校作家；陸續接了國科會和教育部的案子，一邊遠渡重洋拜訪世界華文作者；一邊在國內挑選好作品，編選出精緻現代文學的教學用書並邀請作家蒞校演講，竟然在不知不覺間將當年的線索又逐漸串連了起來。原來，當年的閱讀與觀看是蠶吃桑葉的養成；如今，我終於也慢慢吐出絲來，儘管吐出的絲，質料尚欠精細，仍然有待細細琢磨。但我可以毫無疑義地向世人宣告：「我的人生因為曾經仰望過滿天的星辰而變得更加美麗。」

廖玉蕙（一九五〇～）。東吳大學中國文學博士。曾任《幼獅文藝》編輯，世新大學中文系教授，臺北教育大學語言與創作學系教授。現已退休。多篇作品被選入高中、國中課本及各種選集。曾獲中國文藝協會文藝獎章、中山文藝獎、中興文藝獎章、吳魯芹散文獎、臺中文學貢獻獎等。創作以散文為主，兼及論述、小說及報導文學約六十餘種。

輯三・繆思之戀

古蒙仁

追逐「文」學花「季」的小文青

我與黃春明、陳映真的忘年之交

在寫作上，我啟蒙甚早，憑著興趣與自己的摸索，初中時就常投稿家裡訂閱的《臺灣新生報》副刊，賺些外快買自己喜愛的文學書籍，高中時負笈他鄉更可靠投稿賺取生活費，處女小說還曾刊在當時的《中國時報》「人間副刊」，使我的國文老師刮目相看。

可是這些全屬土法煉鋼，每天課餘只曉得埋頭苦寫，且因學校位於南部，無法接觸到純文學的刊物，遑論受到某些名家的指點或影響，更別提所謂的文藝思潮或文學理論的啟蒙了。總之，那時的我就像井底之蛙，自鳴得意，全然不知文學的天地有多遼闊。

直到民國六〇年上臺北就讀輔仁大學，進了文學院圖書館之後，才發現裡頭有那麼多的文學書籍與雜誌，琳瑯滿目排滿了層層的書架和每個角落，看得我瞠目結舌，呆若木雞，這才發現文學的世界真個浩如煙海，而自己則是何等的卑微與渺小。

從那一刻開始，我像個餓過頭的人，貪婪地掠食每一本沒看過的書本與雜誌，幾已到了廢寢忘食的地步。我以圖書館為家，每天除了睡覺與上課之外，幾乎都耗在裡頭。同時我也不忘創作，每天晚上都在那兒玩「爬格子」的遊戲，與文字拔河，和稍縱即逝的文思苦戰。也在這時，我給自己取了一個新的筆名「古蒙仁」，將過去用過的三、四個筆名全部拋諸腦後，以輔大圖書館為誓師之地，準備揮軍向文壇出發。

何其幸運的是，我以這個筆名發表的第一篇小說〈盆中鱉〉，就被選入《六十一年度小說選》，首次出師就傳捷報，對一個初出茅廬的年輕人來說是多大的鼓舞，也讓我對自己充滿了信心，因而乘勝追擊，絲毫不敢懈怠。

某天下午，我在圖書館地下室一個偏僻的角落，找到了一堆布滿塵埃的舊雜誌，我好奇的翻開來看，無意中翻到了過期且過時的《文學季刊》。這是我從來不曾看過、聽過的一份文學雜誌，略微翻閱了一下，便先借了一本回去，連夜把它看完。

那是我十分獨特、且一輩子難以忘懷的閱讀經驗，因為裡面的作者大多是我不認識、也不曾看過他們的作品，卻深深地把我吸引住了。黃春明、陳映真、七等生、王禎和，是何方神聖？為何一般的報章雜誌很少刊載他們的文章？這才發現我接觸過的國內作家的作品，是何等的不足與有限！

以後幾天，我把圖書館內那一堆「文學季刊」很快地看完了，原本只是糢糢糊糊想寫點什麼的星星之火，突然熊熊得燃燒起來，照亮了我的創作之路，我終於知道我要寫什麼，以及怎麼寫了。我刻意模仿黃春明和陳映真的語言和文字風格，服膺他們的文學理論與主張，用現代年輕人的語言來說，我成了「追星一族」的小文青，也是他們二人的「頭號粉絲」。

大三第二學期時，有一次黃春明應邀到學校演講，那是我第一次看到心目中的偶像。我擠在聽眾中聽得如醉如痴，結束後不知哪來的勇氣，還跑去找他聊天，告訴他我也在寫作，很想找機會去向他請教。他問了我的筆名後，表示「略有印象」，很爽快地便把電話和地址留給我。我如獲至寶，只是一向害羞內向，一直不敢貿然去找他。

到了大四上學期結束時，我因一門課被當無法畢業，內心懊惱到極點，到了六月同學都畢業離開學校了，我還不知何去何從，心情更是跌到谷底。幸好這時「人間副刊」的主編高信疆要我寫些報導文學的稿子，便到鼻頭角和九份各住了一個月，回到臺北後學校宿舍已關閉，一時無處可去，居然異想天開得打電話給黃春明，問能否到他家借住一段時間，同時想請教他報導文學該怎麼寫。

那時我涉世未深，渾然不知道此舉是何等的唐突、失禮，會給對方帶來多大麻煩與困擾。而且事後我才知道，黃春明那時並沒有穩定的工作，正在拍一部《芬芳寶島》的紀錄片，身兼編劇、攝影和導演，每天在外奔波，忙得好幾天才回家一次。

但他卻一口答應了，我這個冒失鬼迫不及待地拎著簡單的行李，當天晚上便興沖沖地住到他家去。他家在北投奇岩新村，是一棟靠近山坡的公寓，房間並不很大，黃大嫂和國珍、國峻二位小兄弟出來接待我。我在一個小房間安置妥當後，走進盥洗室一看，幾乎傻眼，因為掛浴簾的架子上吊掛的全是沖洗好而尚未瀝乾的底片，一條一條，長長短短，彎彎曲曲，活像是被剝了皮後晾起來的蛇，印證了那時他正在拍紀錄片的事實，也對他事必躬親、雙手萬能的行事風格，印象至為深刻。

那晚很晚了黃春明才回家，洗過澡後即招呼我坐在沙發上聊天，話題即環繞著報導文學的寫作。不時以他正在拍攝的紀錄片為例，為我闡述報導文學的內涵與表現手法。他精神很好，聊到深夜依然沒有一絲倦容，一夜長談，令我受益良多，對報導文學才有比較清楚的概念。

第二天我起床後，他和黃大嫂都出去了，家裡只有國峻陪我，那時他還沒上學吧！兩人在家關了一天，黃昏時他帶我外出散步，走到附近的一座情人廟。他笑著告訴我，很多年輕人常結伴來拜拜，祈求能結成連理，永浴愛河。小小年紀好像對男女之間的感情已有超乎他年齡的想像。二十多年後他出事時，我趕到天母黃宅去弔唁，得知有部分原因是過不了情關時，我不禁為之嘆息，眼前便浮起當年他帶我去情人廟參觀時的情景。

我在黃家住了十來天，絕少出門，白天一個人在裡頭看書，寫稿。晚上黃春明若回來時，兩人便在沙發上聊天，談寫作及文壇的掌故。他最常提的還是《文季》創辦的過程，以及同仁彼此往來的趣事，令我對那個年代充滿了嚮往，而我最愛聽的便是陳映真的故事。因為那幾年他還「遠行未歸」，有關他的事蹟眾說紛紜，總帶有幾許神祕的色彩，直到聽他娓娓道來後，我對陳映真才有比較完整的認識。

我在黃宅進出數次，停留的時間也長短不一。後來得知陳映真已歸來，便要求黃春明帶我去見他。那時我剛從秀巒村採訪下來，寫完〈黑色的部落〉，就要畢業當兵去了，很希望能在入伍之前見陳映真一面。後來他給我陳的公司地址，要我直接寫信給他。不久我便接到陳映真寫給我的親筆函，約我某日到他的辦公室見面。接到那封信時，我簡直不敢相信這是真的，我就要和我的另一個偶像見面了，內心的激動與歡欣，猶勝過中了愛國獎券的第一特獎。

陳映真剛回臺北時，在溫莎藥廠上班，那是一家外商公司，地點就在忠孝東路四段上，與他後來寫的《夜行貨車》中的華盛頓大樓頗多相似之處。那是夏日的一個黃昏，下班之後我們約在他公司附近的一家咖啡廳見面。我沒看過他的照片，只憑黃春明暱稱他為「大頭仔」的直覺，一進門就認出他來。他比別人大上一號的頭習慣性地斜歪著，嘴角掛著一抹淡淡的微笑，穿著簡單卻不失時髦，樣子瀟灑至極，一點都看不出是「遠行歸來」的樣子。

陳映真重返臺北，是當年文化界的一件大事，意味著一位當代的社會良心及重量級作家，在潛沉一段時日、蓄積了足夠的能量之後的再出發，文化界也在期待一次火山爆發式的文化震撼，那是鄉土文學論戰之後亟待再清理的戰場。我何其有幸坐在這座火山之前，輕啜著香醇的咖啡，聽他談寫作的一些往事，感受到那股暴風雨前的寧靜時光。

之後，我和陳映真便一直保持聯絡，但也保持一段適度的距離，畢竟他有強烈的知識分子的性格，和黃春明濃烈的鄉土氣息是不一樣的。同時他在藥廠的工作並不輕鬆，所以初期的作品並不多，倒是在我再三的懇求之下，為我某本選集寫了一篇長序，是我最感榮耀之處。

但我最難忘的，還是在我入伍前幾天的一個晚上，他邀我到位於永和的家中做客，與夫人做了一些家常菜為我餞行。離去時我們已略有醉意，他送我出去搭車，二人散步走過福和橋旁的堤岸，時已入秋，晚風習習，我們二人迎風而行，想到我即將從軍，頗有風蕭蕭兮易水相送的壯烈情懷。

很快地，我補修學分的學期已近尾聲，高信疆委託我寫的四篇報導文學也如期寫完交稿。這多出的半年時光，使我在未畢業之前便接觸到報業的編採流程，實地投身採訪及報導的行列，為我未來的生涯規畫和職場生活產生了決定性的影響。

更難得的是有幸認識了高信疆、黃春明及陳映真，與他們的交往，便成了我這小文青離開學校前一段永難忘懷的記憶。那是屬於我年輕生命中的文學花季，既已盛開，便永遠不會凋謝！

古蒙仁（一九五一～），本名林日揚。威斯康辛大學文學碩士。歷任《中國時報》、《時報周刊》編輯、《中央日報》副總編輯、國家文化藝術基金會副執行長、雲林縣文化局局長、《經典》雜誌副總編輯、行政院文建會辦公室主任。曾獲時報文學獎、吳三連獎、中興文藝獎章、中國文藝協會文藝獎章。著作包括散文、小說和報導文學二十餘種。

想我年少時的兄弟

陳義芝

我十五歲不滿，就離家住校，兄弟之情的感受多來自一同追求文學寫作的朋友。一九六八年進中師專，與我學號、座號緊挨著的黃天爐是我文學途中第一個重要夥伴。同樣來自彰化中學初中部，家住八卦山，五年同窗、同一宿舍，先是榻榻米大通鋪相毗鄰，後來則為上下鋪。

我們共同的樂趣在逛舊書攤，花三、五塊錢買幾本舊雜誌，晚自習時翻讀。黃天爐雖也是窮困家庭的孩子，父親靠賣米糕為生，他的零用錢終究比我多一些，舊雜誌他買的多、我買的少，相互傳看。有時他還能匀出買一串香蕉或兩個麵包的錢，總是我沾他好處的時候多。我們看的雜誌，包括《文壇》、《劇場》、《現代文學》、《幼獅文藝》、《臺灣文藝》、《新文藝》、《青溪》等，小說、詩、散文、評論一篇篇細讀，狹窄的現實世界於是變開闊了，不同路數的文學人物烙印進心裡，寫作的熱情被挑起了。

我師專一年級參加全校文藝創作比賽，獲散文第三名，二年級暑假胡謅了一篇小說登上《中華日報》副刊，隨即又寫了一首詩登在《葡萄園詩刊》上。就憑這一點閃爍飄忽的星火，開始了文藝青年的長途。黃天壚志不在寫，他享受閱讀，涉獵很廣，後來更將這方面的素養，發揮在教學上，散文家王盛弘曾撰文表示，黃天壚是他小學階段啟蒙的恩師。天壚現居彰化市，聽說已退休，我們許久沒聯絡了。

洪醒夫是另一難忘的兄弟。我繼其後接任校內詩社社長，他兩次前來助陣，義務講演；因數學不及格，他延畢一年，沒有公費可領，又不能住學校宿舍，只能租一個直不起腰的閣樓夾層，在學校附近窩身。稿費不濟、手頭拮据時，他曾向我借五十元，我沒錢，於是向別人借了來給他，他知道了又趕緊設法借了來還我。

一九七二年我參加在淡江大學舉行的復興文藝營，他老遠從臺中趕來探看，請我到淡水街上吃消夜；一九七八年我已結婚，租了一間單間房在景美，他專程來談寫作、談未來，留宿於客廳，晚餐只是一小鍋清湯掛麵，連吃飽否都不敢問。往日崎嶇還記否？……今我回憶起從前，心頭仍不免絲絲作痛。

醒夫是引我入詩壇的關鍵人物。一九七二那年蘇紹連在新竹空軍基地服役，即將退伍，與醒夫共議「後浪詩社」、發行《後浪詩刊》，醒夫推薦我參加，由我負責校對、跑印刷廠。創刊的六位同仁，醒夫以小說名家，不幸於十年後逝世；呂錦堂、陳珠彬偏重繪事；現在還寫詩的剩莫渝、蘇紹連和我。一九七五年我出第一本集子賺了四千元版稅，醒夫來信責備，說寫作的人不可以守不住。我當時很慚愧，至今則感念他對我的期許。

想我年少的兄弟，還有一人不能或忘，他是就讀文化新聞系的黃郁銓（筆名皇篁）。他的生命短暫，現已不會有什麼人記得了。當時他是「大地詩社」同仁，不知從何管道讀到我的詩，懇邀我加入「大地」。「大地詩社」的主力成員是北部大學的菁英，例如李弦、林明德、林鋒雄。我因已參與「後浪」而未加入，但對未曾謀面的黃郁銓卻有知己之感。一九七四年春天，我在臺東服役驚聞他因惡疾遽然病逝，寫了一首痛惜的詩登在高信疆編的《中國時報》「人間副刊」。一轉眼已是將近四十年前的事了。

四十年前還有一個圓桌武士的傳奇。所謂圓桌武士是由八個文藝營學員所自命。早年文藝營長達十二天之久，學員相處日久生情、情分難捨，結訓時有人提議往後每月聚會一次，於是湊來了八人：一位中原，一位東海，一位海洋，一位東吳，一位臺大，一位靜宜，一位竹師，一位中師。我印象較深的是臺中相聚那回，白天大度山四處遊逛，夜晚合租一旅舍在火車站附近，為了省錢只租了一大間，既有男生又有女生，當然不適合寬衣就寢，挑燈夜談累極，有人倒臥在床有人趴伏地板，男女並無私情，也就真像中古世紀亞瑟王傳奇中的騎士沒有高下之爭。

熱情日漸消磨，武士星散各地，圓桌之會也就散了。手中握筆的只剩我一人，空留一張都鐸色的圓桌，在我少年的憧憬中、老來的記憶裡。

一九七二年發行的《後浪詩刊》，至一九七四年改版、改名為《詩人季刊》，一度停刊，隨即因洪醒夫驟逝，同仁在傷懷中決議復刊，自十六期起由我接續主編，不過一年餘再度停刊。當年的文藝青年，不論是否仍然文藝，都已中壯年。在課堂上我有時還會與學生提起這段，並且告訴他們，我仍以不老的「文藝青年」自居，所謂不老的文青，須是永遠堅持文學追求，熟悉各門各派武功，身在文壇的座標中。

陳義芝（一九五三～）。高雄師範大學國文博士。《後浪詩刊》創辦人之一，並主編《詩人季刊》。曾任中、小學教師，《聯合報》副刊組主任，臺灣師範大學國文系教授。曾獲時報文學推薦獎、國軍新文藝銅像獎、教育部文藝創作獎、中山文藝獎、中國文藝協會文藝獎章、金鼎獎、臺北文化獎等。著作以詩、散文為主，兼及論述約二十餘種。

渡也

少年渡也，辛苦了，謝謝你

我初中時常在假日一大早為了看《青年戰士報》、《臺灣日報》、《文壇》、《青溪》或文藝書籍，騎破腳踏車，花四十分鐘從民雄到嘉義市。對住在民雄鄉下土裡土氣的我而言，嘉義市可真是文藝聖地！每次一進嘉義市，連腳踏車都興奮起來。我總是先逛中央噴水池旁的文化服務社，這是一家書店，臺北一有新書問世，隔不久就可以在這裡看到。然後依序到位於中山路的蘭記書局、明山書局，以及靠近火車站的銘仁書局（我有一些寶，諸如《現代文學》雜誌、《窗外的女奴》詩集，就是四十多年前在這兒買的，至今仍保留）。在每一家書店翻閱剛出版的新書，書似乎仍是熱的，我內心也是熱的，好激動，青澀的手有時還會顫抖哪。由於初中同班同學黃憲東（也寫作，筆名黃維君、哲夫）家就在火車站附近的林森路上，遂順便去找他談文論藝，他比較早熟，那時看的書比我多，寫的作品比我好，一見我這個老土來了，就高談闊論起來，他的確給我諸多啟發（感謝文學旅途起步之初有他帶路）。然後我再繞到中正路，遠東戲院門口的紅豆書局是非逛不可的，窄小僅能容膝的書店顧客卻擠爆了。我在這書店前後分好幾次將柏楊的雜文集，如《牽腸掛肚集》、《高山滾鼓集》，以及王尚義的散文集，如《野鴿子的黃昏》、《深谷足音》，斷斷續續看完。每家書店只能逗留二、三十分鐘，因為還得趕回家吃中餐，千萬不能讓家人發現我竟然溜到嘉義去。在每家書店雖然只待片刻，但那已是上帝的恩典了。

高一時，我家搬到嘉義市垂楊國小後面的老吸街。家境從兩年前開始走下坡，開始「利空」，此後十餘年間陰霾總在父親臉上和我們租屋的上空盤旋。雖然如此，對喜歡到中山、中正路看書的我，倒是「利多」。初中時從民雄騎車遠征至嘉義時，已滿頭大汗，背部濕了一大片，站在書店看書，汗臭遇到書香輒感到歉疚。那段日子已經遠離。多令人懷念的一段辛酸而美好的日子！

高中時雖然仍常到中山、中正路去當書蟲，但已深深了解臺北的重要性，那是更高聳更光輝的聖山！那是文學、藝術、電影、舞蹈的中心！我常一大早自嘉義搭慢車（等級比當時平快車還低），花了七、八個小時才抵達臺北，而返抵家門時已是深夜，很疲倦，路燈下直打呵欠，但心中有「飽足感」。我去逛重慶南路，飽餐一整條街的書香。我去中山堂或美國新聞處、國軍文藝中心、漢中街幼獅書店看畫展。看劉國松、陳庭詩、林惺嶽的畫展。我去武昌街看在騎樓下擺書攤的周夢蝶，看他和小書攤成為臺北最另類的風景，成為鬧區裡的「孤獨國」。我去西門町看電影，看《雷恩的女兒》、《海神號》、《稻草人》、《昨日再見》。每一次從臺北回嘉義，隔天必有一些文藝青年來找我，請我「轉播」臺北文藝近況。那時我儼然成為文藝中心。然而改天哪位文友去了一趟臺北，譬如陳正毅（寫小說，大學畢業後在《中央日報》任職），呼吸甜美的文藝芬多精後回嘉義，輪到他成為文藝中心。我似乎頓成文藝古蹟，必須等下次去臺北，文藝復興一番，才又恢復地位。

念初中、高中時逛書店，卻甚少買書，記得當時一本書約十幾塊錢，對家道中衰的我而言，這價錢很「奢華」。同學黃憲東及文友唐瑾、周俊吉（今信義房屋董事長）家中經濟寬裕，常添購文藝書籍，我只好向他們借書來看。很感謝他們慨然相助，也謝謝他們和我相互取暖，陪我走一段長路。我常在書店等待店員或老闆暗示別再翻閱了，或強行將我手中的書放回架上，這些動作讓我難過，但依然心存感謝，感謝他們沒有口出惡言，這是屬於少年渡也的「觀書有感」，我的源頭活水、天光雲影屢出狀況。他們如今若健在，應已七、八十歲了，他們不知道民國五十、六十年那位常去書店賴著不走的少年，初中（省嘉中）時就發神經立志當作家，後來果然實現願望。每次逛完書店回家後就更努力不輟於經國之大業，往往三更半夜猶埋頭看課外書、寫作。寄身於翰墨，見意於篇籍，而樂在其中。白天仍去學校上課，仍不斷地寫東西，毫不覺得累，可見連瞌睡蟲也支持我創作。是什麼力量在生命深處支撐著我？我至今猶不得而知。去年四月，省嘉中初中部五十七級、高中部六十級校友返校參加盛大的校友會，同學劉振榮（曾任中央大學副校長、代理校長）當著大家面前說起我的往事：「我對陳啟佑印象最深的是他下課時埋頭寫東西的樣子。」多具體、傳神、生動的一句話！差點讓我落淚的一句話！啊，這一句話忽然將我拉回一個人踽踽獨行、默默筆耕的初中時代！

我初中念的是雲嘉地區最棒的明星中學，課業對難得考上省嘉中的我竟無吸引力，而致命的吸引力藏在文藝書籍中。我不但下課寫東西，上課也寫，無獨有偶，班上黃憲東也有類似的症狀。當時念嘉義高商，和我相濡以沫的文友尹凡亦得此症。及至後來我考上大學、研究所，霍然發現罹患這種不可救藥的重症者大有人在——都是一些所謂的文藝青年啊。向陽曾在一篇文章中提到他初中時上理化課偷偷抄錄〈離騷〉。如此看來，有些作家少年時代沉迷文藝，瘋狂到不行！而我病得最重。在父母眼中，我簡直中了邪，著了魔！父親曾使出殺手鐧對付這邪、這魔，數度火燒我塗鴉的手稿和用辛苦儲蓄零用錢購買的文藝書籍。

野火燒不盡，春風吹又生。一個中了邪的人，偏偏又遇到羊令野、張默、管管、沈臨彬、瘂弦等知名作家提攜，如春風拂過，更不得了了！

高中的我已有一些新詩、散文刊登在令公主編的《青年戰士報》的「詩隊伍」，張默與管管主編的《水星詩刊》，隱地主編的《青溪》，其他如《文壇》、《中外文學》、《幼獅文藝》也是我一展身手的舞臺。我一生最難忘的是，民國六〇年一月創刊的《水星》，承蒙張默先生抬舉，頻頻披露我的詩作在該刊，抓住很多詩壇名家的眼睛。我的一首短詩〈雨中的電話亭〉經由張默先生大力推薦給文學界，真是讓我有走星光大道的感覺！從此開展了四十餘年的寫作生涯。

走在文學大道上，文壇前輩、師長、文友不斷賜我花圈和祝福，讓我勇敢前行。然而家人——父母兄姊都不知道中了邪的我在做什麼寫什麼，他們至今未看過我任何作品，多傷感啊。

驀然回首，我似乎又看見上課、下課、白天、晚上都埋頭寫東西的那位少年，那位初中時就懷著一個巨大的作家夢的少年，他似乎仍在民雄，仍在省嘉中，仍在老吸街，不肯離去。我很佩服他的決心和毅力，六十歲的我一定要向他敬禮，少年渡也，辛苦了，謝謝你！

渡也（一九五三～），本名陳啟佑。中國文化大學中文系博士。曾任彰化師範大學國文系教授及中興大學中文系教授。《臺灣詩學季刊》創辦人之一。曾獲時報文學獎、聯合報文學獎、中華文學獎、中央日報文學獎、中興文藝獎章、創世紀四十周年詩創作獎、教育部青年研究著作發明獎等。著作包括論述、詩、散文與兒童文學約二十餘種。

履彊

我的鄉土文學與戰鬥文藝營

褒忠，一個農業之鄉，種滿甘蔗、花生、地瓜、玉米，以及在季節交替間的高麗菜、青蔥、大蒜、白菜等，印象最深刻的是，當南風吹起的春、夏之交，整片田野，村落間家家戶戶，瀰漫著一畦一畦，一波一波的草葉綠浪，風中、空氣中的薄荷香味，飄著、游移著在每一個角落，連去年秋收後的稻草堆，也在陽光中閃著香氣；在薄荷園打滾、嬉戲的孩子們，連頭髮、鼻尖都有淡淡的清香，調皮的玩伴，把薄荷葉梗摻在稻梗、芒草中餵食水牛，竟連牛糞也有一股薄荷的芬芳呢！

那裡是我的家園、鄉土，也是少年的我，親近大地、寫作鄉土最豐美的「文學營」；蘊藏著我青年時期參加時報文學獎、聯合報小說獎，以及投稿各報副刊、文學刊物，諸多篇章的題材，如獲得一九七八年聯合報第三屆小說獎的〈榕〉和獲獎又收入國中國文課本的〈楊桃樹〉，以及在時報文學獎獲得不錯評價的〈曬穀場春秋誌〉，還有後來陸續完成的幾個中篇。

一九六九年中秋節前夕，我成為陸軍第一士官學校的學生，我的行囊裡除了初中時代發表在《雲林青年》、《國語日報》等作品的剪報外，最珍貴的是正中書局出版，梁實秋翻譯的《莎士比亞戲劇》全集，還有徐志摩的詩集、朱自清的散文、屠格涅夫的《羅亭》，以及莫泊桑的短篇小說集，林林總總，不下二十餘冊，接我入營的年輕中士班長不可置信地睨了我一眼，半斥責半揶揄地對我說：「小鬼！你以為是來參加文藝營啊？告訴你，士校是戰鬥營，準備反攻大陸的訓練基地哪！」

穿上大好幾號的軍服，我行李中的書好像被沒收了，我也不敢問。直到入伍訓練結束，三個月後的第一個星期天，放假前的服裝儀容檢查，新制官校四年正期班畢業的值星官駱區隊長，邊檢查我的手帕、指甲、鬍子、銅環及儀容，邊對我哼了一聲，原來是叫我學號「洞洞伍」，他要我解散後找他報到，我心想會不會被檢查不及格，心裡忖著不妙、搞不好要遭殃被罰基本教練了，沒想到，隊伍解散後，駱區隊長要我跟他到軍官寢室，打開上鋪用被單蓋住的一排書架，指著上面的書，說：「喏！放假了！你可以把書拿回去，收假後再交回來，我幫你保管！」語氣明顯溫和許多，令我受寵若驚。

原來區隊長不但是官校畢業的步科高材生，在官校時是學生社團「文藝社」的社長，經常投稿《黃埔周報》，雖然內容大都是軍校生活札記，其中寫的不乏是反攻大陸、三民主義統一中國之類的教條，但文筆十分流暢，他拿出剪報，客氣地對我說：「聽說你是青年作家，你幫我看看！」接著又和我大談羅曼羅蘭、約翰克利斯多夫、少年維特的煩惱，乃至芥川龍之介，他不否認自己看不懂莎翁的十四行詩，並難耐莎翁戲劇中冗長的人名，而我也毫不客氣地與他大談自己熱愛文藝的心得。談著談著，竟忘了午餐時間都過了，區隊長請我吃了一碗美味的「生力麵」後，拍拍我的肩膀，笑著要我有空就找他，還說如有人找我麻煩，他一定為我解決。

於是，我與駱區隊長私下成了以文會友的莫逆之交，除了他以外，沒有人知道，我幫他修改過情書，甚至幫他代筆，只不過，一年後，他調走了，聽說到金門去當蛙人，還去大陸突擊，因此當選國軍英雄，就不知道我為他代筆的情書，是否為他追到那個成功大學中文系畢業的女友？

在那個年代，國軍部隊的成員，大約有三分之一是由大陸撤退來臺，包括青年軍、幼年兵和被抓伕充軍的資深軍、士官，四分之一則是受反共教育的新制軍、士官，其餘的則是徵兵入伍的充員兵，不同省籍，有大江南北、東北塞外，也有來自臺灣城市或偏鄉、山地與海隅的少年軍人。

對我而言，這個交雜著歷史的恩怨、戰爭悲劇，以及準備生聚教訓反攻大陸的大熔爐，正是一個故事底蘊深厚，無窮無盡的「文學營」！我在老兵們身上看到、讀到、聞到大時代的硝煙氣息，以及他們隱藏在嚴肅、兇狠面孔後，柔軟的、脆弱的，像孩子般想念父母、想家的鄉愁。

我曾嘗試搬動、翻開老兵們移防、升遷退補總隨身攜帶的木箱子，幾乎沒有例外，每個老兵一口，裡面當然沒有小說、散文，有的是他們從大陸來臺，不捨的一些臂章、證件、勳章、泛黃的照片、信函，或者殘破的，在某個戰役被子彈穿透、砲火波及而焦黑的軍服、軍毯，他們大都在木箱子裡放置對家鄉的思念。

我何其有幸，有機會與老兵們朝夕相處，傾聽他們的心跳，寫出他們的故事片段。這些故事不僅成為《少年軍人紀事》的主要篇章，讓我在國軍文藝金像獎中，獲得多次獎類與獎項，也是我人生中生命旅途與文學的豐饒沃原。

履彊（一九五三～），本名蘇進強。三軍大學畢業。曾任張榮發基金會國家政策研究中心研究員、《臺灣時報》總主筆及社長、南華大學和平與戰略研究中心主任、《臺灣時報》社長兼總編輯。曾獲國軍新文藝金像獎、中國文藝協會文藝獎章、聯合報文學獎、時報文學獎、吳濁流文學獎等。著作以小說為主，兼及詩、散文和傳記約二十餘種。

方明

我的文學因緣

簾捲窗前詩影

六〇年代的華裔青年，在烽火連綿的南越懵懂成長，那是單純卻又動盪的社會環境，我亦如一般愛好寫作的文藝青年，開始閱讀來自臺灣的文學書籍，其中以詩歌部分更是愛不擇手。

當時各中文書店充斥來自臺灣和香港的愛情文藝小說、言情小說及一些偵探小說，當然亦有散文、遊記或雜文，這些書籍除了供一般能閱讀中文的華僑消遣之外，也激起對文學創作或希望自己有朝也能成為作家的夢想有點誘惑之動力。

之外，必須一提兩本十分重要的文學月刊，幾乎每個「寫作青年」人手一本，便是香港所出版的《當代文藝》（主編是著名小說家徐速先生，這份文學月刊，直到徐速先生逝世後才停辦），以及臺灣出版的《幼獅文藝》，當然以文學水準來評鑑，《幼獅文藝》不論詩歌、散文均較《當代文藝》優越，而小說類則不分軒輊，當時筆者只是國三學生，每當月底《當代文藝》出刊，船運自香港到越南堤岸，約是翌月上旬的時間，便趕去購買，若超至中旬才到書店尋書，很多時候早已售罄，遇到這種情況，往往令愛好者惆悵而返，這點至今令筆者記憶猶深。

到了一九六九年間，有些《當代文藝》的讀者，經過數年的文筆磨練，亦成為該刊物投稿成功的作者，筆者亦是其中一員，當年我才十四、五歲，第一篇刊登在《當代文藝》上的散文題目為〈我愛海〉，這種無上光榮的鼓勵，使我事隔三十餘年，亦偶有在夢中迴盪，也是促使筆者不斷提筆耕耘的主要動力。一九六六年臺灣出版的《文星》雜誌及叢書，也有運送到華人聚集區的中文書局出售，加上《中國現代詩選》亦同時在此販賣而引起文藝青年對新詩創作的狂熱，而其中最重要且影響我們這些後來成為詩人的兩本讀物，則是臺灣出版的《六十年代詩選》（一九六一年一月出版，大業書店，主編瘂弦、張默）及《七十年代詩選》（一九六七年一月出版，大業書店，主編瘂弦、張默），這兩本代表臺灣詩學創作的選集，是根深柢固地影響我決意畢生成為詩歌創作者的重要冊籍。

來臺求學期間，沉浸在浩瀚的書海裡，更直接強築寫作的動力，加上幸運獲得臺大兩屆詩歌與散文的文學獎之激勵，沉醉也罷，虛榮也罷，寫詩已與我這輩子糾纏成淒美的結合。

大學一年級的時候，一群愛好詩歌的狂狷青年，組成「臺大現代詩社」，主要成員有廖咸浩、苦苓、羅智成、天洛、詹宏志、楊澤、方明、羅曼菲等，但創作似乎是個人私密之事，記憶中除了一九七六年與臺大話劇社在活動中心合辦「現代詩朗誦之夜」，當時出席的師生同學近千人，其餘詩社的成員均在私下三三兩兩活動。廖咸浩與楊澤念外文系，羅智成是哲學系，故他們的詩風受西方的文哲影響頗大，苦苓是中文系，第一本詩集《李白的夢魘》呈現頗濃的唐宋韻味，且全書以優美的楷書寫成，天洛雖然是農工系，但其文學與藝術的造詣皆深，詹宏志為詩不多，以譯作小說為主，我因在海外對巍巍的中國有著「文化鄉愁」，整日馳騁於唐詩宋詞之間，故詩作風格與苦苓有些相近。

其後參加耕莘寫作班，有機會接觸羅門、蓉子，進而與藍星詩社的向明、周夢蝶等前輩詩人請益，後來應張默之邀加入創世紀詩社，又與瘂弦、洛夫、辛鬱、碧果、管管等前輩互動頻繁，更能使我在浩瀚的詩海裡，驚嘆俯仰。

經歷「臺大現代詩社」、「藍星詩社」、「創世紀詩社」，曩昔的少年，今已被歲月的浪濤淘成皚皚白髮。

江山代有才人出，所有的因緣際會，只不過是宇宙恆河的一熠熠短促的星光吧。

方明（一九五四～），越南華僑。巴黎大學貿易研究所榮譽文學博士。「臺大現代詩社」創辦人之一。曾任新詩寫作班指導老師、詩刊編輯等，法商歐智公司總經理，《兩岸詩》創辦人兼社長，方明詩屋創建者。曾獲世界詩人大會頒發榮譽文學博士、中國文藝協會文藝獎章。著作以詩為主。

離群的鳥

鄭如晴

那一年我十三歲，就讀臺中某一教會女中，二年級上學期才開學，來了一位年輕的國文老師，文質彬彬國語標準，有別於之前外省鄉音濃重的老夫子，全班同學莫不精神振奮，全神貫注地瞪著這位男老師，某種天真且羞怯的情愫在教室中漫開。巧的是，這學期的國文課本，收錄了李清照的〈聲聲慢〉：「尋尋覓覓，冷冷清清，悽悽慘慘戚戚……守著窗兒，獨自怎生得黑？梧桐更兼細雨，到黃昏、點點滴滴。這次第，怎一個愁字了得。」唉呀！這位古代的女詞人，不但寫出了絕世的孤獨況味，簡直撫平我小小心魂深處的寂寞黑洞，讓我理解，「愁」竟可以如此精確且細緻地被描繪出來。原來，文字可以美化也可以抒發。

開學後的一個月，我興沖沖地捧了一疊三千字的小說文稿給老師，請他指教。自以為得意，老師應該看出我的認真和想成為小說家的抱負。從此，每遇到國文課，我總是特別興奮，目不轉睛地捕捉他的眼神，希望他理解我眼裡的語言。一個星期過了，兩個星期過了，一個月也過了……學期結束前的某一堂課後，我終於按捺不住滿腹的期待，問老師「我的小說怎麼樣」，老師一臉疑惑：「小說？什麼小說？」。

可想而知，那個小女生是如何的心碎！當年沒有立可白、沒有電腦，我可是塗塗寫寫打了好幾張草稿，再一字字工工整整重寫在稿紙上，既沒留底稿，也不知複印。就這樣我的小說處女作，從此屍骨無存。時至今日那篇小說內容是什麼早已忘了，但不能忘的是，初遇文學時慘遭「滑鐵盧」的記憶。

好在不久張秀亞的《牧羊女》，把我從失望中拯救出來，第一次接觸這本散文，即被作者清麗脫俗的文詞所吸引，唯美浪漫如詩如夢的散文，幻化出比詩更美的意境，令我沉溺。接著從她的《北窗下》走過，書裡的文字紛紛飄落，一片秋懷，萬頃晴光，開啟我年少懵懂的心智。原來，散文既有如遠樹煙雲般渺茫，也有如空山雪月般的蒼涼。

自此，在困頓的求學生涯，主編學校校刊變成我的專利，投稿中部的《臺灣新生報》副刊，變成我零用與買書的主要經濟來源。記得十七歲那一年，僥倖得了救國團舉辦的大專院校小說創作獎，拿著那筆五百元的獎金，裁布找裁縫，生平第一次替自己作了一件厚外套，感覺自己長大了，有能力照顧自己。

那時自以為文青，喜歡逛書店，某天在中正書局看到《西洋文學欣賞》，作者鍾肇政。隨手翻開書頁，讀到作者開了長長的一串陌生的書單，有如棒喝，忽覺自己像井底之蛙。猶記得書中的一句話：「光是接觸正確的文學，就已經是文學教養的偉大要素。」這一句話，如今變成我鼓勵學生找經典閱讀的啟發。

不久出國，在讀書、結婚、生女後，孩子的啼哭聲占據了我所有的夢想，生活瞬間囿於方寸之中。也許是對現實生活的抗議吧，在尿布、奶瓶的夾縫裡，我甘於負起《西德僑報》主編的工作直到回國。三十多年前的德國少有華人，這份雜誌其實是散播在歐洲各地的刊物，六年的主編工作，讓我重新燃起文學夢。好在當年有《中央日報》海外版，讓我興起投稿「中副」的動機。就這樣一篇篇的拙文，如〈多瑙河畔〉、〈金色的布拉格〉、〈巴絡煙柳〉、〈散步到奧地利〉、〈藝術之都慕尼黑〉……陸續見於「中副」，也見於「聯副」。

回國後進入報社，也一度與兒童文學為伍。三十年過去了，我從編輯轉戰教職，人生的風景，變化不知凡幾，但所見之處，仍「文」窗花院好風光。文字的創作已無領域之分，只有好壞之分。

當年那個文青女孩的夢，猶不時在我老花的鏡片中出現。偶爾我會想起泰戈爾《漂鳥集》裡的一小段詩：

O troupe of little vagrants of the world, leave your footprints in my words.

啊，像戲班到處演唱的小流浪漢們，留下你們的腳印在我的詩詞裡吧。（註：小流浪漢即小鳥。）

即使哪一天，我化身為四處流浪的小鳥，希望我的腳印仍留在那文字裡。

鄭如晴（一九五四～），本名鄭美智。臺東大學兒童文學研究所碩士。歷任德國《僑報》主編、《國語日報》語文中心教師、救國團冬令大專青年文藝營講師、《國語日報》副刊主編、臺灣藝術大學講師。曾獲「好書大家讀」推薦獎、中國文藝協會文藝獎章、行政院文建會臺灣文學獎、九歌現代兒童文學獎。著作包括散文、小說、兒童文學與翻譯約二十餘種。

向陽

相會在華岡

我的大學文青生活

一九七三年九月，剛考上大學的我從南投鄉下來到臺北，就讀文化學院東語系日文組。當時的我，充滿對文學的狂熱，而多風多雨的華岡，正好也提供給了我多愁多感的環境。春天的花，夏日的蟬，秋天的月，冬天的雨，在這個可以俯瞰大臺北盆地的山岡上，依序上場。閱讀、創作，走踏、交友，成了我四年大學生活中的主要標記。

初為新鮮人，我放眼張看北地這個與我來自的中部山村大異其趣的世界。住在陽明山格致路五十巷租來的宿舍中，到學校大約十分鐘路途，經過美軍宿舍，右方是紗帽山，山後是七星山，前可見大屯山，再往前就可看到觀音山，一路山明樹茂，與漫步公園無異。在這樣的環境中，我從國中時期就已萌發的文學夢想繼續滋生，如晴翠之草坡。

在約一坪大的宿舍中，我攤開稿紙，寫下出來北地的心情，設想自己是個行吟的詩人，以札記的方式，一則一則記錄北來的所見所思與所感，我將這些札記輯為〈行吟集〉，投稿給《聯合報》副刊，沒多久就在「聯合副刊」上以每日連載的方式刊登出來。我在早餐的豆漿店中，看到自己的作品和本名「林淇瀁」被印在當時全國最大報的副刊上，心跳加快、血液沸騰，比考上大學還要興奮。這雖然不是我投稿見報的第一次，卻是我來北發表的第一篇散文。

第二年暑假，我以三島由紀夫之死寫了一篇評論〈從金閣寺看三島文學的悲劇性〉，又獲刊於《國語日報．書和人》第二四〇期（王天昌主編），這是我的評論首次見報。散文和評論的刊登，給了大一的我鼓勵，彷彿初蕊新綻，喻示著一棵即將開花的小樹的長成。

〈行吟集〉和評論的發表，也使我在華岡校園內有了一點文名。當時我加入的社團共有四個，分別是華岡詩社、羅浮群（童子軍）、日文學社（系社團）及大陸問題研究社，小文章在四個社團中都掀起了一些漣漪。其中華岡詩社的社員們更是對我鼓勵有加。華岡詩社係於一九七〇年由陳明臺、蔣勳、林鋒雄、龔顯宗、楊拯華等學長發起成立，我加入時才成立三年半，還充滿蓬勃的朝氣。詩社成員以中文系文藝組為主幹，我因此成了半個文藝組的學生，常往文藝組的課堂跑，旁聽、選課，來滿足自己對文學的想像；也因此得以受教於祝豐（司徒衛）、史紫忱、趙滋蕃、胡品清等前輩作家。在文學的天地之中，閱讀、創作之餘，我也開始尋覓最適合自己的創作路線，思考如何建立自己獨特的風格。

大二時，我擔任日文學社副社長、大陸問題研究社社長，但更重要的是，這時日本天理大學教授塚本照和以交換教授身分來系上教書，當時鄉土文學和日治時期作家的出土，都引發他的研究興趣，課堂上他常問我對鄉土文學作家、作品的看法，這也促成我對臺灣鄉土文學的更加關注和學習。塚本老師課堂上問，課後我就找來研讀，或者到圖書館翻閱日治時期新文學雜誌影本。我從對現代主義的狂熱崇拜轉而對臺灣鄉土文學產生興趣，有一半的原因是和塚本老師的提問有關。

大二下，華岡詩社改選社團幹部，我獲選為社長。要帶領一個主力是文藝組同學的詩社，我必須加緊努力，特別是詩的寫作和發表，這個因緣，促成了我的大量寫詩與發表，也讓我在創作過程中發展出「臺語詩」和「十行詩」這兩個寫作方向，並建立了我的詩的特色。

一九七〇年代中葉是現代詩發展的高峰期，總計有三十多家大小詩刊輪番出版，新秀風起雲湧；詩人楊牧回國講學，為「聯副」選詩，「人間副刊」主編高信疆也是詩人，兩相激盪之下，各報副刊也都大量採用詩作；此外，大學校園詩人之間也相互競秀，華岡詩社之外，北有臺大現代詩社、天狼星詩社、政大長廊詩社、師大噴泉詩社、北醫北極星詩社，南有高師風燈詩社、高醫阿米巴詩社等，各社之間相互往來。風潮湧動之下，我們這個世代的同齡詩友，競相發表、互為激勵，也就掀起了一九七〇年代臺灣戰後世代詩人的新浪。

我印象最深刻的是，當時溫瑞安領導的天狼星詩社最具活動力，每出詩刊，必到各大學校園演講、推廣詩刊，他們稱之為「打仗」，溫和黃昏星、廖雁平等也常來華岡，找渡也和我論劍；臺大現代詩社則在廖咸浩領導下辦過現代詩朗誦會，我還曾應當時寫詩的奚洛（洪裕宏）之邀，赴會朗讀他的詩作〈噍吧哖〉；而我的臺語詩首次朗讀，則是在林野領導的北極星詩社例會上……。一九七〇年代的文青，喜愛相互串連、取暖。詩，是辨認對手的護照。有這本護照，一個年輕詩人可以從北到南、從東到西，找到詩友，談詩論藝而不覺陌生或唐突。

當年的華岡詩社也是。我擔任社長之後，在已經擁有詩名的渡也協助下，邀請了紀弦、瘂弦、洛夫、張默、管管、羅青來校演講，從周一到周六，連著六個晚上，場場爆滿；我們接洽《自立晚報》副刊、《青年戰士報．詩隊伍》登出「華岡詩展」，展示社員詩作，並在張默主編的《中華文藝》月刊推出「華岡散文特展」；到了下學期，則舉辦全校性的詩與民歌演唱會、出版全開大的《華岡現代詩展》……。在這樣的活動過程中，華岡的寫作力量被激揚了起來。

像天空的星子一樣，我們一群愛詩愛文的文青在華岡相會。當時就讀中文所碩士班的李瑞騰的宿舍，是我們酒後必會往訪之處；和瑞騰兄同級的還有寫小說的魏偉琦、寫散文的仙芝，後來從事出版與研究的陳信元；戲劇系的黃建業是香港僑生，我們閱讀的魯迅、辛笛、艾青、臧克家……都仰賴他從香港「改裝偷運」來臺。與我同年級的文友詩友，除了渡也常來我宿舍談詩論藝之外，寫小說的楊航（林文欽）、民歌〈小草〉的作詞人林建助、法文系的于治中，也都時相往來。學弟妹則有中文系的陳玉慧、黃寶蓮、趙衛民、呂則之、陳斐雯，新聞系的劉克襄，英文系的陳瑞山，戲劇系的焦桐、李疾等——這一長串名單，或在當時、或在畢業之後，都成為文壇健將、副刊主編、出版先鋒，或者進入學界，從事文學教學與研究。

一九七七年，鄉土文學論戰爆發，當時林文欽與我一起租住紗帽山前的民房，我們研議籌組大學文藝社，準備創刊《大學文藝》雜誌，想要「一新文風」。我還保留當時的聚會照片；我也還記得，大學文藝社組成後第一件大事，就是邀請小說家黃春明來社演講，由李瑞騰主持，這場演講促成了李瑞騰和楊錦郁的戀愛與結婚，《大學文藝》則因經費籌措不易無疾而終。

暖暖秋雨中，回憶華岡詩社，那是我的文學志業正式啟動的階段，感謝有一群星子與我相會在華岡。華岡多風雨，友朋則多暖意。在沒有網路、沒有手機、沒有Facebook的年代，透過友朋之間的討論、辯難、鼓勵與提攜，文學一如甘露，滋潤了我年輕的心，也凝聚了我一直向前的信念。

向陽（一九五五～），本名林淇瀁。政治大學新聞博士。現任國藝會董事長、臺北教育大學名譽教授。曾任《自立晚報》藝文組主任兼副刊主編、總編輯、總主筆和副社長，吳三連獎基金會祕書長、臺灣文學學會理事長。曾獲全國優秀青年詩人獎、吳濁流文學獎、時報文學獎、國家文藝獎、玉山文學獎、榮後臺灣詩人獎、臺灣文學獎等。著作包含論述、新詩、散文、小說和兒童文學約四十餘種。

耕莘寫作班與我

王幼華

民國六十八年暑假，我報名參加臺北耕莘文教院舉辦的寫作班，參加的是第十三屆。那時我已開始創作，每有作品都去交給施淑女教授指導。但因為只修過她與李元貞合開的「現代文學課」（這是淡江課程的創舉，也是臺灣文學進入大學校園的領頭羊），對當時的文藝狀況不是很了解，看到耕莘文教院的招生廣告，便想報名參加，施教授也很贊成。報名的時間晚了些，所以沒有進入小說組，被分配到哲學組。其實我對中國的義理之學和西方存在主義等很有興趣，便欣然前往。這個寫作班時間長達一個月，白天上課，晚上安排各組的活動。哲學組的導師是陸達誠神父，他十分熱心指導，晚上來參與談話或讀書會的同學不少。同組同學中，我記得有現任東吳大學社會系副教授的蔡錦昌，前《民生報》記者翁玉華，頑石劇團總監郎亞玲等；還有臺大的同學武麗華、蘇天爵，以及一位還在考慮是否要當修女的某女士。組內同學相處非常融洽，每次見面彼此都熱情洋溢，歡樂不斷。記得蘇天爵曾為我們唱過一首藝術歌曲〈燕子〉，他純淨的歌聲與感情的投入，迄今難忘。還有一位臺大同學，只參加了兩次聚會，就莫名的不來了。後來問他原因，他回答竟然是發現這個夏夜之約，大家投入的感情太多，害怕以後難以分手，不如盡早退出。這個說法，令大家一驚。

寫作班的課程十分精采，請來的都是文化界當時知名的人物，涵括文學、戲劇、哲學等。有些老師上課有趣又有內容，有些名不副實，令人失望。我當時求知若渴，想為自己狂亂的心靈找到出路，所以從不缺課，筆記也做了幾本。晚上熱心參與讀書會，一知半解地讀了非常多的書。這一個月的生活，給我多樣的文化衝擊，同學間的辯論，刺激了很多思考。雖然我在其中顯得根基薄弱，應對笨拙，但這個作為創作者的準備期，我沒有浪費時間，影響是深刻的。

寫作班結束前有兩件事，其一是結業晚會各組要推出的表演節目，其二是鼓勵學員們參加徵文比賽。我們組準備演出一齣戲，劇本是大家共同完成的，內容十分「哲學」。具體內容我已不記得了，但我演的是主要角色耶穌，同組同學也都上場各司其職。演出之時，我偷眼看到底下評審和學員的表情都很扭曲，一副哭笑不得的模樣。結果自然也沒受到好評，只是同組的朋友們，充分享受到創作與排演快樂的過程。至於徵文方面，我參加了小說組的比賽，投了一篇短篇小說〈海港故事〉。這個故事基本上來自高中畢業後，在基隆打工的經驗。寫作班結束後一個月，我去到耕莘文教院，看到牆壁上貼出的公告，得到佳作，心裡有些失望。負責相關事務的郭總幹事，非常貼心的將評審紀錄給我看，我記得司馬中原先生給我最高分，另一位評審卻給了最低分，因此就成為佳作了。郭總幹事安慰了幾句，我也帶著勉強的笑容離開，這個經驗也很有助益。〈海港故事〉後來幸運得刊登在臺大外文系辦的《中外文學》雜誌。

寫作班的同學後來還有幾次聯誼，一次去桃園翁玉華家，她父親是知名的翁財記瓜子創辦人，我們受到很好的接待；當晚我還喝醉了酒，讓她辛苦了。之後又去了淡水，由我當導遊，盡興一遊。之後，大家緣分終了，便各自分散了。不過，臺大、臺灣師大之間的各種書店，還是我常常遊蕩的地區。大學畢業後，我還在聯經出版公司門市部當過一陣子經理。失業後，靠寫稿維生，在那附近遊魂般生活了一年多。這段豐富的知性之旅，一直讓我難以忘懷。這兩年我女兒在臺大念研究所，我去看她時，向之歷數自己年輕的足跡，感慨頗多。我們父女有默契，她念清大、臺大人文系所，都有意不讓師長知道父親之名。以我這種「袋獾型」的人物，到處得罪人，恐怕會貽害子女。畢竟學術界、創作界裡，有大格局、心胸廣闊的還是太少。也因此我特別感謝淡江大學施淑女教授、李元貞教授對我這莽撞、粗野的青年學子，有著無限的包容和協助。

王幼華（一九五六～），中興大學中文系博士。曾任職於聯經出版公司臺大門市部，擔任中學教師多年、聯合大學華文系系主任、臺灣語文傳播學系專任教授，並主持苗栗雷社藝文協會。曾獲吳濁流文學獎、教師研究著作獎、中國文藝協會文藝獎章、中山文藝獎。著作包括論述、散文及小說約三十餘種。

小說與披頭四

林宜澐

一九七三年，我念高二，那時臺灣退出聯合國不久，也剛跟日本斷了交，算是比較倒楣的年代。來勢洶洶的鄉土文學方興未艾，如今已理所當然到無需特別強調的臺灣主體性，在當時還朦朦朧朧地打了一大片馬賽克，仍待有志之士熱情解碼，福爾摩莎的美麗面貌才得以重見天日。

開學第一天來了一位墨鏡男，酷酷地站在教室門口看全班，本以為是電器行老闆要來換燈管，稍後才知道是班導兼國文老師劉廣元。劉老師寫小說，與黃春明、王禎和、管管等作家均熟識，因此上起國文課來就不一定要李白歸有光或什麼唐宋八大家七大家的。同學上課時才聽「左忠毅公軼事」聽到在海風中（啊！是濱海的花蓮高中啊）睡著，怎麼打個盹醒來就已經換成〈看海的日子〉裡白梅的八卦了。黃春明〈莎喲娜啦，再見〉在《文季》發表時，劉老師還花了整整兩節課將小說從頭念到尾，那時已升上高三，再沒多久就要聯考，花蓮孩子比人家幸福，後山皇帝遠，不知考之將至。測驗卷不好好做，居然可以這樣聽黃春明的小說聽到流口水。這事情的重點可能不在文青學生，而是在於有個文青老師，他一文青起來，我們就跟著文青了。

所謂有樣學樣，看人家小說這樣寫那樣寫，自己忍不住也想動筆。第一篇小說拿作文課的宣紙簿子，用毛筆硯臺洋洋灑灑寫了整整一本少說五六千字，題目叫「婚禮」，寫什麼忘記了，只記得小說中人物的名字全部政治正確地加個「阿」字，阿珠阿花阿亮阿雄，完全符合即將蔚為巨流的鄉土文學浪潮。

高三那年就這樣在聯考的幽靈底下，一篇一篇地寫了好多篇小說，模仿的多，有自覺的少。現在想起來，跟我兒子小二小三時「照樣造句」練習的本質差不多。隔半年上臺北讀大學，念哲學系，可能是因為讀的東西抽象過頭，年輕的腦袋又無法體會沙特所說「小說是哲學的戲劇化」這句話的微言大義，沒能在抽象與具象之間找到暗通款曲的幽徑，哲學系一讀，竟然就忘掉小說裡那個繁花似錦的花花世界了。

所以大學四年跟寫小說這件事幾乎絕緣，不像現在許多優秀作者在各自學校的文學獎裡都已發出bling-bling的耀眼光芒。但話說回來，當時學校裡也沒什麼文學獎，大概只有作文比賽，好像引不起真假文青們太大的興趣。

大學時倒還滿喜歡音樂。我從小跟著我習琴的大哥聽古典音樂，對那一套歐洲白人的東西並不陌生，到了臺北資訊更多，光翻版的黑膠唱片就買不勝買。松竹唱片、永豐唱片，幾十塊錢一張，貝多芬巴哈布拉姆斯巴爾托克，曲目應有盡有。那時省吃儉用，存了錢就買，有時吃東西時甚至會想「我這若不吃，可以換幾張唱片？」這樣的問題，真是辛苦的愛樂者啊。

古典音樂之外我獨鍾披頭四，其實他們當紅的時候我才小學，時間不怎麼對得上，只不過那一支支膾炙人口的曲子實在動人，大學時便以收藏他們的唱片為職志。一個下著濛濛細雨的早上，我翹了周紹賢老師的「列子」課，一人搭欣欣十六甲（現在的二三六）到公館，再轉〇南公車到西寧南路，下車後在滴滴答答的雨聲中走進一家唱片行，半是躲雨，半是找看看有什麼唱片。結果赫然發現有一套十張的披頭四全集擺在架上對我微笑，斯可忍孰不可忍？我實在忍不住就整套買下來，像捧著神主牌位那樣一路抱回去。

後來我發現那天從翹課到抱著唱片回家的過程，在我生命中起了重要的化學作用，一些沒來由的浪漫和感傷，似乎都跟那個早晨所帶給我的感受相關，我喜歡，但不知道那是什麼。

至於後來又開始寫小說，就已經是很久以後的事了。

林宜澐（一九五六～），輔仁大學哲學系碩士。現任蔚藍文化社長。曾任《中國時報》「人間副刊」編輯、慈濟護專講師、大漢技術學院副教授及通識教育中心主任、東華大學中文系兼任副教授、《東海岸評論》總編輯、東村出版總編輯。著作包括論述、散文及小說約十餘種。

方梓
洛水之濱

一九七三年，我進入高一，也走進文學的校園。那一年，花蓮女中好像汰舊換新般來了好幾位剛從學校畢業的大學生，而且大半是教國文課。其實，他們才大我們六歲，他們的活潑讓整個女校明亮了起來，更重要的是讓校園十分文學。

那一年也是歌手洪小喬戴著大帽子在電視上唱〈愛之旅〉，校園內的某個角落總有人哼著「風吹著我像流雲一般，孤單的我也只好去流浪。帶著我心愛的吉他，和一朵黃色的野菊花……」。更多的是我們聽到，新進的老師中有一位是作家，他叫顏崑陽，教高三的，於是我們在升旗的操場上、在走廊、在通往教室的路徑捕捉作家的身影。

後來，學校成立了閱讀社團，高一而膽怯的我們沒有加入，但總是豎起耳朵打聽閱讀社團做了什麼？於是，我們聽到卡夫卡，聽到卡繆，聽到存在主義，但我們不知道那是什麼？在花蓮市的小文具兼書店，我們找不到這樣的書。國文課堂上，我們問了老師誰是卡夫卡、卡繆，什麼是存在主義。老師用《蛻變》和《異鄉人》說明，我們怎樣也不懂一隻大蟲和存在主義有什麼關係。

高一就在洪小喬的歌聲和糊裡糊塗的存在主義中過去了。暑假的閱讀作業是《紅樓夢》。漫長的暑假，《紅樓夢》只看了幾個章節，而且只挑有賈寶玉和林黛玉的部分讀。

高二重新分班，我真的遇到了林黛玉；坐在我後面的潘純慈高瘦，一副弱不禁風，講起話來全是成語和典故，更教人傻眼的是《紅樓夢》讀得滾瓜爛熟，薛寶釵哪裡使心機、王熙鳳如何精明、晴雯的媚與傲骨……她如數家珍，但我們都覺得她簡直就像林黛玉。

因為有了「林黛玉」，我們開始在歷史人物中找一個和自己相似或喜歡的人當成自己的綽號。於是有了唐明皇、包公、妲己……而我莫名成了洛神，也知道詩人曹子建為洛神寫賦。既然是「古人」，我們傳紙條、寫信都刻意以文言文為主。

就在我們如火如荼地以文言文交談時，國文老師張玉花在課堂上介紹鄉土小說，她唸了黃春明的〈魚〉：「阿公，你叫我回來時帶一條魚，我帶回來了，是一條鰹仔魚哪！」阿蒼蹬著一部破舊的腳踏車，一出小鎮，禁不住滿懷的歡喜，竟自言自語地叫起來。所有對白的部分，張老師都用臺語唸出。即使至今，「我真的買魚回來了。」老師模仿在山谷間的回音還是鮮活的。

高二時校園內的文學況味更濃厚，文學書買不起或買不到，報紙副刊總讀得起，我們剪貼〈夏濟安的日記〉、〈第五季〉……老師也會在副刊讀到好文章時帶到課堂與我們分享。

升上高三，有幾個老師離開了，包括顏崑陽老師。我們也進入升學的焦慮，離文學愈來愈遠。讀大學時所有人的綽號都不用了，唯有林黛玉和我仍沿用著，她的住處貼著「瀟湘館」，我的是「洛水之濱」。也趕緊到河洛書局買了《曹子建全集》，為的就是要讀〈洛神賦〉，還有縮衣節食地將省下來的錢買了新潮文庫卡夫卡的《蛻變》及卡繆的《異鄉人》，囫圇吞棗地啃食存在主義。

也不知是冒用了洛神的名號，受到了「懲罰」，後來居然認識了詩人，詩人知道我有洛神的綽號，便刻了「洛水之濱」的印章給我，這枚印章以茲證明了我的文青年歲。

方梓（一九五七～），本名林麗貞。東華大學創作與英語文學所碩士。曾任《消費者雜誌》總編輯、文化總會學術組企畫、巨龍文化公司副總編輯、《自由時報》副刊組副主編、總統府專門委員。著作以散文、小說為主，兼及傳記、報導文學、兒童文學約十餘種。

路寒袖
繆思的子民

高二時，由幾位高三學長發起，我們共同創辦了臺中一中有史以來第一個現代文學社團「繆思社」。

那時，我初識現代文學，對浩瀚、新奇的文字之海尚在摸索碼頭的位置，船隻如何駕馭，突然有人組團、導遊，因此一頭栽了進去，我的狂熱似乎容易理解，但另外一些知交同窗竟也義無反顧，各自選擇了淒美的姿態投入熾焰烈火，一所高中同時間冒出那麼多的文藝青年，簡直是天命。

在二、三十名社員的名冊裡，高三生雖然占了一半，但險峻的大專聯考當前，多數神龍見首不見尾，想必是情義相挺，真正問事的是翁志宗、鍾喬、林安梧三位，我們高二因離大考稍遠，搖旗吶喊特別大聲，但也因為提早陷身，課業荒廢更久，好幾位在聯考窄門之前撞得頭破血流。

七〇年代臺灣社會閉塞保守，資訊貧乏，當時的藝文活動少得可憐，即使有，我們也很難得知，記憶中，我僅僅一次在雙十路的美國新聞處聽葉維廉演講。社團雖然被校方允許成立，卻無指導老師，當時一中有兩位知名的作家老師，一是楚卿，另一為楊念慈，我們都曾前往請益，卻僅是禮貌性的拜訪，因為才剛踏上文學之路，連怎麼問道都懵懂。倒是楚卿後來成了我高三的國文老師，他狂傲不羈的個性吸引了我們這批文藝青年，心想，作家當如是也。

當時我們的文壇資訊主要來源是兩大報（《中國時報》、《聯合報》）的副刊，因此我還和室友集資訂了這兩份報紙，每天不僅一字不漏地閱讀、討論這兩份副刊，還將它們分別整整齊齊地堆疊起來。如果還覺得無法滿足，就跑到臺中火車站前那幾家書局，或中正路上的中央書局翻閱《中外文學》、《幼獅文藝》（瘂弦主編）、《中華文藝》（張默主編）。

繆思社創立之後，立即成為一中活動力最強的社團，我們高二生是執行的主力，較活躍的核心分子當屬阿豐、楊渡、廖仁義和我。記得五四時，阿豐製作了幾款海報，拜託國文老師幫忙寫書法，其中一張的標語寫道：我們要降五四的半旗。我送去課外活動組審查、蓋章時，主事的教官問我：這是哀悼嗎？我支支吾吾答不上來，但內心還是認為，這句寫得好啊，既有詩意又氣勢，真是抓緊了變革的年代。

阿豐的確瘋狂，居然在期末考的前一天漏夜苦讀七等生的《離城記》，隔天還找我大談他的心得，一談又是一個晚上，結果我也陪著他半字未讀。難怪我們的輔導教官有天找我過去，要我好好勸勸阿豐，先考上大學為重，等上了大學要寫作再寫作，寫作真有急在這一時嗎？其實我也認為有理，但自己當時已下定決心拒絕聯考，無異是泥菩薩過江，還有什麼立場與資格去當說客？果然後來阿豐慘遭留級，我雖僥倖畢了業，但流浪兩年後才迷途知返地回到大學校園。

記得繆思社第一次大型的讀書會是研讀王文興的《家變》，同仁討論過後更邀請中興大學文藝社的大哥大姊來校交流，那次雙方可謂精銳盡出，高中生辯上大學生，伊迪帕斯情意結、威權教養、兩代矛盾與衝突等詞彙飛來撞去，傍晚時分，夕陽斜照在與會的每個文青的臉龐，無不散發出金黃色的光芒。

我們彷彿得了集體飢渴症，自找的、同仁介紹的，管他八大門派抑或奇門遁甲，小說也好，新詩也罷，不論讀懂與否，全都生吞活剝地下了肚；而日據時代的作家專書還少，只能從有限的選集中去追索了。七〇年代臺灣的思潮正處存在主義的浪頭上，所以從卡繆、沙特擴散出去的西洋小說也都來者不拒。

大量閱讀後，作家的著作、篇名，甚至內容，是我們的通關密碼，文學書籍成了書桌上的新寵，教科書被打入冷宮，長眠於眠床下。傾心文學注定是苦戀，後果不言可喻。

繆思社同仁分年分批才進入大學，各自品嘗苦楚，也各自揮灑人生，雖然後來繼續走在文學之路的人寥寥無幾，但當年並肩入山門，一同領受繆思洗禮的情感，依然清純真摯，所以，繆思社有個令人難以置信的傳統，那就是每年的大年初一固定是我們的同學會；三十多年了，從未改變。

路寒袖（一九五八～），本名王志誠。東吳大學中文系畢業。曾任《中國時報》「人間副刊」編輯、《臺灣日報》副總編輯兼藝文中心主任、高雄市文化局長、臺中市文化局長、文化總會副祕書長兼《新活水》總編輯。曾獲金曲獎最佳作詞人獎、傳統藝術金曲獎作詞類最佳創作獎、榮後臺灣詩人獎、年度詩獎、臺中市文學貢獻獎等。著作以詩、散文為主，兼及兒童文學約二十餘種。

廖振富

臺北城南：我的跨時空旅行

一、從臺北到大阪的時空交錯

經過一上午的飛行，二〇一三年一月冬日午後，我抵達日本關西機場，下午三點多已置身大阪中之島圖書館。這座圖書館建於一九〇四年，由住友集團社長捐贈，仿擬古希臘神殿的巨柱巍峨高聳在古雅的門面兩側，散發出厚重的歷史氣味。坐在三樓古籍室，觸摸著館中珍藏的籾山衣洲手稿，內心湧起一股奇妙的感動。此行是專程為了尋訪籾山衣洲的手稿而來，他與另一位我個人相當喜愛的漢文學家中村櫻溪，在百餘年前都曾定居在臺北城南的古亭地區，那是我熟悉的臺北。母校臺灣師大就在和平東路，從一九七七年負笈北上，到一九九六年博士畢業，整整二十年，我從青澀的大一新生到變成大學教師，一生中最美麗的青春歲月都在這裡度過。

三十多年前剛到臺北，真實存在內心的只是十八歲少年朦朧的青春追尋，以及後半生選擇擔任教職的揣想與不安。至於這片我日後落腳多年的臺北城南地區，數十年前究竟有誰曾在此活動？遺留下什麼？我與大學同儕都同樣毫無認識，而對臺灣師大前身「臺北高等學校」，在殖民地菁英教育中曾扮演重要角色，當然也是一無所悉，更無法預想：三十五年後，我將為了尋訪一位百年前曾短暫定居此地的臺灣過客的手跡，千里迢迢來到大阪。而今想來，這一切的因緣，似乎存在著難解的奧妙。

二、臺北城南的青春記憶與古典中國

回顧這段成長之路，我從國文系的古典中國出發，大學時期特別著迷於中國古典詩詞的美感世界：杜甫的感時憂國、李商隱的淒迷、蘇軾的豁達，都讓我心馳不已。碩士論文研究主題是「唐代詠史詩」，從大學到碩士畢業，我縱情於中國文學與歷史的世界，樂此不疲。

而現實生活裡，我最熟悉的臺北城路徑則是搭乘三號、十五號公車，從臺北火車站經中華商場、西門町、總統府、北一女、愛國西路，從南昌街角轉和平東路古亭市場、電力公司，就準備下車了。課餘時光，除了狹窄的校園，最常駐足的是師大路、龍泉街夜市，偶爾到公館的東南亞戲院看電影。最好學的記憶，則是大三時與同學相約到臺大夜間部，旁聽柯慶明老師「文學概論」的課，一群人從泰順街、溫州街、轉新生南路臺大側門進入校園，印象中溫州街巷弄中的日式平房建築，總散發著老舊安穩的氣息。

日後讀臺靜農先生《龍坡雜文》，提及許壽裳、喬大壯短暫寄居於臺灣師大附近的青田街、溫州街一帶，而翻閱林文月追憶師長的文章、李渝的小說《溫州街的故事》，更不免遙想戰後初期的詭譎時局，以及大量跟隨國府來臺定居此地的外省知識分子，他們的飄零、抑鬱與驚惶。課堂內老師傳授的是中國古籍：大一魯實先老師的「史記」，是最難忘懷的一門課，他是當時師大校園的一則傳奇，在普通大樓的階梯教室，聽課的除了我們這群甫入大學之門的新生，還有很多碩、博士班的學長，甚至是系上的老師。魯老師瘦小的身軀步入階梯教室、總先以炯炯的眼神環顧教室四周，神采奕奕、顧盼自得，老師湖南口音極重，每當講得酣暢淋漓，聽者笑聲四起，我只能跟隨學長傻笑，「老師一年讀書三百六十四天半，除了大年初一用半天拜年之外」是大家耳熟能詳的故事。

三、從中國回到臺灣之路

大學時期，臺灣文壇正沸沸揚揚掀起「鄉土文學論戰」，但校園內的我們仍是水波不興地悠遊於古典中國的世界。印象中，少數曾引領我們關心臺灣在地文化的是莊萬壽老師。他當時擔任我們班兩年「中國文學史」課程，曾帶同學到大龍峒陳維英家族的「老師府」參訪，並要求我們閱讀尉天驄主編的《鄉土文學討論集》，撰寫報告。然而，我的閱讀興趣與研究專業，真正從古典中國走回臺灣，則是遲至一九八九年博士班就讀期間。當時，有感於學友施懿琳以鹿港古典詩為碩士論文主題，乃立志將博士論文主題鎖定臺灣文學，幾經尋覓，最後發現臺中「櫟社」在日治時期臺灣眾多傳統詩社中備受矚目，其核心主幹林朝崧、林幼春、林獻堂等人，都出身霧峰林家，也是我的家鄉。這一選擇，使我的精神世界從古典中國，逐漸轉回到日治到戰後初期的臺灣，以迄於今。

多年後讀到陳黎的詩作〈蔥〉，不由得會心一笑：「不管在土裡，在市場裡，在菜脯蛋裡，我都是蔥／都是臺灣蔥／我帶著蔥味猶在的空便當四處旅行／整座市場的喧聲在便當盒裡熱切地向我呼喊／我翻過雅魯藏布江，翻過巴顏喀喇山／翻過（於今想起來一些見怪不怪的名字）帕米爾高原／到達蔥嶺／我用臺灣國語說：『給你買蔥！』／廣漠的蔥嶺什麼也沒有回答／蔥嶺沒有蔥」。

近年來，隨著研究視野的拓展，我的關注焦點逐漸轉向日本殖民時期「在臺日人漢文學」的範疇，臺灣、中國、日本，曾經都擁有漢文學傳統，卻又因為迴異的歷史，產生差異的發展脈絡。透過史料閱讀，發現日本總督兒玉源太郎的別墅「南菜園」，位置就在現今南昌路與和平西路交叉口的南昌公園，一八九八年底受聘來臺擔任《臺灣日日新報》漢文主編的籾山衣洲曾借住此地，與臺、日漢文人展開密切的文學交流，並編成《南菜園唱和集》。而另一位日本漢文學家中村櫻溪則在一八九九年應聘來臺擔任國語學校教職，寄居在臺北南門附近的宿舍多年，他曾寫過〈城南雜詩〉四十二首組詩，描寫當時從住家所見的遼闊美景，四周盡是群山環繞，風景怡人。他利用假日，踏遍臺北盆地四周的山區，寫了很多篇非常精采的山水遊記。他另有一篇漢語古文〈石壁潭賦〉，取法蘇軾〈赤壁賦〉，描寫與館森鴻、籾山衣洲等人泛舟夜遊之樂，「石壁潭」是指當今福和橋頭、寶藏巖（又稱「石壁潭寺」）一帶的新店溪洄流形成的深潭。這附近歷經百年更迭，原擁有的豐厚文史記憶幾乎被遺忘殆盡，所幸目前已進行社區聚落大改造，開放為「寶藏巖國際藝術村」。一九八五年我讀碩士班時，雖在和平東路師大校本部上課，研究生宿舍卻在師大分部，校區位在福和橋頭，校園後方的新店溪畔是我常散步的地方。多年後的閱讀才赫然發現：腳踏的土地竟然留有百年前不少日本漢文人的足跡，且以深情之筆記下對臺灣這塊土地的感情。

二〇一二年十月，我應邀到同安街底、新店溪畔的「紀州庵文學森林」，參加文訊雜誌社與臺灣文學館主辦的「臺灣文學百年特展」開幕座談，此地曾是一九三〇年代久保天隨籌組「南雅吟社」舉行詩會的地點，並留下不少優雅動人的詩作。當天座談會後，我獨自跨越陸橋，步行至河濱公園，在新店溪畔極目四顧，遙想臺北盆地的百年滄桑，但見高樓林立，遠山聳翠。撫今追昔，我想：比起一九〇〇年代的日本漢文學家，乃至一九四九年前後從中國來臺的知識分子，我是幸福的。對臺北城南地區而言，我雖然同樣也是過客，但臺灣就是我的母土，臺中是家園所在，臺北城南不但是我知識的扎根之地，更是帶領我從中國回到臺灣，又遠涉日人在臺漢文學的起點。二十一世紀高鐵「一日生活圈」，徹底消解臺北、臺中兩地的距離感，讓我從未萌生遠離故土的鄉愁。

年少歲月，我從臺北出發，上溯古典中國，青年時期，我在此發現臺灣文學的豐美，而今步入兩鬢飛霜的中年，我神遊在臺灣文學、中國文學、日人在臺漢文學交會的浩蕩巨流裡，思索關於臺灣、中國、日本密切的文化交流與政治糾葛，真有「縱一葦之所如，凌萬頃之茫然」的快意，而這一切，似乎早已被造物者安排妥當。

廖振富（一九五九～）。臺灣師範大學國文系博士。現任中興大學臺灣文學與跨國文化研究所兼任特聘教授。曾任臺灣師大臺文所教授、中興大學臺灣文學與跨國文化研究所所長、國立臺灣文學館館長。著作以散文、論述為主，約十餘種。

陳克華

長長詩之路

記一個編輯與作者有著美好關係的年代

現在的年輕「寫手」們，尤其是詩，大概很難想像，曾經作者與編輯之間，存在著一種亦師亦友，亦可以是沒見過面的「靈魂伴侶」的美好關係。有機會和年輕詩人們交談的短暫片刻，也大多能體會他們心中的委屈和口中的抱怨：當今的文學媒體有多麼的不歡迎詩，編輯有多麼冷漠，報紙副刊有多麼「難上」，而且很久沒聽說過有「退稿」這回事了——通常就只是「石沉大海」。「他們是因為你有名才刊你的詩嗎？」甚至有年輕詩人這樣當面問我，感覺像是被賞了兩耳光。第一記是他覺得你詩寫得並不怎樣，第二記是你被當成「老賊」，光靠以往的名氣吃老本。

這些或自認有些才情覺得不應受此冷落待遇的詩人們，大概怎麼也想像不到當年以《冰點》小說紅遍日本的三浦綾子的退稿經驗：當她坐長途火車去到郵局把稿子投進郵筒，再搭火車回家時，她才寄出的稿子已經早一步躺在她的信箱裡了，退稿的速度之快有如迴力棒，咻地過去又咻地回來。而有人以為有「退稿」已屬萬幸，更感人的事蹟是某文壇前輩投稿當年的《中華日報》副刊，一篇短篇小說雖未獲採用，但編輯在退稿裡附了一封幾乎比他的小說還長的信，仔細分析他文字的優劣，何處可以刪節，哪裡可以加強，最後還鼓勵他「千萬不可灰心喪志」，「有稿件還是可以投來」。而我雖也未來得及趕上那個時代，但我自高二（一九七七年）開始寫詩以來，所受到編輯的指導與鼓舞，始料所未及地，怕遠遠超過那樣一封長信。

想起來那是在花蓮高中高一升高二的暑假，從學校無聊的「暑期輔導」課裡走出來，徜徉在田徑場旁的相思樹林，落葉與細碎的小黃花隨太平洋吹來的風打在額上，突然心生一念：我要寫詩。當時甚至連詩是什麼都還搞不清，只讀過國文課本選的寥寥數首，居然也就提筆了。試著投花蓮地方報《更生日報》，照例是每投必退，直到高三畢業，畢竟也累積了可觀的厚厚一抽屜的詩稿，上臺北念大學時塞在行李裡，住宿舍無聊，便抽了三首試投「聯副」。

很快便收到當時總編輯瘂弦先生的親筆信，要我前往報社一趟。才剛學會搭公車的我到了報社，瘂弦先生很親切地招呼我，告訴我詩會刊在「聯副新人月」，又留我吃晚飯，寫感言。之後「新人月」陸續刊了十三位新人的作品，包括創作至今的蘇偉貞，而瘂弦先生還要我有空去副刊多走走玩玩，而我也就真的去了，和當時的「聯副」編輯群如丘彥明、吳繼文、趙衛民等人混得頗熟，有時也幫忙看看版面，出些設計版面的點子，記得還有一次瘂弦先生問我都讀誰的詩，我說我雖寫得勤，但現代詩卻讀得不多，於是瘂弦先生一轉身，從身後的書櫥裡翻出一落落詩集，都是我不曾聽聞過的詩人與詩集，我一時眼亮卻翻得毫無頭緒，瘂弦先生還貼心告訴我，可以先讀「詩壇三方」（方思、方莘、方旗）的詩，尤其是方旗，會對我寫詩有很大的助益。而我也就真的搬著書回宿舍認真讀了起來。

隨著醫學院的功課漸重，我去「聯副」的次數也漸漸少了，一日心血來潮，將手中超過千行的長詩〈星球記事〉投到當時《中國時報》的敘事詩獎。數月過後，一日忽然有人按我租屋處的門鈴，開門見是一位陌生的中年男子，看來氣宇非凡，西裝革履，長髮，方臉，問：陳克華住這裡嗎？同時遞過來名片，原來是「人間副刊」總編輯高上秦（筆名高信疆），他告知我的作品獲獎，並邀請我一同用餐討論〈星球記事〉裡的若干問題。那是我生平第一回進西餐廳，高總編耐心教我吃西餐的諸多禮節，包括歐美吃西餐習慣上的差別，歐洲人一般牛排先都整塊切好再吃，美國人則切一塊吃一塊。席間高總編菸不離手，同時有一個特殊的癖好，習慣把菸蒂在鞋底跟上捻熄。他顯然熟讀了作品，指出作品裡的一些問題包括太長，有一章太抽象不知所云，要我刪節改短，否則副刊整版連刊三天也刊不完。但他保證副刊一定會刊。

之後我便常常接到他的電話邀約一起吃飯，同桌的往往皆是些蘊藉華美、出口成章的飽學之士，或是知名作家學者，或是報社高層，或是一些頭銜我搞不懂的人物，但都高談闊論，談笑風生，令我好不自慚形穢，譬如席間高總編問大家，「鳶飛月窟地，魚躍海中天」典出何處，也就有人回答「典出道藏」等等的這等場面。

而當時的我怎也料不到高總編在幾年後會離開報社，但他信守承諾，在他離開之前中時副刊刊載了〈星球記事〉，連續三天幾乎是整版，連我都幾乎看傻了眼，不敢相信，也因此更加明白高總編的為人與深意。

之後便是電腦時代的來臨，再來才有網路，徹底改變了「投稿」這古老的行為模式，並顛覆了原有的編輯與作者之間美好而緊密的關係。而年幼的我因投稿，因文學獎，認識了文壇亦師亦友的「大人物」，在今日眾人感嘆文學獎氾濫之餘，還造就了「撈一票就跑」和「在各文學獎間四處流浪（得獎）」的作者群之際，我一路走來，長長的詩的寂寞道路，唯一能驕傲之處，大約就是無愧這兩位總編輯的提攜和厚愛，三十年轉眼成雲煙，瘂弦先生退休多年，高總編已不在人世，而我仍走在長長的，詩的道路上，一貫十六歲時的初衷。

陳克華（一九六一～）。臺北醫學院畢業。現任臺北榮民總醫院眼科部醫師。曾獲時報文學獎、聯合報文學獎、全國學生文學獎、金鼎獎最佳歌詞獎、中國時報青年百傑獎、陽光詩獎、中國新詩學會年度傑出詩人獎、文薈獎等。著作以詩、散文為主，兼及小說、劇本約五十餘種。

章緣　一切從那裡開始

當年，我算是文藝青年嗎？

從小喜歡閱讀，寫文章屢得嘉獎，但我生在文化相對貧瘠的臺南，身邊沒有從事創作的師友。一直到進了大學，我也還不算文藝青年，雖然讀的是中文系，主編過系刊，得過文學獎，雖然跟三五同學組成寫作小組，上臺演《金鎖記》的曹七巧。同學們去山裡掛單，趕看外片影展和實驗電影，去淡水夜遊放鞭炮，做著各種文藝青年做的浪漫事，我還是懵懵懂懂。

直到大學畢業，考進漢聲雜誌社。

那不是尋常可見的出版社或雜誌社。在八德路四段那條小巷底幾間打通的舊公寓裡，總是有那麼幾隻總編輯吳美雲拾來的白狗黑狗和花狗，在腳邊打盹或突發一陣狂吠，狗毛伴塵埃一起飛揚。公寓後一條人家後院，瓶瓶罐罐花花草草，長長的鐵道，火車經過時轟隆轟隆。辦公室裡配合公寓格間的布局，每個部門貼出自撰的紅對聯，刷得粉白的牆上有奚淞秀勁的大字和黃永松、姚孟嘉的攝影作品。

吳美雲、黃永松、姚孟嘉和奚淞，這四位曾經的文藝青年，才華洋溢，充滿理想色彩，他們的特質營造出當年那個角落的氛圍。作為社會新鮮人的我，像海綿般吸取這不一樣的氛圍，學習田野調查、報導寫作，學習看一張照片、看一個人。人文的關懷，美學的啟蒙，在我的肉身上吹了一口仙氣，或者說催化了我的潛質。記得那時的漢聲人，慣穿棉衣棉裙或中式衣衫，它代表了我們對傳統文化的喜愛，對樸素生活的追求。

我所在的文字部，不時樂聲悠揚，案前一盞盞昏黃的燈，終日灼亮。工作之餘，我們談文學，作家夢的種籽在此沃土中暗暗抽芽。眾文青注意力的焦點，就是奚淞。他既自巴黎學畫歸來，還有為人傳誦的名作〈哪吒〉。那段期間，他正在寫《給川川的札記》，在《皇冠》雜誌連載，也在大報副刊發表散文，在《聯合文學》發表小說。記得發了一篇〈奪水〉，脫胎自高亮奪水的傳說。二十多年後，在上海復旦大學聽張大春演講，他興奮說起這個傳說少為人知，我心中一動：二十年前在《漢聲》就拜讀過了，奚淞還自己分析了這個作品呢！

奚淞是大家的作文老師。每隔一段時間，他會開堂授課，講解文章之道，有時是命題作文，有時是採訪寫作，由他逐篇批閱講評。吳美雲則是修文老師，英文比中文好的她，修文全靠作者一字一句讀出，她再提出問題。從她那裡，我學到清楚的文字邏輯，精確的用詞，還有句句推進的速度感。

文學和藝術的創作中，最重要的便是對美的感知力吧。每當臺北有精采的戲曲或舞蹈演出，或是放映老電影，老師們去看，我們也去看，在劇院裡遙遙招手，隔天還要討論。當他們從歐洲、印度或中國大陸旅遊回來，總會集合大家，或播放幻燈片，或講述旅遊見聞，激發我們對遠方的嚮往。

記得有一次，黃先生帶大家去烏來巨龍山莊。白天我們在河床上嬉戲、攀岩，晚上圍著篝火，人手一杯酒，隔天還學習茶藝。我也忘不了總是笑咪咪的姚孟嘉，有一次對我說，颱風夜裡，他開車把女兒載到曠野中，只是為了讓她感受那種狂風暴雨……。

這四位老師，在臺灣藝文界有影響力，也有很多好朋友，於是我們的辦公室時可見到黃春明、林懷民、蔣勳等人的身影。我不能不感慨：他們這一代太精采了，我們真能後浪推前浪？

在這種無言的薰陶下，下班後寫詩、寫小說的人所在多有。曾獲文學大獎的莊展鵬，是我們的大師兄，正在寫新武俠；擅寫性靈散文的王靜蓉，已躋身作家行列；十年磨一劍的曹麗娟，後來以〈童女之舞〉摘下聯合報小說獎首獎。曾陽晴在寫他的實驗小說，郝廣才對兒童文學情有獨鍾，史玉琪被出版社視為值得栽培的新星。瞿海良寫詩，林雲閣也寫詩，後來卻獲得報導文學大獎。還有許常德，當年說著在火車站賣便當的點子，卻成了有名的作詞人。孫芳鵑也在寫小說，她有雙小說人的眼睛，看世情有其特殊的角度，我最愛聽她說話，看她眼裡閃著文學的光芒，外片影展來時，當然也隨著她趕看各國藝術片。

而我，還在學習小說之道，每天下班後，總琢磨著寫點什麼好。終於，一篇〈白貓阿弟〉為我敲開《聯合文學》的大門。

一九八六年到一九八九年，我在漢聲。我不知還有哪個角落能像它那樣，讓我走出之後，更信仰文學、嚮往藝術，關注民俗文化，喜歡樸素簡單的生活。我走得很遠，在紐約讀了表演文化研究所，進入報社，成為一名小說作者，然後到了中國大陸。我所做的許多人生抉擇，乃至今日的生命情調，回顧時猛然發現，在漢聲的文青日子裡已定下基調。

章緣（一九六三～），本名張惠媛。紐約大學表演文化碩士。曾任《漢聲》雜誌編輯、臺視文化公司執行製作、美國《世界日報》記者。現移居上海，專事寫作。曾獲聯合文學新人獎、中央日報文學獎、聯合報文學獎、中副年度推薦新人獎等。著作以小說為主，兼及散文約十餘種。

郭強生
安分的浪漫

我嚴重的文青時期大概就是在高中短短的幾年。上了大學的我很長時間不務正業，喜歡泡狄斯可舞廳（Kiss、Buffalo Town、Penthouse……）、歐式自助餐廳（這個有點難解釋……）及麥當勞（當時還只有民生東路與新生南路兩家）。在八〇年代初期身為所謂的臺大人，我並不知道自己未來到底要做什麼。

高一才算是真正開始讀「文學」，從讀那種水牛出版社的「恐怖故事集」轉到了張愛玲、白先勇、王文興的小說。不懂文學是啥，覺得後者寫的也好看，就開始看起這些東西。然後，因為初生之犢不畏虎，看到「聯副」在轟轟烈烈企畫一個「新人月」專題，第一篇刊出的是一個景美女中學生寫的小說〈明天十七歲〉（你看，到現在還印象深刻），我不太服氣，心想這樣就可以在報紙上登這麼大喔？於是立刻也提筆，完成生平第一篇小說〈飄在雨中的歌〉，寄出後一星期便收到當時「聯副」丘彥明小姐來信，說是被採用了。

在只有三大報的年代，毫不知羞的我就這樣「進入文壇」了！因為上了報，被校刊社的學長們鎖定要加入他們，我參與了一期編務（主要是做美編，那時我一直自認，我的美術天分高於寫作的）就被他們嚇跑了。因為看起來很高竿的學長們都在討論我不懂的齊克果和沙特。

後來文壇上會把我歸於「早慧」一類，老實說，自己對寫作或文學的認知是非常晚熟的。考上臺大外文系，心想這是我喜讀的作家們曾念書的地方，殊不知當時的臺大外文系的文風已衰，沒人在寫作，教授們高談闊論（還要過幾年才會在臺灣如火如荼的）後現代與解構，程度太差的我聽得霧煞煞。王德威教授當時在臺大外文系短暫「過境」三年，我上他的英文作文課，把說明文習作當小說來寫，竟然沒被扔回，感恩。記得他捧著我的「英文小說」發出讀後嘆息：「多麼悲傷的故事啊！」我一直對悲傷的故事有興趣，不知是否就是從那時定的調（被看穿？）。也記得曾拿著自己發表的作品，怯怯走進王文興教授的研究室，聽見他對我（十年後才發現）影響甚鉅的評語：「張愛玲有毒！」好險這句話一直沒忘，雖然有好多年的確曾被視為「張派」。

我所受的文學寫作指導約莫就是這樣了。由於高中校刊社的經驗，我也不太跟同年齡的人討論分享，總之就是一個害羞孤僻的人。但此一同時，我在經濟起飛的年代，流連於臺北轉型大都會的新穎與瞬息萬變中。真不知該稱當年那群常泡在一起的同學是我的良師還是損友，他們校外兼差，接觸的是早熟的現實，我跟著蹺課，成了他們生活中安靜的旁觀者，呼吸著校園裡沒有的菸酒與情仇，喔對了，還有悲傷。我的文藝養分在當時汲取自整個社會轉型的觀察，要多於文章本身該怎麼寫的思考。

接著，大學畢業後第一份工作並不文藝，是去做中學英文老師（是的，那個年代的文藝青年不敢不謀生，朱天心《擊壤歌》一賣三十萬本支持她專業寫作的生活，太夢幻不可及）。每天都在刻鋼板給學生考試的生活實在有點無聊，於是在荒廢多年後又提筆寫了篇小說。身在臺中，寫的是臺北都會，其實是畢業求職時應徵好幾家廣告公司所偷偷觀察到的商業人生。這回投到「人間副刊」，又是一周後便接到當時還在報社服務的劉克襄先生的電話。他大吃一驚，以為我應該是商場打滾的中年人，文筆超齡老練。結果，我又被當新人以「人間小說新銳」之名再推薦給讀者一次。這次，好像算升級了，因為還被請去與一些其他成名作家吃了一頓飯。

第一次被推薦，我心想是誤打誤撞。第二次被推薦，覺得莫非這是命？我才決定，那就來當一個作家吧。這是個對自己一輩子的承諾，要寫下去，而非在江湖行走多了什麼名號與機會。記得諾貝爾文學獎得主，南非小說家葛蒂瑪曾說過，作家不能決定題材，是題材在決定作家。你能寫出什麼，有的時候好像是注定的。你一步步在挖掘屬於你生命中的礦藏，能改變加強的是採礦工具，而不會是礦藏本身。

我奉行的創作守則無他，就是要有生活的底子，讓生活經過思考然後沉澱，結晶。在對文學知識涉獵仍有限的年紀，我寫的就是生活。只能說偶然地，我所描繪出的一種「都會生活」得到了迴響，在臺灣小說剛結束鄉土題材、結束戒嚴的那個時刻。（同樣地，創作者也無法控制別人會把你怎麼歸類。）當出完第四本小說後，我覺得暫時沒啥好寫的，就出國念書去。一九九六年暫停筆小說創作，寫了很多評論與散文，還有舞臺劇本，一直要等到二〇〇八年我才又有小說的新作出版。不過，一直在寫，正如當年對自己的承諾。偶爾回想，好多當年一起出道的年輕作家，好像都停筆了。

不敢期望太多，默默地等待下一個作品在適當的時機感動自己，於是不得不再提筆。像我這樣的文青，屬於少年老成吧？沒有激憤或頹廢，倒像是很安分地守住了自己的浪漫。

郭強生（一九六四～）。紐約大學戲劇博士。現任臺北教育大學語文與創作學系教授。曾任東華大學人文社會科學院英美語文學系教授，協助創立創作與英語文學研究所。曾獲聯合報文學大獎、臺灣文學金典獎、臺北國際書展大獎小說獎首獎等。創作文類以小說、散文、戲劇為主兼及論述，約三十餘種。

楊明
我們真實地活著

若干年前，有一回盛弘和我說，他遇到了和我一起長大的老朋友，朋友說：楊明年輕的時候是個文藝青年。盛弘聽了，回答：楊明現在還是個文藝青年啊。那時盛弘還沒去「聯副」，我們在《中央日報》同事，不同單位，但常遇到，而他說的那個朋友，是如果出版的總編輯王思迅，我們在臺中讀大學時就認識，常常一起廝混。如今，收到邀稿信，主題就是我們這一代的文藝青年，不禁想起當時盛弘和思迅偶然的聊天，讓我陷入回憶，天哪，我當了那麼久的文藝青年嗎？還有，我算是文藝青年嗎？當然，我指的是以前，現在早已是「文藝中年」了。

仔細想想，從年少喜歡文學開始，身邊一直不乏有同樣愛好的朋友，中學、大學時代一起編校刊的朋友，畢業後出版社一起出書的朋友，年紀相仿，興趣相投，聚在一起是自然而然，但是，聚在一起的時候，坦白說，談文學少，玩樂過日子多，吃飯喝咖啡唱KTV泡PUB是尋常，文學倒像穿插，突然提起誰發表了什麼，誰又出版了新書。

我們那一代的文青應該是怎樣的？讀米蘭．昆德拉和馬奎斯，穿著波希米亞風或極簡風，佩戴民族風飾品，喝曼特寧咖啡，聽古典音樂？我們有時也這樣過日子。但是，更多的時候，我們的墊肩隨流行或寬或窄，裙子或長或短，使用ANNA SUI或SKⅡ，噴灑三宅一生或迪奧。我們其實是一起生活，比談文學多。這並不意味著文學在生活裡占的比重不高，所以少談，我住在永和竹林路的那段日子，曾經不只一次拿著剛剛寫完熱騰騰的小說新稿和同住竹林路的郭強生在速食店裡交換讀，期待著對方給出意見。只不過，我們更加深刻地知道，創作是極其個人的活動，我們彼此陪伴，生活裡還有許多其他的部分，值得一起參與。八〇年代末期，林黛嫚在《中央日報》副刊，我和彭樹君在《自由時報》副刊，從當年引人關注的學運，平時意外出現的文章抄襲者，書市新出版的好書，到每年十月公布的諾貝爾文學獎，我們不時交換著彼此獲得的訊息，當然在交換著如上訊息的同時，我們也交換著保養新知、百貨公司折扣促銷活動、髮型設計師手藝高低、哪家餐廳好吃和哪種型號的手機好用……也許，在某個層面來講，文學早就與我們的生活結為一體，反而不特別感覺它的存在了。

有一回和郭強生走在師大路巷子裡，聊起了彼此的學生，有些年輕人作品沒見寫了多少，倒是先把自己扮得很藝術，略顯頹廢的外形是一種選項，怪異另類又是一種路數，總而言之要和別人不一樣，談論的話題要藝術，閱讀的書籍要藝術，讀完有沒有領悟不重要，聽的音樂要藝術，自己喜不喜歡不重要，看電影自然也要選擇藝術電影，好萊塢電影只能躲起來偷看，出入的咖啡店更不能例外，因為那才是文青出沒的所在。

相較之下，我們太平常了，正常地畢業，正常地進入職場，正常地持續寫作，忘了塑造出文青應有的「範兒」。但，我們一直真實地活著。在人生不同階段裡，我們出現在彼此的生活中，愛情波折裡，聆聽對方說，或者陪伴對方不說；創作的高潮低潮裡，我們閱讀彼此，或者靜靜等待。我們曾經是真正的文青，堅持創作將近三十年；但我們又不算是意涵上的文青，文青在大家心中似乎是一種形象，一種符號，創不創作？（或者曾經創作，卻不堅持創作不輟，）反而不重要了。

我這一代文青，怎麼說呢？一起從青年到中年，每個人有每個人的特點，如今都中年了，我還連我們當年究竟算不算文青，都說不清，恐怕惹人暗自發笑，但可以肯定的是，我們將是一輩子的朋友，我以為這比什麼都重要。

楊明（一九六四～）。四川大學中國現當代文學博士。現任福建三明學院文化傳播學院教授。曾任雜誌、副刊、出版社編輯，浙江傳媒學院語文系副教授、四川樂山師範學院中文系副教授、香港珠海學院中文系副教授等。曾獲中央日報文學獎。著作以小說、散文為主，兼及論述、報導文學約五十餘種。

李進文
不小心脫隊的五年級生

我沒有可歌可泣的文藝青年經歷。要說，只能從我們那時代的大學聯考說起，因為它讓我考上完全沒預料到的科系，苦悶之餘，接觸了文學。

記得考完大學，一向最爛的數學，突然超過高標，志願一填，就莫名上了要念最多數學的統計系——必修高等統計、數理統計、微積分、機率論、迴歸分析、線性代數……簡直噩夢。每次期中期末考前，我總是激勵自己，只要撐過人間煉獄的日夜十幾天苦讀，我就可以安心讀小說、讀詩，還有看雜誌了。

我們這一世代，有幸在青少年時見識八〇年代世界性的民主狂飆；而在臺灣，我大學期間發生的事，記得有一九八六年九月的民進黨成立，一九八七年七月的解除戒嚴，以及一九八八年一月的蔣經國逝世，還有股市狂飆破萬點，此起彼落的抗議事件、政治事件……但我好像有點淡漠，沒有走上街頭，沒有跟精明的同學一樣研究盤勢投資，沒有對臺灣的政治太過激情，當然也沒有把統計系的課業念好。當早慧的同儕積極加入詩社，我也不在意，基本上我連文藝青年也沾不上邊。

應該說，我像是一個跟著集體跑步卻不小心脫隊的五年級生。

念了四年大學，有印象的只有系主任說的一句話：「統計是一種有訓練的直覺。」聽起來好像是在說讀詩和寫詩這件事。晃晃悠悠，直到大三參加學校的文藝社團編雜誌刊物，才有一種愉快的歸屬感。我開始寫詩的時候就開始參加文學獎競賽了，除了校園文學獎，還有全國學生文學獎、中央日報文學獎都在畢業前得過，獎金解決了我部分生活費的問題。我們這一代是文學獎盛世的末代了，至少幸運地搭上末班列車。

現在回頭看，那個時代，如同跟我一樣獨行俠的青年理應不少，五年級生好像很少群聚，各自咀嚼各自的孤獨和快樂，「兄弟爬山，各自努力」，或許這樣更容易形成各自的品味風格吧。

若硬要談我的「文藝青年」時代，那是大學畢業退伍以後了。文藝青年感覺就應該對某些人事物充滿熱情，或者有偶像、有信仰，甚至有義無反顧的偏執。可我淡定得很，不很熱中什麼，直接跳過「文藝青年」變成有點年紀的「新生代詩人」——這名詞大概跟了我十年。

我三十歲才加入「創世紀詩社」成為同仁並且很幸運地在爾雅出版第一本詩集，那時我也已結婚並在高雄當記者了。相較於同輩有的在十七八歲就開始頭角崢嶸，熟悉文藝沙龍，自創或加入詩社，我真的是大叔級了。還好，沒人特別界定「文青」必須幾歲以內才算。

淡漠和孤獨，何嘗不是那時代的基調之一，並非人人都需要慷慨激昂才叫年輕過。默默地咀嚼自己，我們那時代很多人喜歡閱讀遠比喜歡寫作發表要積極多了，某部分原因可能是風起雲湧的八〇年代以後太多新鮮的大事吸引人。我們閱讀，我們觀察，並非無所作為，當日後真想寫了，就真的可以寫出些什麼來。

大學那時我讀志文的「新潮文庫」，它陪伴很多五年級生走過苦澀的年少；我讀《魯迅全集》、三〇年代大陸作品；我讀小說家七等生、陳映真，以及前衛出版社的新臺灣文庫……我讀《人間》、《文星》、《當代》、《影響》，這些雜誌都在八〇年代出刊或復刊。我讀詩，大學開始我搜集不少各國翻譯詩，狼吞虎嚥，翻譯詩讓我看到文字可以這麼莫名、這麼出乎意料的不合邏輯卻有詩意，也讓我視界加廣，學習從世俗小事提煉出雅致，練習如何換個角度即是詩。

那時我們所觀察的社會改革和世界風潮，有個核心的現象是：較少在「私我」打轉，而是關注更大的那個「東西」，帶有一種悲憫的、理想色彩的普世關懷，以致有人高呼，就有人奮不顧身地響應。

進入九〇年代，五年級生也有幸遇到舊時代與網路時代的交會，一方面懷舊、一方面學習介入網路社會求生存。若說五年級世代的「文藝青年」有什麼不同，我想，應該是時代的氛圍造就一種可以獨行而無畏的韌性，歷經過「關心自己以外」的人與事，氣度會讓韌性變強，這是另一種比閱讀寫作更重要的啟蒙。

有時我在想，五年級生能夠比的不是聰明與才華，而是韌性。無論面對生活、工作和寫作，韌性或許才是我們這一代所謂的文藝青年潛在的特質吧。

李進文（一九六五～）。逢甲大學統計系畢業。曾任南一書局兒童讀物組編輯，《臺灣時報》記者，遠足文化、臺灣商務印書館、聯合文學出版社總編輯，明日工作室副總經理。曾獲全國學生文學獎、中央日報文學獎、時報文學獎、聯合報文學獎、府城文學獎、臺北文學獎、臺灣文學獎、林榮三文學獎等。著作以詩、散文為主兼及兒童文學，約十餘種。

凌煙

紅唇族少女文青的蛻變

我十八歲開始寫小說是因為編校刊缺稿，從國中看遍租書店的小說，直到為了「文學創作」才開始閱讀文學經典，對於「文學」還處於一知半解的階段，取材來自於社會新聞，作品卻幸運地獲得副刊主編的青睞，還在高職夜校就讀已能寫小說賺稿費，也因為副刊主編的引領，開始和一些文壇前輩認識，參與一些文藝活動。

當年文建會或新聞局每年都會定期舉辦作家聯誼或參訪活動，那是文壇新銳與前輩們很寶貴的交流機會，當副刊上一個個知名作家出現在眼前時，也激勵起旺盛的創作慾，期許自己能寫出更多作品化為鉛字於副刊的聖地發表，雖然那時我對於成為歌仔戲演員的願望遠勝於成為作家，但能被冠上「作家」的頭銜，內心仍有小小的虛榮。

離開校門之後，因為父母反對，我無法追求成為歌仔戲演員的理想，只能暫時寄情於小說創作，每天幫著母親在菜市場賣甘蔗、西瓜、椰子水，下午較無人潮時，坐在市場口臨近馬路邊的攤位裡，就著墊板在稿紙上揮灑人生，不久，就在楊濤老師的鼓勵與母親的支持下，自費出版第一本短篇小說集《憤怒的杜鵑》，卻未能在書局發行販售，後來有一次參加當時任職於《臺灣時報》副刊主編的許振江大哥主辦的一場座談會，經許大哥引見認識希代出版社的朱寶龍社長，在他賞識下重新簽約出版，更名為《泡沫情人》，銷路不錯，後又讀出第二本短篇小說集《蓮花化身》。

但在《泡沫情人》出版之前，我為自己的人生下了一個重大決定——為了追求成為歌仔戲演員的理想，不惜離家出走，跟著戲班到處流浪了半年，看清整個野臺戲的環境已今非昔比，戲子夢碎，人生頓時陷入毫無目標的茫然中，卻也不願再回到父母的羽翼下過平淡的日子，二十一歲的我從此孤身在外過著獨立自主的生活，邊工作邊重拾文筆，有一搭沒一搭地繼續短篇小說創作。

希代當初培養一批與我年紀相仿的年輕女作家，如楊明、林黛嫚、吳淡如等，在我出版《泡沫情人》時，公司還特地安排攝影師替我設計服裝與造型，拍攝許多美美的宣傳照，於我如此，其他人應該也一樣被公司精心包裝過，因而有文學評論家謔稱我們這類年輕貌美的女作家為「紅唇族」，希代的老闆朱寶龍先生也的確很有生意眼光，懂得用培養偶像明星的手法來行銷文學，難怪他的事業做得那麼成功。

年輕時人生經驗淺薄，寫小說靠的是天分，成名還得加上機運，就在我於社會闖蕩浮沉，不知人生目標何在之際，某次文友聚會無意間得知「自立報系百萬小說獎」徵文的消息，但截稿日期僅剩一個多月，那是我頭一次寫長篇小說，將自己投身戲班的親身經歷化為故事描述出來，只希望有機會入圍讓大家關注地方戲曲沒落的問題，沒想到竟然幸運得獎。

誠如某位評論家所言，我的得獎還真的是「一鳴不驚人」，因為深知自己的短處而不敢大鳴大放，先讓自己沉潛於命運的波折與人生的種種磨難中，慢慢累積創作的養分與能量，直到十七年後再以《竹雞與阿秋》得到打狗文學獎長篇小說首獎，總算肯定自己的創作才能，也奠定自己的創作方向與風格。

我的成長背景充斥著販夫走卒的喜怒哀樂，悲歡離合，世態人情經歷多之後，開始有許多想要透過小說作品傳達的價值觀，四十歲過後的確是寫小說的好年紀，許多活在社會底層的小人物，等著我將他們化為小說人物記錄下來，呈現臺灣人特有的堅韌生命力。

凌煙（一九六五～），本名莊淑楨。高雄高工畢業。高中畢業後曾進入歌仔戲班，現專事寫作並開設「凌煙文學廚房」宅配料理。曾獲自立報系百萬小說獎、中國文藝協會文藝獎章、高雄市文藝獎。著作以小說、散文為主，約十餘種。

開啟流浪風潮與個我的時代

鍾文音

這題旨首先是確立「這一代」的定義範疇。每個年級世代都橫跨十年，但前段班常比較接近上一個年級，而後段班比較接近下一個年級。所以很常變成上中下年級的「三代同堂」揉雜的狀態。我以為五年級自一九六六至一九七〇是比較靠近的，若把世代縮小成五個年頭，會更如現在所說的「我們這一班」。世代的劃分已是愈來愈趨於「小格數」的年分了，因為社會變動太劇烈之故。

不過五年級的彈性與容度極大，即使同儕好友集中在後面這五個年分裡頭，但學習的養分卻是上承三、四年級，下開六、七年級。怪的是，我輩中人也是這整個時代「專職」寫作最多的，以我、駱以軍、陳雪最典型（郝譽翔雖是教授，但我一直覺得她內心其實只想寫作）。我輩多從很年輕就開始「無所事事」，沒有進入職場工作，或是前幾年驛動得很厲害。有人就分析過現今四年級還泰半占有職場高位，但因五年級太靠近四年級且又無心社會高位，以致於出現的情況是四年級直接交棒給六年級了。

為何我輩（當然這只是一種大約數的說法）會傾向於過「無政府與無老闆」的生活？可能也源於我們也是「好命」的年代（即使什麼野百合社運，也沒讓自己少塊肉），當然沒餓過，沒渴過，且大學畢業入社會時，社會百花齊放，媒體林立，自沒經歷禁書時代，想看什麼書，想看不打馬賽克的禁忌電影也都有。工作機會多，政經還不賴，個我主義抬頭，旅行大張旗鼓，「想放下」再回鍋，仍大有可為。遂養成了凡事都看得開，凡事都綁不住的「飛翔」狀態，一個為自己生命負責的寫作者，不太想要被綁住。信仰「文學家是沒有老闆的」，至少心理上要沒有。

過去幾年，也曾有不少媒體高位找上我，但我一心想過著波西米亞式的日子，就拒絕了。年輕時養成的習慣，很難被改變。

就好比說以前我們常窩在仁愛路的「經典」看片子，老闆還會幫我們拷貝許多找不到的藝術電影，拷貝效果也不是挺好，常常烏漆麻黑的也看得很過癮，即使看不清楚，也要吐出幾個關鍵字：費里尼、楚浮、布紐爾、塔可夫斯基……。大學就跑青島東路的電影圖書館，爾後在《電影欣賞》與《影響》雜誌寫起影評或者觀影筆記，也是當年的盛事了。我們沒有類似三三的結盟，8P更不可能，我輩過得很個我，有文壇提攜者大概只有駱以軍，其餘大都是因為源於「寫作是生命最重要與最熱愛的事」而一路堅持下來。到意會有文壇這件事時，自己都已經成為文學獎的「評審」了。

當時文藝雜誌火紅的是《聯合文學》、《人間》、《大地》，復刊的《文星》則是收集來彰顯品味的。我特別喜歡《人間》與《大地》雜誌，也因此帶著相機自己在島嶼與世界晃動了不少年，捕捉不少世界與角落的鏡頭。

很多大學同學渴望去非主流的廣告公司搞創意，或者當主播。可惜當年的電影不是那麼景氣，除了大師之外，新人難以出頭（和現在相反），我遂放棄與孤僻個性不合的電影夢，轉為可以完全投入在個我世界的寫作。

當時發表園地與得獎仍以兩大報副刊，最能秤出文學重量。

當年常和朋友去的書店早已是敦南誠品書店了，偶爾會去重慶南路找書或拷貝的影帶。去的餐廳倒很隨意，當年位於仁愛路圓環上的「雙聖」是常去的餐廳，「聖瑪莉」、麥當勞也是常去之地，為了方便，帶點不想被侍者干擾的需要。需要點氛圍就去茶館，當時有一度非常流行茶館（有的會排塔羅與紫微）。我的腿上有個疤是當時和某個情人在茶館時一目恍惚之際，竟踢翻了燒燙的熱水壺，直淋大腿。那疤痕是當年的時光印記。

那時常去買衣服的店家多集結在東區，喜歡看川久保玲的設計，迷草間彌生的狂野，見路上有人穿印著「三宅一生」的T恤會想笑。讀夏宇、羅智成與聶魯達詩集，著迷情人莒哈絲，看村上春樹小說，深受《百年孤寂》、《生命不可承受之輕》的影響。嚮往流浪他方，枕夢在異國旅店。我輩是掀起最龐大旅遊風潮的始作俑者，當時華航與長榮辦的旅行文學獎，泰半都是我輩得獎。每個人都有一本本的旅行經，且一上路就是十多年了。

很多流行事物隨著年齡遠離，時光包裹成「非常自我」的樣貌，很難被改變的「個體時代」在我很年輕的時候就形成了。我輩是一個非常標準的個我時代，活得很個我，不是那麼參與世事，但眼睛與心卻又望向世界，然後再把那個世界兜攏到筆墨之中。

我輩不是垮掉的一代，也不是壞掉的一代，而是非常早已上路的「個我一代」。絕不結盟，但卻相濡以沫。不想要有社會職位，因為自己的文學就是帝國。

鍾文音（一九六六～）。淡江大學大眾傳播系畢業。曾任電影評論、電影劇照師、場記、《聯合報》藝文組美術記者、《自由時報》旅遊版記者。現專事寫作。曾獲聯合文學小說新人獎、聯合報文學獎、時報文學獎、臺北文學獎、長榮旅行文學獎等。著作以小說、散文為主兼及傳記，約四十餘種。

那些鼓掌的人

吳鈞堯

我人生中，最重大的一個決定是，提前入伍。班導調查同學提前入伍意願者，反應熱烈，近三十個人喧嘩舉手。真正踏進役所，完成報到手續的，只有我一個人。那是一個奇怪的決定。那個決定深刻影響我的未來。

我的文學起步，若說早，可溯及孩童時代的作文比賽，國、高中卻恍神度日，不知所以。服役，把我的荒涼倥傯暫時填實了，軍務之外的時間，我大量閱讀軍中的作家選集。張拓蕪、張默、管管、羅門、瘂弦等自選集，我還注意到有一位作家叫「吳望堯」，與我名字僅一字之差，但我知道一字的差距，足以萬里計。

民國七十六年我報名第一屆聯合文學文藝營，但誤中情報單位圈套，寄出報名資料不久，主辦單位發來報名表要我詳填，其中，竟還有「部隊番號」資料。圈套做得真，信封、報名者表格等，都偽裝得非常高明，我不疑有他，填寫寄發。不久，寄來了文藝營的錄取通知，但是，檢舉我洩漏軍資的信函，也到了曾姓輔導長手上。

營輔導長沒有處罰我，文藝營我也沒有參加，適逢文藝營成員要召集新人組織詩社，我因而受邀，成為薪火詩社的成員。妻子顏艾琳就是在詩社活動中認識的。

回想解嚴前後的文學，如布袋戲常說的，「金光閃閃，瑞氣千條」，詩社大量創立，且詩集陳設於新崛起、火速創造文學影響力的金石堂連鎖書店販賣。寫作，尤其是寫詩，彷彿可以成為一個事業。

差不多就在那個時候，有人開始預言，資訊時代即將來臨。相信的人並不很多。而且，資訊夠用就好，書籍夠讀就很美好，來得更多，並不能擁有得更多。但，我退伍後的第一份工作仍選擇了資訊業。當時的當紅資訊業，是經營傳真機、電報機。一臺東芝牌的傳真機要價三萬元，傳真紙一捲五百元，我主要負責仁愛路、信義路、南京東路等區域，客戶的售後服務。我到客戶家，抽換墨水夾，以沾了酒精的棉花棒擦拭感應頭，至於電報機怎麼電、傳真機如何傳，我壓根不知。工作得心虛。

我辭去工作，第二年考上中山大學財務管理。即將南下的前幾天，已故詩人林燿德忽然來電，道是要為我餞行。我婉拒了。稍長幾年，慢慢知道這個人才華洋溢，詩、小說、散文、評論無所不精，而且，他積極以中國青年寫作協會名義吸收新銳，不久，我即以大學生身分成為協會理事，得與丘秀芷、司馬中原、沈謙、張啟疆、林水福、王添源等前輩名家見面。早熟、卻自殺身亡的作家黃宜君，當年還是中山女中學生。

林燿德的妹妹林婷、陳裕盛、王若等，當時常有往來。那時代，資源不多，且流動性不佳，少有機構單位能夠舉辦文藝營隊，中國青年寫作協會活動力強，我初當學生，後當講師，為我日後的講課基礎，深深扎根。可惜林燿德走得早。我常在想，若他還在，文壇會是怎般光景？有趣的是，我接手陳祖彥主編《幼獅文藝》，才知道《幼獅文藝》原是中國青年寫作協會於民國四十三年創辦，為了託管雜誌，才創立幼獅公司。

大學畢業前，我便開始參加各式比賽，同梯、且以小說、散文崛起的鍾文音、郝譽翔等，當年都是對手。每一年，我都會收到聯合報文學獎、時報文學獎的頒獎典禮請柬。雖未得獎，但每一次，我都抱持參與盛事的心情參加，地點或來來飯店或凱悅飯店，作家數百人計，蔚為年度盛事。

觀禮，為得獎者祝福是一種氣度，但走進二十一世紀，這個氣度卻消失了，參賽者不得獎不來、得獎席次不合心意也不來，雖獎項越辦越多，頒獎現場則越來越凋零。若說要光復文學盛世，首先要中興的，必須是對他人的祝福。

真的來到資訊社會了，且不管你願意不願意，都開始X倍速的生活。

我想念那個慢的年代，想念已逝的梟雄，想念作家親臨會場為一個新人鼓掌。

那個年代，資訊沒這麼多，知識是一種修養，偶爾也拿來炫技。但炫技的手，多也是鼓掌的手。

吳鈞堯（一九六七～）。東吳大學中文系碩士。曾任電視節目《玫瑰之夜》編劇，歡熹文化總編輯，靈鷲山般若文教基金會主編、企畫，《時報周刊》編輯、《幼獅文藝》主編、中華民國筆會祕書長。曾獲中央日報文學獎、梁實秋文學獎、聯合報文學獎、臺北文學獎、時報文學獎、中國文藝協會文藝獎章等。著作以小說、散文為主兼及詩、兒童文學，約三十餘種。

鄒敦怜
我這麼一位寫作者

回首來時路

往回頭看，假如小學時，那個「刊登第一篇作品」的時刻，是踏出通往文壇的第一個腳步，那麼，我也往這條路上走了快要四十年了！這一路寫，幾乎沒有停過筆，只不過我一直不敢把自己歸類於「文藝青年」。

文藝青年的層次太高了，他們是早慧的，很早就展露了光芒；他們在文壇的作品，從初試啼聲的創作開始，每一本都引起海嘯般的討論；他們是得獎的常客，文學獎對他們來說如囊中取物；他們都以寫作為志業，有獨特的興趣喜好，有很多的時間品論風花雪月。我自己是一板一眼地讀書、當老師、成家生子……相形之下，有雲泥之別。

最近與師專學弟學妹們聚會，在他們眼中，當時的我居然是非常不一樣的。他們說，在報上老是看到我的文章刊登出來、我總是朝會領獎的常客、校內刊物裡頭也常有我的作品……學弟學妹的回憶中，有著當時他們看到我的「高度」，如同我仰望自己心目中的「文藝青年」一樣。這些別人的記憶，讓我開始認真地回想，當時的自己，做過哪些在別人眼中看起來相當不一樣的事情？

專用稿紙

以前投稿、寫稿，都得一筆一畫地寫在稿子上，摺好、裝進信封、附上回郵信封，丟進郵筒，然後等上兩三星期，看看是否有「退稿」。假如沒退稿，那就有點希望了，再等個七八個星期，或者更久，等文章刊登之後，編輯寄回作品刊登當天的報紙，這篇文章就可以「結案」了。這種漫長的流程，在現在看起來是十分不可思議的，不過當時的寫作人，通通因此練就一身忍耐、等待的好功夫。

有次因為刊出作品的刊物沒拿到，我親自登門月刊社址。總編輯在燠熱的小辦公室，為我倒一杯溫熱的茶。聊著聊著，總編輯說：「你的字很秀氣，跟『真人』給人的印象不同。」

我寄出的稿件，總是乾乾淨淨、整整齊齊，散發著鐵灰色鋼筆水的味道，我希望編輯一打開信封，看到的文字就有好心情。我把寫稿視作某種「手工藝」層級的藝術呈現，稿紙的質地與墨水的顏色都會成就不一樣的作品。每次一買紙，就是買「一刀」（一百張），我喜歡厚一點、表面有點粗糙，紙張有點吸墨作用的稿紙，就算貴一點也無妨。我精選專用稿紙，直到我看到某位作家有印著名字的「專用稿紙」，心裡忍不住讚嘆：「這才是真正的夢幻稿紙啊！」

當我上過作家的課，擠到他的前頭要簽名，提出的問題就是：「這種稿紙好特別，可以給我一張嗎？」我拿著作家的稿紙當藍本，自己刻了一個橡皮章，把每張稿紙都蓋了章。

於是，我也有那種「專用稿紙」了！我想，那一本又一本的「專用稿紙」，在別人眼中，一定很特別。

文學社、文學營

我在專二那年進入文學社，學長學姊曾請朱天文帶領一整個學期的寫作特訓。其實整個師專裡文風鼎盛，文學社勢力龐大，社團活動納入正課，學校負責社團的講師費。專四那一年，我被選為文學社社長，心裡頭開始發慌，不知道該怎麼「帶領」社員。於是那一年暑假，我留在臺北參加耕莘文教院的寫作班。我記得開訓的班主任是馬叔禮老師，我也在那個寫作班看到許多心目中的大作家：司馬中原、隱地、管管、王文興……

連國劇大師郭小莊都來為我們上過一次課呢！耕莘寫作班還有個特別的活動——暑期寫作營，得在外頭過夜，那一年借用的是私立再興中學的校園及宿舍。那兩天的寫作營，我參加散文組，帶班的老師是楊昌年教授，巧的是，楊教授是媽媽的大學教授。

寫作班請來大師，教大家怎麼欣賞怎麼寫，涵蓋各種的文類，大師們也都傾囊而出。想想從小到現在，這麼「密集」地學寫作，這一生就這麼一次了。

寫作班完訓之後，我的心篤定了一些，對於自己要接的工作有點把握了。後來，在我擔任社長那一年，上學期，我就請馬叔禮老師來為社員講課。馬老師博學多聞，尤其是對各種古典文學，總是能從有趣的角度切入，社員們聽得津津有味。下學期，我請來楊昌年教授為社員扎扎實實地上了一學期的「散文寫作」。楊教授幽默風趣，非常有耐心，我記得他曾整理「散文寫作招數」，每一招都附有詳細的範文。楊教授更厲害的是，不管我們寫出什麼東西，他都可以再給一點意見，那些意見就能讓作品有畫龍點睛的效果。

我想，要不是那個「社長」的任務讓我覺得有點壓力，依照以往我在暑假中的活動，一定是回鄉下幫忙農事，也不會留在臺北大半個暑假。不過，參加文學營之後的我，接續著帶領文學社的我，似乎更知道自己可以一路寫下去，這麼一寫，也不曾遲疑過，就這麼寫到現在。

鄒敦怜（一九六七～）。臺東大學兒童文學研究所碩士。曾任中國廣播電臺、臺北電臺、寶島客家電臺主持人、臺北市國語實驗小學教師。長期編寫兒童語文教材。曾獲全國學生文學獎、聯合報文學獎、教育部文藝創作獎、陳國政兒童文學獎、九歌少年小說獎等。著作以兒童文學為主兼及小說、散文，約七十餘種。

潘弘輝 深淵

是怎樣掉進這個深淵的啊？

已經有點不太記得，但我記得曾經與駱以軍一起夜空裡飛翔，那守護著我們的陽明山，給予了強大的對創作者愛的結界。大學五年（加上延畢的一年）滋養著養分，因為當時系主任對於文藝創作組的放手一搏態度，反倒讓我們像在無政府狀態裡自由生長、胡搞瞎搞一番。

系主任找來最有名的創作群，張曼娟、張大春、李昂、羅智成、楊澤、廖咸浩、翁文嫻等知名老師，任由他們設計課程，傾力發揮。所以我在張曼娟的課堂上寫下第一篇小說，與張大春去平等里吃雞划拳贏了他龍潭的房子（當然後來沒跟他要！因為被同學狗妹代他贏了回去），被楊澤把全班帶到草地上讀詩，聽廖咸浩在雲霧飄進大仁館的教室中彈吉他，聽羅智成講編輯經驗，去翁文嫻家過耶誕節拿禮物吃法式大餐，聽李昂寫

《迷園》講她如何懂得政要玩女人的熟練伎倆；這一切的一切，如夢一場。

說是夢，因為我已從二十郟瑲變成中年人歲數，文青雖老，但畢竟也曾經少年，輕狂嗎？不！其實我既憋，又ㄍㄧㄥ，以現在來說絕對算得上半個宅男。

沒泡過裸湯溫泉（因為太害羞），沒敢正視自己的情慾去談一場感情（因為太遮掩），但喝酒聊文學談天論地倒是有的，那時我、張士峰在同學張欽祥租賃於校外的房舍「神仙居」，合辦了一個同人性質的創作刊物《世紀末》，每三個月出一刊，督促著彼此要努力創作，把交來的稿子影印再裝訂，加個封面，就出刊，純手工製作延續了十幾期，成員包括同班同學、學長姊都來參與。

從大三到海軍服役當兵，《世紀末》幫我度過那段創作的蟄伏期，同是《世紀末》成員的駱以軍、師瓊瑜，在大學都已從文學獎裡竄出名氣、也出了書；我與駱同樣延畢，他為了考研究所，我則是因為大三才立定志向要寫，所以多留了一年在陽明山。

延畢那一年，每周至少都會找一天去騷擾駱，跟他聊文學、創作，也是在這樣一次又一次的交會、互動中，我感受到了電影《神隱少女》裡面那種低空御風飛行的快感，創作的底韻，確認、再確認，就像對陽明山許諾下的一個咒，我知道有夥伴，創作這條路將如珍珠光澤閃爍，溫潤長久。

那時好多同學對創作都熱情奔放，我們去文化大學附近的尋夢溪看小河流泉，到山林裡用火罐照明，聽空靈的恩雅唱〈牧羊人之月〉，像印地安人圍攏著跳舞，然後各自朗讀詩與短文，我們學當年電影《春風化雨》裡古詩人會社一樣，祕密寫詩，飲酒，談創作、文學，將種子深埋進春天的沃土裡，等它發芽、茁壯，但我們卻是不談彼此作品的，怕那嫩芽被摧折戕傷，只管埋著頭寫就對了！

那時堅信，文學是一種信仰，像對待宗教那樣，對於那個以小說、故事形塑出來的世界，充滿敬意。那世界可大可小，上天下地、穿越古往今來，如此神奇，等同於造物，創作者就是創造者，造出一個新世界，讓現實人生可以在其中翻轉再翻轉，可以溫暖安慰，可以穿梭冒險，可以深沉哀慟，再沒有比這個更值得尊敬且投身入行的事了。

也因此我踏上寫作的路，跌跌撞撞，或前進或停頓，不論如何都深信一件事：生命中遭逢的一切，都是創作的養分，都只有轉化入到文字裡、入到作品裡才有意義，才是終歸正途，所以應該去體驗人生，不管黑的、白的，不管有多難過、有多慘、多失志、失落，或多歡快，都要去記住那當下的感受，那些都是素材，有一天會化為創作的肥料，滋養茂盛你創作的這棵大樹！

我想我是甘於待在這深淵裡的，也有足夠的自信，可以從容地面對創作與人生，讚賞不同的奇花異卉，並堅信自己那將會完成的下一本、再下一本，如此瑰麗炫目，獨一且無二。

潘弘輝（一九六八～）。中國文化大學中文系文藝創作組畢業。曾任臺北市現代戲曲協會助理、百傳數位傳播公司秀書堂電子報主編、《自由時報》副刊編輯。曾獲吳濁流文學獎、鹽分地帶文藝獎、中央日報青年文藝營小說獎、寶島文學獎等。著作以小說為主，兼及詩。

輯四・相約文學

可樂王

兩個真實

我的文藝青年時代

我是一九七一年生，目前從事「跨領域藝術」的工作，沒有固定形態的模式。「藝術可以落實在任何地方」是我一直以來的看法。

一

我從小在基隆三坑礦區一帶長大，父母親為我打開第一個窗口，我每天都會有三大報可以看，報紙記述當前的現實世界，於是我在很小就養成剪報習慣。有時用漿糊、有時用飯粒，把剪下來的文章分門別類貼在超厚電話簿上。

大概國小五、六年級時，羅大佑《之乎者也》啟發了我的一些想法，當時我伯父每個月會買黨外雜誌和禁書，其中《李敖千秋評論》是很有意思的一本雜誌，一打開蝴蝶頁，就是一張跨版面的李敖書房，有非常氣派的文豪之感。我夢想有那樣的書房。

國中時代，我對阿諾史瓦辛格和席維斯史特隆沒什麼興趣，我的房間牆壁上貼的是從志文出版社叢書撕下來的卡夫卡頭像，書架上放的是世界經典名著小說，還有侯孝賢、楊德昌新電影的那些空鏡頭，陸續引發我人生的興趣。

為了投入創作的核心，我考進復興商工美術科，學校有相當嚴格的職能訓練，反不會要求你讀教科書。我選了繪畫組，每天創作，對藝術有所憧憬，從達達、未來到普普主義等。記得八〇年代同學間最瘋魔的是照相寫實主義，我不喜歡那種用投影機畫出來的東西，反而著迷超現實達利的那種天馬行空。除此之外，也讀了一些黃凡和張大春那種後設小說和魔幻寫實小說。

畢業後，我同學都跑去南陽街補習，準備隔年考大學，我一點也沒有想讀大學的念頭，直接進入職場，投考宏廣卡通公司，過著「上班畫動畫，下班看電影」的生活。當時我還跑去報名參加聯合文學文藝營，聽了一些小說家的課，希望自己也可以寫篇蓋世無敵的小說來。不過夏天的文藝營以「在一片暴雨颱風中」匆匆作為結束。

畫動畫是論件計酬，我因為動作快，一個月可以畫到七、八萬，我總是把賺來的錢拿去買畫冊、搖滾樂和看電影。以買書而言，我常去重慶南路的東西書局買洋書和精裝本畫冊，訂閱歐美漫畫雜誌*Heavy Metal*和日本插畫雜誌*MOE*。

另外，信義路地下室的「太陽系ＭＴＶ」影碟，把每一個作者的電影都歸類得相當完整，對我而言是一座文藝青年閃閃發亮的皇宮聖殿。我經常通宵在包廂看完一些「作者論」和在焦雄屏、黃建業和李幼新書本上讀來的電影，從柏格曼、伍迪．艾倫、安東尼奧尼、費里尼，到高達、雷奈、黑澤明、大島渚、史丹利．庫柏力克。

每一部電影都像一帖藥，注射在我身上，當我看到楚浮《四百擊》，我就覺得我是那個拚命奔跑的孤獨少年。

二

一九九二年，我從金門退伍，離開動畫公司，希望可以用自己的藝術養活自己，一個人帶著作品集在臺北各大報社、雜誌社和廣告公司，尋求發表的機會。

因為陸續有插畫在各報文學副刊發表的緣故，蔡康永透過出版社，邀我為他繪製第一本書的插圖，我們約在一家咖啡館，出版社編輯接到一通電話說邱妙津自殺了，這種不經意聽來的悲傷訊息，竟讓我比較有一點點「已進入到業界」的起碼感覺。不過，畫插畫並不足以為生，我在基隆一面畫圖、一面和女友擺攤。

一九九五年，正當我窮困潦倒時，報社從天上丟下一個工作給我。在《自由時報》「藝文特區」全新開版的是盧郁佳的「天生玩家」，我擔任版面設計，以可樂王為筆名，做那種可能是KUSO惡搞也可能是假文青的圖文設計風格，隔年又接下彭樹君的「花編新聞」全新版面，所做的這種以「圖文視覺」為主的設計引起了一些關注，在一些連載的圖文專欄相繼結集出版，也成為以「圖文書」風潮面貌崛起的時代來臨。

二〇〇〇年，我發表《可樂王AD／CD俱樂部》圖文書後離開了報社，陳珊妮讀了這本書可能覺得有妙到，便把裡面的詩譜成了歌，這就是後來的《拜金小姐》。我記得唱片專輯發行的那段時間跑了不少通告，在香港的《拜金小姐國際俱樂部》演唱會是很不賴的體驗。不過這反而像是演藝人員的生活，我倒是不大能適應。

當年在「明日報新聞臺」有一種寫詩的風潮，我覺得特別好玩，寫信約了木焱，辦了《壹詩歌》詩刊，我們常在臺大附近的雪可屋，在設計師家一起熬夜編輯，透過網路和許多大陸詩人聯繫，想辦法邀請周夢蝶題字，也得到很多臺灣同輩詩人的協力。

以北野武「阿基里斯與龜」的悖論來看，真知壽永遠也無法得到夢想和幸福，不過在目前的世界，當代藝術市場和收藏家支持了我的藝術，得以讓我可以持續投身其中。

儘管我不知道我應該歸類在文青、憤青或是假文青，不過只要對藝術的信仰不死，我就會繼續創作下去。

可樂王（一九七一～），本名詹振興。復興商工畢業。曾任宏廣卡通公司、《自由時報》、藝騰網美術設計，曾創辦《壹詩歌》詩刊，曾與陳珊妮、李端嫻組成「拜金小姐」樂隊團體並發行同名專輯。現專職繪圖，亦從事攝影與裝置藝術。曾獲華語音樂傳媒大獎年度最佳樂隊、金曲獎最佳演唱組合獎等。著作以詩、散文為主兼及小說、兒童文學，約二十餘部。

向鴻全

曖昧模糊的文藝啟蒙經驗

我的文藝啟蒙（如果有的話）來得不算太晚，但卻十分曖昧模糊；回想起來，高中時期那位操著濁重鄉音的國文老師，因著幾篇他評為「有鴻鵠之志」、「豪氣干雲」的作文，把我推向作文比賽後並僥倖得到名次，也因此獲得不少關愛的眼光，我想那是我第一次嚐到得意的滋味；許多年後，當我無意間翻看到那張全國作文比賽結束後的合影時，竟然發現站在我身旁的是某位知名歌手（當時他是軍校生），而那坐在最前排的評審老師們，都是我高中時不認得、後來才認出原來他們都是當時在文壇上享有盛名的學者與作家。

而我只是那張照片中，躲在最角落、像是個無關的人探著頭在看這個世界。

這些最初的文藝啟蒙經驗，除了換到幾張獎狀、幾面獎牌外，最讓我印象深刻的，是高中畢業時同學留在紀念冊上的話語——「大作家要加油哦，我們以你為榮！成名了不要忘了我們哦！」這些瘋浪的玩笑話當然不值得當真，但是那時真的讓我相信，透過寫作好像可以掌握或擁有些什麼。現在回想起來，高中時期寫得最多的，除了是充滿八股精神的作文外，應該是和那位誤認為我有多高才情的學妹間，往來頻繁且深刻的，停留在文字階段的情書練習與情感體操。

那時就讀的高中旁緊臨著國小，有時翻牆出去不巧遇到小學生時，他們還會說：「大哥哥爬牆不上課，老師說不要學你們！」但翻過牆後，卻是一個充滿意義的世界；曾經和一位同學，蹺課只為了溜到當時臺北最知名的「太陽系MTV」，去看那些當時根本無法了解的電影，我們還煞有其事地計畫要把所有看過的電影，分門別類地記錄片名、導演、演員、拍攝日期等資訊，最後再用獲得幾顆星來評分，我永遠記得，我們看的第一部電影，是《佩姬蘇要出嫁》（*Peggy Sue Got Married*，一九八六），四顆星。那我現在遍尋不著的幾大張影評，想起來仍讓我感到激動，耐受著幾餐不吃的飢餓，在一方小小的房間裡，一閃一滅的光影跳動著，我想文學藝術是件苦差事吧，或許這就是文藝青年總是帶著清苦、羸瘦形象的原因。

經常流連的，還有彈子房。雖然以我當時那不能稱為球技的球技，永遠只有出過唯一一次桿後，就坐在旁邊等著被掃檯定桿、最後收球到櫃臺付錢的份，可是在那永遠煙霧瀰漫的空間裡，我也曾經驗到驚心動魄的場面——同學鬧事打群架、蹺家泡球館、甚至目擊就在球檯上發生的性事。我不太確定這些經驗對我的文學體驗有沒有幫助，但我知道在這個世界裡，像這樣殘酷、驚駭甚至哀傷的事，每天都在發生著，而最好的文學觀察就是，你正好在現場。

當然，NASA、KISS DISCO、PENTHOUSE等常聽見同學友伴在流傳的舞廳，我還沒膽量進去，不過到西門町萬年冰宮接龍溜冰，卻絕對是打發時間的好消遣。想來也感到慚愧，忝為一個文學追求者，或者是文學教師的行業，這些經歷似乎沒有為自己在文藝這條路上增添什麼光彩，回想起來，那時也真的沒有剩餘的錢可以買書買錄音帶，只能每天少吃一餐，多少存點錢好去買喜歡的、趕得上流行的書和音樂，那時友朋們傳閱張曼娟的《海水正藍》、好喜歡抄錄席慕蓉《無怨的青春》來妝點我們枯瘦的情書、每天都把耳機偷偷塞在袖子裡，陪著ICRT的DJ倒數American Top 40。啊，我的八〇年代。

如果當時我能夠更貪心、更勇敢、更無所忌憚地追求那些看起來極具野性氣息的生命經驗或閱讀經驗的話，也許我就能夠更靠近文學一點；一直到上了大學，我才開始較廣泛地閱讀各類文學作品，許多較幽微深刻的文學體驗，也才開始發生。可是對我來說，高中時期的種種左衝右突，掙扎地想要衝破什麼，揮之不去的悒鬱和迷惘，卻更像一則文學的隱喻，埋藏在我心裡。我突然想起，那位我連手都不曾牽過，卻和我交換關於青春的無數問題與答案、陪我演練無數情感習題的學妹，曾送過我一本馬建的《你拉狗屎》，完全不浪漫的書名好像也沒引起我認真讀完的欲望，但那大概是我當時最接近文藝青年的閱讀品味吧，如今卻靜靜地保存在我的書架上。

或許青春和文學都一樣，極其美好和極其破敗都一併被保留下來了。

向鴻全（一九七一～）。中央大學中文系博士。現任中原大學通識教育中心副教授。曾任中央大學中文系兼任助理教授。曾獲聯合報文學獎、宗教文學獎、倪匡科幻評論獎、梁實秋文學獎、教育部文藝創作獎、臺北文學獎等。著作以散文、論述為主。

王聰威

我是小說家讀者成員

有一段期間，如果需要我的個人簡介，無論是用在什麼地方，上頭都會有一句：「小說家讀者成員」。那大概是二〇〇三年五月七日之後的幾年間，在此之前，有關我個人的寫作生涯幾乎沒有值得一提的事情，僅僅憑了這一句介紹，讓我能跟文學圈子沾上一點點邊。

二〇〇〇年退伍沒多久，我帶著當少尉輔導長存下來的五萬元，自高雄回到臺北找工作。租了房子，繳掉第一個月房租和兩個月的押金，買了張折疊床和一副桌椅、衣櫥，剩下的錢只夠一個月的生活費。那時候，我是自由文字工作者，主要幫剛剛創刊的男性雜誌《FHM》寫稿子，也接一些廣告文案、報章雜誌的採訪稿件，我記得剛開始有幾個月的時間，每月只有一萬多元的收入，到了月底時真的是跟沙漠的旱季一樣，一毛錢也不剩地榨得乾乾淨淨。或許您不知道，當時一位剛畢業的碩士生進入《明日報》工作，起薪便是四萬五千元。

我是因為學生時代得過一些學生文學獎，也自認為自己相當能寫，並且立志要成為小說家，所以打算在臺北一邊當文字工作者，一邊尋找出版作品的機會。但是完全沒辦法，既不認識出版社的人，也不認識任何作家，雖然努力參加文學獎比賽，也完全得不了獎。每天每天，光是為了生活下去，甚至也沒法去想當作家的事情了，只能把時間耗在大量的各式賺錢稿件上，一天寫作十幾個小時，卻沒有一個字是為了自己的夢想而寫。某天，終於存了人生的第一個十萬元，我還將提款機列印出來的明細表貼在牆上，即使搬了幾次家也都繼續留著。

我是三十歲才進《FHM》當編輯，真正認識了第一位小說家，也是我的主管袁哲生，還有另一位跟我差不多年紀的小說創作者高翊峰則是我的同事。而且，因為五年級世代的袁哲生像是個老大哥似地，找來了一批已小有名氣的六年級小說創作者為雜誌寫稿，包括了童偉格、甘耀明、許榮哲等（袁哲生從各文學獎的得主裡挑出來的），相當不可思議吧，一本帶有情色感的國際版男性時尚雜誌，居然動員了臺灣未來十年表現最為活躍的六年級小說家群。

二〇〇三年五月七日晚上，《FHM》編輯高翊峰、《聯合文學》編輯許榮哲、森林學校老師甘耀明、李崇建、電影導演李志薔一起到我家來，那時我住在中和的一個眷村

「安邦新村」，是間租金便宜的兩層樓透天厝。其實這裡頭，我只認識高翊峰，他們五人相識較久，幾乎囊括了所有全國性文學大獎，並且都已出版了第一本小說或散文著作[1]，只有我空空如也。當晚我準備了什麼零食和酒水，已經不記得了。至於說話的內容，除了決定要共同在明日報新聞臺成立一個「小說家讀者新聞臺」之外，也記不得其他細節。總之我是個怕生的人，他們幾人熟稔地聊天之際，我能感受到大家一致地，希望憑著年輕衝動與銳氣十足的創作力，來對這死氣沉沉的文壇做些什麼，但我實在無話可說。更令人沮喪的是，明明參與者是六人，但許榮哲整晚都在說：「我們五個人如何如何，我們五個人如何如何……」不只這樣，據說我送他們離開我家，他們散步前往坐車的路上，李崇建曾經困惑地問了這麼一句：「王聰威是誰啊？」高翊峰只好向他委婉地解釋：「人家可是入選過八十七年的年度小說選耶。」當時我想，自己並不屬於他們當中的一分子，但是沒辦法，我喜歡他們，我想要成為他們的朋友，也想要和他們像在這樣的夜晚，一起聊文學、談創作，我想要趕上他們，讓他們能夠認同我，也就因為這樣，我總是厚臉皮地在個人簡介上強調我是「小說家讀者成員」。

如今已經過了近十年的時光，原本六個人的「小說家讀者」，增加了兩位成員：張耀仁和伊格言，再後來，有人宣布退出，漸漸地，我們就不再有集體活動[2]。我們現在成了家庭式的朋友，身邊的女朋友變成了太太（或者分手），孩子一個個誕生（本來都說不生的），平常會約在外面吃飯喝酒、以前常去已經關門大吉的lane86與CAFE ODEON，偶爾一起去國內外旅行，年底時則一定會聚在一起跨年。我們越來越習慣於彼此的生活，最喜歡到誰的家裡去窩一整個晚上，放小孩子在地上爬來爬去，看小孩打破碗盤或又哭又鬧，但即使在這混亂的家庭式聚會中，總會有又薄又輕的空檔，讓我們重新回到二〇〇三年五月七日那晚的氛圍——當年的眷村透天厝早已拆毀都更，不復存在了——至少對我來說是這樣的，那一晚開始我們建立了長久不變的友誼，也一起目睹了我們這一世代一段精采文學歷程的展開。

註：

1. 我們這一批人幾乎都在寶瓶文化出過書，寶瓶文化可以說是第一家將目光放在一整個六年級世代作家的出版社。不好意思的是，早期作品大概也害他們賠了不少錢。
2. 我們曾舉辦新書快閃活動、金石堂書店櫥窗寫作行動、摩斯漢堡餐盤紙小說書寫、《星報》與《中國時報》「人間副刊集體專欄」、「搶救文壇新秀大作戰」選秀、文藝營等活動，這些行為大概都是文學圈裡的第一次。如果您有興趣知道我們還做過什麼驚人之舉，可以上網查這兩篇文章：張耀仁〈看我們貓的華麗的迴旋踢——誰是8P？誰怕8P？〉（原載二〇〇五年九月號《幼獅文藝》），還有王聰威〈小說家讀者：文學是從今天開始，我們做出來那樣！〉（博客來OKAPI「那些作家教我的事」專欄）。

王聰威（一九七二～）。臺灣大學藝術史研究所碩士。現任《聯合文學》雜誌總編輯。曾任《*Marie Claire*美麗佳人》報導總監、《*FHM*男人幫》副總編輯。曾為創作團體「小說家讀者」（又稱「8P」）成員之一，並合著有《不倫練習生》、《百日不斷電》等書。曾獲全國學生文學獎、臺灣文學獎、宗教文學獎、金鼎獎年度雜誌獎等。著作以小說、散文為主，約十餘種。

徐國能

追憶似水年華

中年文青的回憶

也許是一種貶抑與嘲諷，「文青」這個名詞近來和什麼「小清新」、「小確幸」等似通非通的名詞常出現在眼前，網路上有簡單版和繁複版的文青測驗，稍微對照一下，便可發覺自己的「文青質」純度有多高，無論如何都不免自我挖苦一番。其實哪一個時代沒有那樣的一群人呢？對於庸俗之世有一點反感，想要追求一些不一樣的價值或品味，這樣的「反俗為雅」也許便成了一個典型，在後來跟風者刻意地模仿下，這群人就不免「雅得這樣俗」了。

當代的文青似乎有一種弔詭的特質，也就是他們既不認同商業文化與庸俗消費，自己卻不自覺地成為了另一種商業操作下產生的消費族群，什麼文青相機、名牌黑框眼鏡、素潮T及MUJI的文具等，「文青」一詞說穿了還是資本主義提供對某種虛榮心的滿足，尤其是透過買賣「文化」、「品味」等這些資產階級所標榜的價值與嚮往的生活，並藉此來區隔於他們和普羅大眾間的差異，以獲得並展示其優越感。因此我與我的同儕在二十歲時，固然可以算是熱衷文藝的青年，但因為我們普遍窮困，逛二手書店的機會多於上誠品，吃自助餐與喝三合一罐裝咖啡是常態，故不僅沒有什麼消費能力與優越感，其實多少都還懷抱著一些自卑與寂寞，與當今文青差距甚多。

我們那時的文學青年多是從高中校刊社開始踏入文學之旅，那時在校園中多還稱為「文藝社」或「青年社」，既浪漫又熱血，我們開始在學長的代領下讀一些根本看不懂的三島由紀夫；或在學姊的策畫下去訪問拍了「我有話要說」廣告的「意識型態廣告公司」，那些活動和教官室發的公假條，讓自己突然間就和班上其他同學有了一些微妙的不同。上了大學，各種奇怪的名詞填滿生活，社團裡永遠穿著涼鞋的長髮學長總是把疏離、焦慮、後現代或異化這些字眼掛在嘴邊；班上的一些女生則開始召集woman study的讀書會。有些人上課報告寫《大紅燈籠高高掛》而得到老師高度讚許；我這才發現，我花了許多時間閱讀新潮文庫的存在主義相關作品，「存在先於本質而創造之」之類的理論早已退流行了。

學校旁有一家「東海書苑」，專賣文史哲書籍，那可說是我的精神殿堂。我在那買了羅蘭巴特《寫作的零度》，李維史陀《憂鬱的熱帶》，還有葉石濤《臺灣文學史綱》，這些書很多我都看不懂，就像卡爾維諾寫的《如果在冬夜一個旅人》和普魯斯特的《追憶似水年華》，當時我不明白這樣的寫作意欲為何；一如不明白盧貝松的《碧海藍天》、安德烈・塔可夫斯基的《鄉愁》、《犧牲》這些電影。然而它們給我一種無限的吸引力，彷彿告訴我在遠方有一個美麗而繁榮的世界，正等我這鄉巴佬去發現與驚奇，因此我很吃力地讀著它們，好像那是一把開門的鑰匙或是一張車票，可以讓我因此到另一個境域裡去。

回想起來，對文藝懷抱熱情的青年其實都很單純，文藝是對我們蒼白寙陋人生的一點救贖之光，我們什麼都不能做，只能努力朝那個光點走去。或許文青總被恥笑為華而不實，因為他們裝模作樣讀一些自己不甚了解的東西，並彷彿因此憂愁。但是所有的生命不是都需經過花的階段才能到達果實的成熟嗎？如果青年時代沒有那樣虛榮地企圖，或缺少了那些迷惘的經驗，我認為後來結出來的果可能也是乾澀的吧！如今我滿懷鄉愁地把一小段卡爾維諾放進了補充的教材中想和教室裡的文青們一同分享；也準備和同事在校園社團裡，和擁有文青相機的年輕人談羅蘭巴特。其實這些東西我到現在也還是沒有弄懂，不過沒有關係，就像許多人根本沒看過《追憶似水年華》但是還是喜歡談瑪德蓮小鬆糕，對我這老文青來說，文藝本是一種況味，無論一篇作品或其思想的本質究竟是什麼，能片刻沉浸在那淡薄而微妙的文藝光暈中，回到最初不知為何的剎那悸動，一切都已完足，都已是欲辯已忘言了。

徐國能（一九七三～）。臺灣師範大學國文系博士。現任臺灣師範大學國文系教授。曾任暨南國際大學中文系、空中大學人文學系、逢甲大學中文系兼任講師，淡江大學中文系助理教授等。曾獲全國學生文學獎、中央日報文學獎、時報文學獎、聯合報文學獎、大武山文學獎、梁實秋文學獎、臺北文學獎等。著作以散文、兒童文學為主，約二十餘種。

張亦絢

我們想要活一次[1]……

一九八九、高中生學運及其文藝少男與少女

我大學時代，有個學姊是呂秀蓮的助理，有天我去找學姊時正逢晚餐時分，大家於是一同用餐，呂秀蓮問初見的我：「你們年輕人討論國家大事嗎？」我當場就被食物給噎到了。實在是，實在是，我來自一個完全不同的傳統呀。戒嚴令解除後，刑法一百條廢除前，我曾屬於一個高中生跨校組織。我們有讀書會、營隊、還有些行動……行動？嗯嗯，比如說唱歌呀。記得有天，向來不吭聲的J突然道：「學姊，我們今天好悶，來唱一遍〈國際歌〉好不好？」我沒想到做學姊的還有開歌權，慨然應允道：「唱吧！」然後大家就在公園或一個什麼空地上唱起歌來了。回想起來，簡直好玩得不像真的。所以，有天我在《新新聞》上看到報導，說這組織被國安局密切關注，我當下失魂落魄：「什麼？關注我們這群烏合之眾？」

沒網路沒手機，就在「三月學運」的廣場上「加為朋友」。當時有人混綠色小組與

小劇場，混勞動黨，也走民進黨的社運路線，有人跑去採訪楊德昌，對我會去滾石唱片[2]玩也都不感到異議——當然也有人全沒搞懂組織的政治性……。要把組織搞垮囉，我聽說，但也沒垮，它本來就是垮模垮樣的，還能垮到哪裡去呢。

聚會時也有談小說的時刻，但政治性特濃的學長一過來，我們就會一起停下討論不給他們聽，他們自覺無趣地一走，我們又開始滔滔不絕——真是愉快的叛逆。至於這組織嚴謹的一面，大概是每屆有「書記」。有一年，學妹F在家庭壓力下辭書記一職，似還形成了小危機。成員中有父母開條件：「發誓你不搞運動，加你零用錢！」而我們多是隱晦堅定的反抗類型。在現今的社運、工運中，仍有當年來去「唐山」或「人性空間」的熟悉名字。草根地做組織，這些人是我們當中的精華。

L曾寫份標題為〈我們都是這塊土地的孩子〉——今日稱為「臺灣意識」的傳單，我在高中女廁一張張地貼——沒多久就讓教官派人全撕了。而跟我併肩去為營隊募款[3]的R，反抗不讓他學美術的父親而輟學，謠言他「被養」。後來在北美館某錄像中表演SM的G，當年她這樣說過：「真感動——終於弄懂gay怎麼做愛了！……有人可以幫我解釋嗎？」我於是自願上去當那個男同志……。而我也始終保有個很美的畫面：我坐著讀書，隔壁的K和一個學妹合作說出：當然女孩子會自慰。我頭抬了很輕的一下：這兩人語氣好平實。也在同時，我們有了第一個性別意識覺醒會議[4]。——G帶頭批評自身的異性戀機制，其坦白的深度，遠高過後來我在女性主義圈多年所見。

借我《托洛斯基自傳》的K，在我跟他說起懷疑自己是同性戀時，他問我：確定嗎？我說：不確定。他道：如何討論不確定的事呢？多年來，我都拿這開玩笑：我們左派沒法討論不確定的事[5]。而K遞文章給我時，叮嚀「階級敵人」的語氣，總讓我忍俊不禁——要不是K，除了木匠魯班之外，我不知道誰是工人。K當時在讀弄來的《臺灣總督府警察沿革誌》，當然是把它當臺灣社會運動史在讀。但對日治史還很無知的我，一度一頭霧水：讀警察寫的東西？是我混錯幫派了嗎？

每個人，到底如何成為真正的人呢？博拉紐的《狂野追尋》可說這樣回答了：「文藝青年」這個東西，不過是對上述命題表現得更自覺，或甚只是「更為接生者」的角色而已——一九八九年，我十七歲；鄭南榕自焚加上六四天安門，人與國家暴力對決一事進入我們的青春；而那也表示，接生者／前文青，正以肉身缺席人群中。我之所以寫出這一段，原因即在於，我在其中曾看到「與他人一起成為真正的人」的最大接生可能性。比起這，我以高中生之齡在報紙副刊發表的小說，完全不足為道。

註：

1. 語出詩人馬穆德．達衛許（Mahmoud Darwish）之詩〈海上的訪客〉：「……我們想要活一次／不是不為

什麼／而要我們能夠再一次出發」。（李敏勇譯）

2. 滾石唱片甫推出黑名單工作室的作品《1989》。

3. 比如導演盧昌明當年就捐了六千元給這個高中生營隊，但他完全沒有過問我們營隊做些什麼。我基於職責一定有向他報告，而他可能是基於信任，我覺得他沒聽完就讓我去領款了。

4. 這須歸功於臺大女研社的一個學姊，她要我們開一個不讓男孩參加的純女孩會議，當時我們對激進女性主義並不熟稔，但這馬上使我們女孩間有一串連，打破傳統社團的異性戀運作模式，亦即女成員總是某男女友的潛規則。但組織仍保持男女混合。兩年後我翻譯一篇女性主義文章，才知道那時在做的會議概念來自CR（conscious raising）／意識提升這個歷史產物。高中前後流通的女性主義讀物舉隅：谷風出版的《風起雲湧的女性主義批評》（一九八八）、遠流出版的《女權主義》（一九八九）、森大出版的《女性奇論》（蘇珊米勒版，一九九一）、簡體版的《羅莎盧森堡傳》等。陳芳明的《謝雪紅評傳》（一九九一）則比較是大學時代的記憶了。

5. 那時同性戀還不被當作重要的社會／政治／性別議題。雖然當時已有同性戀團體成立。

張亦絢（一九七三～）。巴黎第三大學電影及視聽研究所碩士。曾任職於餐館、精品店、《臺灣立報》、影片公司。現專事寫作。曾獲聯合文學小說新人獎、Openbook年度好書獎等。著作以小說、散文為主兼及論述，約十餘種。

張輝誠

一路上緩緩走來

我從小生活在蔥仔寮鄉下，絕少見過課外讀物。

直到一九八六年，我剛升上國中，大六歲的姊姊從半工半讀的明道中學帶回一年份整套《明道文藝》，那是學校規定訂購的校刊。當時，國中生活頗苦悶，我沒事便時常翻閱這套書，特別愛看第一百二十期五、六月號第六屆全國學生文學獎專輯，我到現在還隱約記得新詩組第一名文化大學藝術研究所的葉振富（即後來的詩人焦桐）作品〈五〇四病房〉裡的憂傷氣氛與疼惜感情，和第二名的臺北醫學院醫學系陳克華的〈帶你回桃源〉詩中的深情與焦慮；也記得散文組佳作的臺大社工系羅元輔（即後來的詩人羅葉）的〈拾起生命的稻穗〉，因為《明道文藝》還另外出了一本開本較大的得獎作品集，書名就叫做《拾起生命的稻穗》。我當時一遍又一遍地讀著得獎作品，也細讀評審評語，有許多複雜的情緒在心中翻滾，當中一項是我也希望有朝一日能變成大學生，其二則是將來若有機會我也要和其他大學生一較高下，也想讓自己的作品刊登在《明道文藝》上。

大學時代，我一直期許自己能成為一名傑出學者及優秀詩人，當時師大校內的文學獎，還曾得過兩三回新詩首獎，但卻鮮少對外投文比賽。大學畢業後，到金門當兵，退伍前因為陰錯陽差之故，導致三年時間無法寫作，一心一意只想當平凡人，深怕一個不小心精神又崩潰了。回到臺北後，一邊教書，一邊讀師大國研所，父親卻病故，我因牽戀父親生前種種，不肯讓他從這個世界輕易消失，決定放手一搏，便開始一個字一個字在極其艱辛的狀態下重新書寫，寫成的頭一篇文章〈洗澡〉，向《明道文藝》全國學生文學獎投稿，後來竟獲得散文組第三名。換言之，我重新回到寫作園地，第一個肯定的力量就是《明道文藝》了。（後來我才知道，很多作家的起始點好像也都是在這個獎、這個刊物。）

這時，網路時代漸漸興起，我在網路上找到了景仰的作家張大春在News98的專屬網站，那裡集結一群文藝網友，寫詩、小說、散文、評論樣樣都來，隨寫隨貼，程度極佳，我經常連插嘴都插不上，後來也忍不住化名「大春門下犬馬」（簡稱犬馬）把自個兒的小說一邊寫，一邊就張貼在上頭。有一回網友結婚，張大春也出席了，他說看了我的作品，覺得寫得不錯，又對我溫言相勉、鼓勵再三。這是頭一回我見到景仰的作家，居然又獲得當面嘉許。——對我而言，是加倍的歡喜。大春老師鼓勵的話讓我猶如小孩子被摸了頭，膽子益發大起來了，隨後便把寫成的作品拿去比賽、發表，竟意外獲得許多文學獎肯定。

有一回得到時報文學獎散文獎時，大春老師剛好是另一組小說的評審，頒獎典禮，他上臺講了一段話，說：「拿到獎好像拿到駕照，但是有駕照不一定會開車，有人沒駕照，車照樣開得好！」我知道，我要把文章寫好，還得下很多功夫才行。

我常常覺得寫作這條路上，我真的遇到太多貴人了：倘若當初得到文學獎，卻沒有得到幾個重要發表園地的前輩（如「聯副」的陳義芝、宇文正先生，「人間副刊」的簡白先生，「華副」的羊憶玫先生）提供機會，也許我現在還只能是輾轉流離於各種文學獎之中不斷比賽尋找作品露臉的機會，甚至淪為被評審們搖頭側目嘆息的獎棍、獎金獵人、職業得獎人（從這個角度看有時也應該體諒「我們」的不遇與卑微）；倘若沒有遇到出版社重要推手（如葉美瑤姊、初安民先生），也許我的書壓根乏人問津，無緣面世（有時也很感謝他們願意承擔賠錢出書的勇氣）；倘若後來我沒有遇到心儀的作家，認識他們，得以親炙他們的春風（如余光中、舒國治、張大春先生），也許我的眼光就不會宏遠，境界也不會高明，甚至變成一個目光如豆、胸襟狹仄的創作者。

文學路上，緩緩走來，像散步一樣，我走得很慢很慢，卻真實覺受溫情，一點一滴，縈胸繞懷。因此我才有辦法，繼續灌溉著心中的小樹，文學小樹。當寫完第四本書時，我終於清楚意識到，我可以這樣一直寫下去了，這株小樹很有可能會長大、茁壯起來，至於長成什麼樣子，長多大，這都不是一時半刻就看得見、說得清、想得明白。

張輝誠（一九七三～）。臺灣師範大學國文系博士。現致力提倡提倡「學思達教學法」。曾任中山女中國文教師。曾獲時報文學獎、梁實秋文學獎、全國學生文學獎、教育部教學卓越獎金質獎等。著作以散文、教育學習為主，約十餘種。

丁威仁
所謂文藝青年的非文藝養成訓練

關於A片

我並不想再談什麼：我們這一代文藝青年的教育養成與文學啟蒙，我們這一代文藝青年的文壇生涯，我們這一代文藝青年的人文生活，這一些總是要裝模作樣的東西了。

還記得第一次看A片，是小學六年級。某日，班上某位矮小瘦弱又陰鬱的損友同學，他的姓名我已記不得了，總之他帶著詭異的笑容邀請我去他家，看一部他所謂的被抓到就會被殺掉，但整部片看完會上天堂的錄影帶。那個時代並沒有DVD這種高科技的東西，家境如果小康的話，通常會有一臺俗稱小帶（Beta）的錄放影機，如果家境略微富裕，就會買大帶（VHS）的錄放影機。總之，我禁不起上天堂的誘惑，中午連便當都沒吃，就風塵僕僕地趕到他家，雖然他家與我當時南港的家不到兩個交叉路口的距離。

我真的記不清那部片叫什麼了，反正跟我後來毛長齊後看的簡直是小巫見大巫，正因為如此，那天螢幕上的影像在如今我的腦中還相當清晰，雖然只是一堆裸露上半身的女子在泡溫泉，一泡就泡了一個半小時，但對於除了剛出生時看過母親裸體，再加上從小被教育在他人面前裸體是錯誤的這種概念，反而使得看到異性裸體變成一種極其刺激的事，雖然那時候還弄不清楚刺激個什麼鬼。反正，我們就在這種複雜又單純的心情下，目不轉睛地刺激了一個半小時，直到我同學他父親從臥房裡拿出雞毛撢子，操著髒話衝出來時，我才知道，媽的，他爸在午睡。

A片英文全名為Adult film，就是成人電影。早期在臺灣的二、三輪戲院都會固定播放俗稱為「小電影」的片子，市面上也會販售口袋那麼大小的A書，俗稱「小本」，更怪的是大人每次看到電視上出現激情男女纏綿的鏡頭，就會說什麼「小人打架」或是「妖精打架」，叫我們小孩子把眼睛遮起來，到後來錄影帶出租店就隔出了「小房間」來放置這些片，只有熟顧客才有權力進去挑片。到了第四臺興起後的鎖碼頻道，所謂的成人電影（A片）其實一直隨著整個臺灣成長，尤其是舶來品，例如歐美及日本的AV，更是讓人趨之若鶩。然而，時代在改變，網路與數位技術的高度發展，現在要取得這些東西，已是輕而易舉的事。老實說，如果A片的開放會導致性犯罪的高度成長，那日本與歐美各國，現在早就淪為性犯罪者的天堂了。

關於電動

我是電玩控，小時候我最大的心願，就是達成全主機制霸，原本以為是遙不可及的夢想，沒想到現在的自己的確實踐了擁有次世代所有主機的願望。

說到一名義大利的水管工人，可能已經有人猜到，是的，在紅白機的世代中，瑪莉歐應該是所有這一代文藝青年共同的記憶，我們是陪著瑪莉歐成長的，從超級瑪莉一路走來，各式主機不斷變遷，甚至於連瑪莉歐網球、瑪莉歐棒球等出現，都改變不了我們腦裡那個最單純吃香菇變大，吃花朵可以射火球的簡單世界。

若講到電腦遊戲，現在的孩子當然就是在ON-LINE GAME當中長大的，尤其是LOL世界賽冠軍「TPA臺北暗殺星」隊回國時的盛況，就不難想見臺灣現在的這一代年輕人身處的數位世界。然而，我記得那時的電腦並不是彩色的，我第一臺電腦，還是母親使用了父親三分之二的薪水購買給我，一臺所謂的蘋果型（請注意，跟現在的蘋果是天壤之別）八位元單色螢幕電腦，儲存媒體也不像今日有隨身碟、行動硬碟等動輒都是以GB，甚至於TB起跳。當時的儲存必須使用俗稱的大片磁碟（5.25吋的大張磁片），一片約1.2MB，別懷疑就是1.2MB，現在連一首MP3的情歌都裝不進去，而那時我第一個入手的電腦遊戲，用了兩張磁碟（最多也不過2.4MB），叫做《三國志一代》，但卻是英文版。

對於這一代以次世代主機與大尺寸電視玩「真三國無雙」系列，以高階電腦打《三國志12》的孩子們，或許不能理解《三國志1》是啥玩意，但這款遊戲卻是啟蒙我閱讀文學作品的重要起點，因為我搞不懂誰是CAO CAO，誰是CAO PI，我就必須透過閱讀《三國演義》等三國故事，將英文拼音出來去找出中文譯名，也才知道原來前面那個是曹操，後面那個是曹丕，而也因為這款遊戲，奠定了我未來會讀中文系的基礎，而這時候我才升國二左右。

關於關於

關於我們這一代文藝青年的教育養成與文學啟蒙，我們這一代文藝青年的文壇生涯，我們這一代文藝青年的人文生活，我們這一代文藝青年怎樣怎樣……。

我還有很多沒說的呢！（漫畫、電影、電視節目，以及那些跟文藝扯不上邊的各種特異行為……）對不起，請原諒我無法表現出文藝腔調，那就留給其他這一代的文藝青年去說吧。

丁威仁（一九七四～）。東海大學中文系博士。現任清華大學華文所所長。曾任教於逢甲大學、東海大學、朝陽科技大學、新竹教育大學。曾獲聯合報文學獎、教育部文藝創作獎、吳濁流文學獎、苗栗夢花文學獎、全國優秀青年詩人獎、全國學生文學獎、創世紀五十周年詩創作獎等。著作以詩為主，兼及論述。

凌性傑

我們這一代的高級娛樂

我不知道，自己青春期所經歷的，究竟是不是一個文藝的太平盛世。許多人說，那是後民歌時期，流行音樂滋養了聯考制度下的我們。我也不知道，若是考不上高中，命運將會變成怎樣。許多被參考書煎熬的夜晚，我一邊聽著收音機裡的流行歌曲排行榜，一邊用文字發洩苦悶。蔡藍欽早熟滄桑地唱出〈這個世界〉，張雨生嘹亮地宣告〈我的未來不是夢〉……那些聲音陪著我長大、召喚著我，為心裡的愛與痛寫些什麼。

國中二年級，一整年的音樂課都在彈吉他。彈來彈去，我還是只會幾個簡單的和弦。即使這樣，我仍幻想著有一天能自己作曲填詞，唱歌給很多人聽。期末考自彈自唱，我選的是〈恰似你的溫柔〉，很輕易過了關。每周一次的音樂課總讓我覺得負擔不小，書包與提袋已經夠笨重了，再多扛一把吉他擠公車，真顯得有點苦情。後來不知不覺，吉他便荒廢了。

一九九〇年升上高中以後，我開始懷疑體制，校刊社提供了種種懷疑世界的可能。那時，文青的標準配備不再只是文學與音樂，還要加上政治、歷史以及各種主義。我們這一代的書寫者，中學時期歷經了身體與政體的解放，從禁忌中摸索自己的文體。我們擁有極下流的低級趣味，也常常分享自以為是的高級娛樂。阿魯巴風行全臺，成為男生樂此不疲的性遊戲。舒淇、李麗珍崛起，三級片撫慰了不少孤獨徬徨的少男。而所謂高級娛樂，就是挑戰禁忌、擷取知識與權力，從中獲得無比的快感。越禁忌越美麗，思想的冒險真是絢爛無比。

高中校刊上露骨的情慾書寫、白色恐怖專題、二二八事件報導，成為我知識拼圖不可或缺的片塊。因為加入校刊社的關係，我總是搶先一步知道各種文藝營隊的報名訊息。沒有網路的時代，訊息的放送、取得，耗費時間且途徑單一。而我的社長特權，除了享用不盡的公假，還有優先參加文藝活動的資格。

各式各樣的營隊讓我們同類相求，聲氣相通。我這才發現，與自己喜歡同樣事物的青年原來都是長這樣的，沒有特別奇怪，也沒有特別不奇怪。跟同好聚在一起，就是當時文青的高級娛樂了。慘綠少年們似乎個個帶著一身故事，懷有許多不可告人的祕密，唯有在提筆創作的時候能夠偷偷地呻吟幾句。營隊結束後，我們回到原來生活的角落，回到單調的體制中。透過書信往返，交換彼此無甚風浪的日常。

世紀最後一個十年，拜經濟成長所賜，教育部好像有用不完的錢蓋大學、辦文藝營。教育部文藝營讓我可以名正言順逃掉學校輔導課，在營隊裡認識同年齡的寫作者。教育部提供經費，提供高中生一則不切實際的夢。我們免費享受七到十天左右的文藝創作課程，食宿也都由教育部經費支應。身在其中，我只曉得任性地揮霍青春，毫無顧忌地發展躁動的情愛。文藝營裡認識的許多人，如今都在藝文圈裡有一片天地。文藝創作、學術研究、編輯工作這些領域，都可找到當年舊識的名字。我覺得很幸運，曾經擁有過這樣的集體記憶。我也不免惶惑，當下的青少年，能夠擁有哪些集體記憶呢？

有件事不是集體記憶，但是猛然打開了我的眼界。

我有一個很要好的高中同學，綽號色龜。人如其號，個性很色，長相如龜。不知他哪來的本事，可以弄來一堆限制級電影。他跟我説，那些港產三級片都是垃圾，唯有他才識得真正的藝術。我們在書包裡夾帶這些禁片，從來沒被搜索過，一副乖學生的臉成了最好的護身符。十七歲那年，色龜借給我《感官世界》、《索多瑪一百二十天》系列錄影帶，我趁家人熟睡的時候無聲快轉，草草結束這神奇的高級藝術。

帕索里尼導演的《索多瑪一百二十天》改編自薩德原著，裡面充滿集體性侵、食糞、雞姦、虐殺一類情節。拍完《索多瑪一百二十天》後，帕索里尼離奇死亡，身上有遭受毆打的痕跡，死因不明。我有點悲傷地察覺，原來高級娛樂有時是令人難受的。赤身裸體的演員、激烈的性交怎麼也無法勾動情慾，卻讓人飽嚐噁心與不快，對權力感到反胃。

《感官世界》是大島渚最知名的作品，改編自日本刑案「東京阿部定事件」。女主角阿部定與情夫石田吉藏大玩性遊戲，最後勒死情夫，割下他的生殖器後，拿著生殖器遊走在東京街頭。片中男女主角全裸演出，真實呈現性愛過程，讓大島渚備受爭議。愛慾的終極是什麼？執迷與占有又是什麼？當年的我不及細想。如今，倒不覺得大島渚有什麼驚世駭俗了。二〇一三年一月十五日，大島渚過世，享年八十歲。記憶中的《感官世界》已經淡若輕煙浮雲了。

色龜現在是國小的特殊教育老師，也許他還記得這些影片、這些頗高級的青春往事。

凌性傑（一九七四～）。中正大學中文系碩士。現任建國中學國文科教師。曾任臺東體中國文科代理教師，左營國中、臺東體中、花蓮高中國文科教師。曾獲梁實秋文學獎、中央日報文學獎、時報文學獎、花蓮文學獎、打狗鳳邑文學獎、全國學生文學獎、林榮三文學獎、教育部文藝創作獎、臺灣文學獎等。著作以詩、散文為主兼及兒童文學，約二十餘種。

許榮哲

那一年，我是個文藝諧星

一九九八年，我開始寫作，目的是為了一個女孩。

當時，我已經二十四歲了，就讀臺大農工所，整天在思索，思索一篇叫「灰色模糊動態規劃於水庫之即時操作與研究——以石門水庫為例」的論文。

不是思索如何把論文寫好，而是思索如何蒙混過關。

那一年是網路小說《第一次的親密接觸》正夯的時候，我在網路上認識了一個山寨版的「輕舞飛揚」。如果我的記憶力可靠的話，女孩的網路暱稱叫「快樂的小猴子」，就讀實踐大學音樂系，患有紅斑性狼瘡。等等，紅斑性狼瘡？你是說女孩跟「輕舞飛揚」患了同一種病？哪有這麼巧的事？讀者你的懷疑很合理，但我發誓這是真的，如果這裡面有任何謊言，也是對方欺騙了我。

我和女孩是在BBS上認識的，基本上，我絕不可能主動向一個網路暱稱叫「快樂的小猴子」的人攀談，所以是她主動敲我的，那時我的網路暱稱叫「臺大吹風男」。隨後，我們開始通電話。第一次通話時，女孩就在電話那頭唱歌給我聽，她的歌聲甜美，給人無限的遐想。我們第一次見面時，我反過來唱歌給她聽，「要是能就這樣挽著妳的手，從現在開始到最後一首，只要不嫌我舞步笨拙，妳是唯一的選擇……」（〈第一支舞〉），我邊哼歌，邊趁機牽了她的手。

我想我有一種詣星式的追女仔才華。

女孩愣了一下，沒有把手縮回去，不過歌唱完之後，我們依然只是朋友。

有一天，女孩突然無預警地約我出來吃飯。吃飯的過程中，女孩告訴我，她有一個暗戀的學長，但學長已經有要好的女友了。她問我，如果是我，我會怎麼做？我說，我會從中作梗，讓妳學長的女友痛不欲生……。

女孩一直笑、一直笑，笑到滿臉都是淚水。

我想我有一種詣星式的安慰人才華。

飯後，女孩問我要不要到她的宿舍坐一下。

就這樣，我來到女孩的宿舍。我記得那是一間挨著一間，專門隔出來租給學生和上班族的小房間。如今我已經完全記不得那裡的環境擺設，我只記得女孩說，她隔壁住著一個空姐，常常帶不同的男人回來。

「給妳看一樣好東西！」我興高采烈地秀出我最新的小說創作〈十五個人在死人箱上重生〉（後來投到「聯合文學小說新人獎」，入圍最後七篇決選，被評審張大春罵到臭頭），那是我認為自己身上最可以吸引異性的東西。但女孩只是默默地坐在一旁，聽我天花亂墜地說這是怎樣的一本曠世巨作。

從頭到尾微微地笑著，沒有搭話的女孩，突然丟下一句「等我一下」之後就離開了。我以為女孩只是去上個廁所，很快就回來，沒想到她卻待在廁所裡遲遲沒有出來，直到我察覺不對勁，拚了命地敲廁所的門，神情異樣的女孩才從廁所裡出來。

女孩出來之後，嚇了我一大跳，她已經換上一套大紅睡衣了。

「繼續！你還沒唸完那篇你新寫的，叫什麼十五個死人的……」女孩若無其事地說。

女孩不只換上大紅睡衣，還抹了一身的香水。

從此，我一整個人浮在半空中，完全唸不下去了。最後，我嚥了口口水，轉頭定定地看著她，正想發揮諧星的本能，化解尷尬的場面時，沒想到女孩突然伸出手按住我的唇，然後迎了上來。直到現在，我還是分不清最後是她吻了我，還是我吻了她。總之，我們發生了第一次的親密接觸。

隔天，我帶了最新版的〈十五個人在死人箱上重生〉來找女孩。我喜孜孜地告訴她，昨晚的她給了我不可思議的靈感，我重新處理了小說的結尾，現在這篇小說已經來到神作等級了。

「謝謝妳，是妳讓這篇小說活了起來……」我激動得差點把小說捏爆了。

女孩接過我的小說，看也不看，就把它擺到一旁。

「我有一件非常重要的事要告訴你……」女孩說：「我已經向學長告白了。」

學長？告白？我的臉瞬間涮白。

「學長已經答應……跟我在一起了。」女孩露出嬌羞的表情。

當場，我混亂極了，比昨晚混亂一百倍。但我只是笑，一直笑，笑著送她回宿舍，笑著跟她說再見，笑著跟她說一定要幸福喔，YA比！

沒錯，我真有一種諧星式的安慰人才華。

從此，我再也沒有見過女孩。

直到現在，我仍不斷地回想起那一晚，我究竟做了什麼，促使女孩提起勇氣向她的學長告白。

那一晚是我最美的夢，也是最惡的夢。

至今，我仍無法確切地定義那一晚，與我後來的文學之路有沒有直接或間接的關係，我只是清清楚楚地記得：那一晚，女孩一直笑、一直笑，笑到滿臉都是淚水。

像極了隔一天的我。
隔一天，我一直哭、一直哭，哭到扭曲地笑了起來，像極了一個真正的諧星。

許榮哲（一九七四～）。臺灣大學農業工程研究所、東華大學創作與英語文學研究所碩士。曾任《聯合文學》主編、耕莘青年寫作協會文藝總監。曾為創作團體「小說家讀者」（又稱「8P」）成員之一，並合著有《不倫練習生》、《百日不斷電》等書。曾獲時報文學獎、行政院優良劇本獎、臺灣文學獎、金鼎獎等。著作以小說、論述為主兼及劇本，約二十餘種。

謝鴻文
說時依舊

在臺北青島東路的大樓與大樓間搜尋，好不容易找到藏在一棟舊大樓樓上的電影資料館，進去辦了會員，從此和電影結下不解之緣。更正確一點說，是愛上藝術電影，開始對費里尼、柏格曼、塔可夫斯基、小津安二郎……等大師如數家珍的記憶著。膠捲上的光影倏忽流轉，勾人心魂沉入，我找到了文學之外，另一個心靈的營養補給。

那一年我決定從東南工專休學，再轉學插班去念雅禮高中，又回到乖乖準備大學聯考的常軌。能夠釋放課業壓力的，除了一直眷愛的文學與寫作，再來就是看電影了。在東南念的是與個性格格不入的電子科，幸好進入「東南青年社」解悶，發現校刊編輯社真是臥虎藏龍，大家對文學藝術的熱情投入，讓我開了眼界亦受濡染，跟上腳步向村上春樹、米蘭昆德拉等諸位小說家神交。

而參與校刊編輯，更可以親炙作家、藝術家的丰彩，楊明、安克強、張曼娟、林良、陳幸蕙、平凡……好多的名字都是那時開始收藏進記憶庫裡，鐫刻成的青春紀事，許多年後，依舊清晰可辨。

秋天時節，假校刊編輯的公假之名，還趁機溜去看金馬國際影展。彼時一九九〇年代初的金馬國際影展尚在臺北長春路的長春戲院舉辦，對我們六年級這一代文青來說，長春戲院及樓下的麥當勞，彷彿我們談文論藝的「明星咖啡館」，許多天馬行空的創意點子，似乎都因電影而起，在此地碰撞滋生。

例如我們也辦過一個小小的影展，一群人曾被日本動畫《螢火蟲之墓》感動哭得唏哩嘩啦，那場面似戰火平息後與親人重逢。傍晚後的深坑霧氣潤濕，似乎連山也跟著淚眼朦朧了。

又因為在社團看到的活動資訊，一九九一年我報名參加了兩個影響我頗深的活動。刺骨冷風迎來的寒假，救國團「青年期刊編輯人研習營隊」就在東南工專舉辦，記得營主任是陳銘磻，來自全國四面八方的青年編輯，在短短一周內要合力催生一本刊物實在很刺激。我有一位現在在桃園縣政府文化局工作的朋友胡文齡，我們結識於這個營隊，因為同是兒童節生，多年來情如姊弟的情誼，完全應了漢樂府〈箜篌謠〉歌詠的：「結交在相知，骨肉何必親。」

寒假研習的刺激震撼未退，暑假接著在群蟬沸噪的文化大學參加《聯合文學》舉辦的「臺灣省巡迴文藝營」，我報名散文組，因為講師中有簡媜哪！像個小粉絲追偶像追到陽明山來，即使只是坐在教室角落靜靜看著、聽著，下了課看見一群人簇擁簡媜，我就不好意思加入，仍然靜靜看著、聽著，也甘美回味不已。「而每年每年，蟬聲依舊，依舊像一首絕句，平平仄仄平。」再溫習簡媜《水問》裡的佳句，懷想那年夏天，更似這麼多年歲月的心情寫照。

昔日社團的夥伴，學長溫志榮如今從事銀飾創作，學姊林佳賢、林馨怡、張璇都曾出過書，張璇已跨足成了兩性愛情專長的心理諮商師，學長賴宣吾更是豐富多變一如他設計的服裝，現在他是戲劇和電影界炙手可熱的服裝設計師。

在「東南青年社」中的癮，即使後來轉學了依然和生命完全糾結，而且經時累月的沉積變得更醇香了。我們社團有一精神傳承：「願為東南風，長逝入君懷。」是改編自曹植〈悲歌行〉的「願為西南風，長逝入君懷」。曹植訴思念的餘哀跌宕，我們則化作對才情與美好心性展延的期許。

我很感謝、懷念在「東南青年社」那兩年，結識一群充滿才氣的朋友，也引領我跨進文青的門檻。再後來去佛光大學讀文學研究所時，受馬森老師薰陶，對戲劇的興趣也加深，遂成為畢業後再考臺北藝術大學戲劇博士班的導因，也讓戲劇成為生命裡又一不可抽離的愛戀。在北藝大更重要的啟發，是來自於駐校作家黃春明老師的勉勵，讓我為孩子作戲、寫作兒童文學的信念更堅定不移。

從以前直到北藝大，所有文青會想會經驗的事，大概都有涉獵，也許偶爾是附庸風雅，但更多時候是發出內心自然的實踐行動。審視直心本性，我確定生命模型的塑成，不管有無「文青」這個標籤，我依然會做著這些自己喜愛的事。

此刻我在咖啡裊裊飄散的香氣陪伴中，把這些人、這些事捕捉聚攏，馨香由心生，讓我依舊想長吟：

願為東南風，長逝入君懷。

謝鴻文（一九七四～）。佛光人文社會學院文學系碩士。現任FunSpace樂思空間團體實驗教育教師、林鍾隆兒童文學推廣工作室執行長、海峽兩岸兒童文學研究會理事，並創辦「遇見小王子書房」。曾任桃園縣兒童文學協會理事長。曾獲桃園縣散文創作獎、鹽分地帶文學獎、九歌現代少兒文學獎、香港青年文學獎等。著作以兒童文學為主兼及論述、散文，約二十餘種。

李長青
我忽然覺得，如此遙遠

接獲《文訊》邀稿，眼瞳甫掃過主題：「我們這一代的文藝青年」十字，我竟忽然覺得，逝去的青春就像一場夢，以及夢裡的深淵。

而在此深淵盡處的邀稿函，非常不隱約地出現了「文青」、「知青」、「憤青」等彷若我青字輩（自備？）的路標（或站牌），我忽然覺得，我還在路上／車上啊，怎麼就要開始回憶，並形容收費站的地理位置與簡陋設施了。

我忽然覺得，這一切如此遙遠。

先是臺中，然後臺北；先是不成形的小說，然後是不成樣的詩；先是丁威仁、張至廷、應嘉惠，然後紀小樣、王宗仁、黃明峰、鯨向海、黃明德、陳文發；先是繁華都城裡學院搖墜的燈火，然後是偏鄉如畫的霧峰、海風凜冽的小鎮梧棲、市郊大里清朗的教室；先禮，後兵；先幻想，後夜郎；先藍星創世紀，後笠；先政治，後文學。

新舊世紀之交的前、後一至兩年，「我們這一代的文藝青年」（這真十足中年人口吻）應多在貼郵投稿（報紙副刊、詩刊）與新興網路樂園（先ＢＢＳ，後PChome個人新聞臺）之間，「不識歲月的容顏，不知歲月的籍貫，不明歲月的行蹤；乃夜夜往動物園中，到長頸鹿欄下，去逡巡，去守候。」（商禽，〈長頸鹿〉）

當時情景，即近日我為威仁詩集撰序所曰：「彼時，我們談最多的，是詩。甚至只談詩。彼時，讓我們狂熱也讓我們躁進的是文學，從閱讀、寫作到投稿，從詩集、詩刊到詩社，我們時常為自己喜愛的詩人辯護（威仁私淑洛夫，我擁護余光中；他熱中討論唐捐與陳大為，我極度崇拜林亨泰與白萩）。彼時，一九九〇年代末幾年，『文學獎年代』尚未大開，『副刊年代』卻已近末流，我們在報紙副刊或文學雜誌讀到彼此的詩，難免遺漏的，就影印或剪報示之；我們手寫貼郵，退稿多於刊登，我們對詩的熱情，沉浸多於領會。」

這麼多彼時，怎麼忽然就成為彼時了……。

（臺中的闊葉林與東海書苑，也都搬家了。）

我非常幸運，開始寫作時仍搭上了副刊年代的末流。我發表的第一首詩，不在網路，而是報紙副刊（一九九七），從一九九七年至新舊世紀之交，我閱讀與發表的場域，也多著重於報紙、詩刊、文學雜誌等紙媒，儘管這期間大學宿網ＢＢＳ正風行，我在大三、大四（一九九七—一九九八年）的中師校園裡，追索的詩路卻大多盡跡紙上。值得一提的是，此間我對中師由消極失落轉而積極認同，乃肇基於詩文學的閱歷與探尋：從戰前的呂赫若、翁鬧、吳坤煌、吳天賞等，到戰後岩上、莫渝、蘇紹連、陳恆嘉、陳義芝、洪醒夫、廖莫白、林輝熊、瓦歷斯·諾幹、張寶三等，這些「臺中最高學府」一連串閃耀的名字，以及他們筆下或深沉或溫潤的文字，都曾經振奮我蒼白、寂寥的心靈。

也是新舊世紀之交，我開始在PChome個人新聞臺「存放」我的詩（二〇〇一年七月七日），當時許多我輩文青（尤其六年級世代），無論詩、散文、小說、文學論述或影評等各領域寫作者，幾乎都在個人新聞臺設站，透過po詩、發文、留言、討論、愛的鼓勵等操作機制，許多年輕（其時皆二十來歲）的文學心靈在此相互觀摩、激盪、取暖，可謂盛況空前；幾年後，流行風潮才又轉向Blog。

先是驚呼，然後小慨；先是上個世紀青春迷離的氣氛，然後是二〇一二末日預言般微衰（還不到衰微）的身心；先文學，後論理；先緬懷，後長憶；先糾結幼稚的容光，後俯笑於會心。

文藝青年——這真是一枚苦澀又神祕的印記。是啊，苦澀又神祕，我想起魯迅於一九二二年的北京，在《吶喊》自序裡的心境：「這寂寞又一天一天的長大起來，如大毒蛇，纏住了我的靈魂了。」是啊，苦澀卻又神祕，我想起賴和在〈前進〉裡的描述：「前進！忘了一切危險而前進。」「只有一種的直覺支配著他們，——前進！」「隱約地認出前進的路痕。」以及「風雨又調和著節奏，奏起悲壯的進行曲。」

儘管，關於逝去的青春這一切，讓我忽然覺得，如此遙遠，卻也將繼續前進，忘了一切危險而前進……。

李長青（一九七五～）。彰化師範大學國文系博士。現為吳濁流文學獎基金會董事、臺中市文化推廣協會理事、靜宜臺文系兼任助理教授，《臺文戰線》同仁。曾主編《中市青年》，兼任靜宜大學臺灣文學系講師。曾獲聯合報文學獎、臺中縣文學獎、吳濁流文學獎、海翁臺語文學獎、臺灣文學獎、全國優秀青年詩人獎等。著作以詩為主兼及散文，約十餘種。

張耀仁
渾沌的狂野的熱病

時移日往。

在隔了那麼長遠的年歲之後，依然有人問起：當初，你們幾P，到底是怎麼回事？每每面對這個突如其來的提問，總要想上好久，那很可能是一場無以名狀的熱病，高燒運轉，就連自己事後回想起來也感到微微地吃驚：怎麼可以那麼勇敢又那麼無知？或者，無論如何也說不清的，渾沌：談不上革命，也遑論一時風潮，而是更接近插科打諢的文學愛好互助會，心理諮商小組——必須等到風流雲散，這才意識到所謂的文學、文青，都是極其「離群索居」的事，一代人的互動也許足以成為將來的「文壇佳話」，但肯定難以承擔文學的核心評價：我們究竟完成了什麼？留下什麼？突破什麼？

很可惜，那時候我們真的太年輕了，既不狂野也不冒險，充其量夜行路上吹口哨壯膽而已。事實上，在文學獎籠罩著世代論的情調裡，狂野或冒險這類辭彙勢必說得心虛，也令人忍不住羞赧。然而，資本主義後現代拼貼媒體即訊息的那個最初，有誰能夠料想得到、有誰願意想到？「不夠用功」、「胡扯」、「連自己也必須被搶救」，所有最壞的字眼大概都用上了，但還是無損於那個相遇的原點：一群競逐文學獎的初出茅廬之人、青春之人，在手中並不握有什麼的時節裡，基於對文學的喜好而不定期聚會、煞有介事的文學規畫，從小酒館「Lane86」到「成都餐廳」，從捲煙到雪茄，似乎唯有隱匿於嘈雜紛亂之中，才不至於聽見那被嘲笑的意志；似乎必須潛入恍惚的慢板裡，才得以堅定而大聲地在無夢的時代裡說夢。

這或許正是許多文藝青年此時此刻的進行式：交際，集團陣線，集體發聲，臉書專頁——曾幾何時，我們這麼害怕孤獨？竟連兀自做夢的能力也一併失去？曾幾何時，文藝創作還是複製著前行代無從昂首闊步的群聚化、吹捧化？那些微妙的競爭張力、自以為是的惡搞，其實不過符應了這個時代的媒體展演需求，當我們談論文學的同時，文學反而離我們越來越遠，於是乎，在一陣激爽之後，在大把大把亮晃晃的時光揮霍殆盡之後，眼前空盪盪一望無際的草地上，那株輕輕搖曳的楓紅竟使畫面出現難得聚焦的視角，彷彿校刊社裡必然擺放的《異鄉人》，或者書包底隨時藏著《生命中不能承受之輕》、《看不見的城市》，唯獨沒有人承認：「異鄉人」經典之處？不能承受之「輕」指的是什麼？看不見城市，然後呢？

那株楓樹一如其他棵楓樹，終究使我們回到那些無數的夜晚：墨色襲湧的檯燈之下，滴答滴答被敲打被思索的一字一句，窸窸窣窣的什麼在心口揪著惱著……始終有輾轉難眠的時刻，困頓，焦慮，反覆閱讀前輩或大師的年表，然後就是文藝營了，投稿、文學獎、獎金獵人、集團化寫作……一步步走向從前想像的光輝降臨，一步步跨入不再神祕的編輯或寫手群或得獎專家的領域，然後一步步發散著更強大的「言說遠多於書寫」，說服自己也說服別人：是啊，這就是文學啊，這就是我們一生的信仰，來啊，看我啊，別把臉撇過去啊，這麼棒的文學作品吶……在人群逐漸淡出逐漸靜默下來的那個畫面裡，我們幾乎泫然欲泣，不明白為什麼耳邊老是發出迫人的聲響，而沙沙的樹葉聽來總是格外悲傷。

所幸，在那株孤單單的樹下，還有誰等在那裡，那是曾經和我們一樣稚嫩、童騃的那個女孩與男孩，我們一同出發，肩並肩走在伴隨著草莖摩娑的地氣裡，陽光和煦，世界彷若透過玻璃帷幕望去的明晰與乾淨——最後，世界還是沉澱下來了——偶爾有遠方拂送的細微的風，以及腳下溫暖的熟悉的氣味，那樣恬淡而適於思索一段情節一句話一個字的靜謐時光，不再需要費力地交談，也不再莽莽撞撞地賣弄，就是簡簡單單地手牽著手，持續走下去，持續相信彼此的心意，相信這個秋日的午後能夠帶來文學的詩意，或者革命。

那一場渾沌的熱病啊，狂野未竟。

張耀仁（一九七五～）。政治大學新聞系博士。現為國立屏東大學科普傳播學系副教授。曾任《聯合報》記者，《臺灣時報》專欄作家，政治大學新聞系、中國科技大學通識中心、世新大學中文系兼任講師。曾獲林榮三文學獎、中央日報文學獎、宗教文學獎、全國學生文學獎等。著作以小說為主，兼及論述、散文、繪本。

凌明玉

祕密星系的聚會

初次在生活之外的場景遇見作家，並真實地和他們說話，是在某個文學獎茶會，去領獎時我只寫出幾篇小說，自慚形穢到完全不敢去拿長桌上繽紛的茶食，只能坐在折疊椅上不斷小口啜著已經快喝光的烏龍茶。直到九歌出版社的蔡文甫先生走過來問我：「妳也寫了不少小說了，要不要來九歌出書？」至今一想起仍會為之震顫，如果說有屬於個人生命轉折金句的選拔，這兩句重要的話簡直可榮登冠軍寶座。從此，我就一直在寫作的路上。

時至這兩年，才稍微習慣作家身分，記得剛開始寫作總是東遮西掩，寫作這件事像見不得人的勾當，為了可以更痛快地寫，換過好多工作，從小學代課老師、作文班老師、出版社編輯、寫作班講師，直到研究生，在現實生活中偷渡走私所有空閒，就為了擁有更多時間去接觸文學、寫我想寫的故事。

那幾年我們發瘋似的寫，藉此而確定彼此都書寫不停，彷彿每個人都是馬奎斯筆下的馬康多，自己命名自己的國，並鎖在一個無路可走的國境。想我同期的五年級作家們，慣常閉關之外，現在偶然聚首都在文學獎評審密室、演講授課主辦單位辦公室、趁著出書宣傳期為彼此打氣的獨立書店之中……我們雖說疏離，卻每次見面總能如梁山好漢立即親熱把酒、意氣相挺，問候彼此成長中的毛孩子或即將誕生的書寶貝，好似彼此都是對方的瘋狂書迷。

想我寫作的同袍本無聚會習慣，大家只是孤獨且不願見光靜靜地在寫，在報刊上看見彼此，或在不同的活動場合遙遠示意。後來才逐漸習慣幾個人關在KTV放聲歌唱，開啟個人的民歌時期、瓊瑤浪漫風、花系列的戲劇演技，隨著不同的MV我們在沙發上蹦跳搖擺；擺過地攤當過會計的陳雪曾在卡拉OK長期伴唱謀生，有她在的包廂她就是閃亮皇后，一曲曲唱過人生百態，很多的艱難藏在文字收在歌聲中，這麼深這麼久啊。回想一下，還不是專事寫作之前，我和陳雪一樣做過許多阿里不達的工作，像是電子工廠生產線的作業員、早餐店服務生、五金材料公司會計等；當我的寫作生涯邁入第十二年，我們這群平日鮮少聯絡，一見面卻能洞悉彼此為了寫作而用青春去交換了某些未來的人，我們的氣息與經歷如此接近，就算完全倚賴生命中無意的安排而隨意吃喝一頓，也該是宇宙中某個祕密星系的重要聚會啊。

後來幾次我和文音在一些作家活動中有同寢之誼，之後便常相約去永康街或淡水河邊喝咖啡聊聊心事，也走長長的大街貪看許多叮噹可愛的物事，我們像三三八八的姊妹說許多悄悄話，直到分不清夜色或燈光朦朧才趕著最後一班捷運回家。有一回在文音位於八里的住家，不知在緬懷或迎接什麼古典時光來了好多人啊，譽翔、亞君、鈞堯、艾琳、致和、陳謙、嚴忠政……大夥一起喝很多紅酒抽很多菸，從下午至夜闇吃光冰箱裡所有存糧。那次之後我才發現文音居然會做美味的生菜沙拉和下酒小菜，最後大家起鬨要駱以軍來算一下紫微，上次駱以軍居然在書上給我寫上：「明玉，大發請罩我！」只因我是傳說中會有橫財大發的武曲貪狼命格，真不知是誰罩誰啊。我們不在寫作狀態似乎終於可以相信一點點命運的天真吧，或許是因那幾年有幾人離開了寫作隊伍，寫出人生衰運的我們卻還是好奇被命定的五行氣數，我們自黃昏開始碰杯到夜晚直至窗外的淡水河水喧騰又起了潮汐，每次每次都好想丟開一切進行這樣相濡無墨的聚會直到世界末日。

當我們仰望星星，並不是要摘下它，而是為了看見希望。我們聚在一起說好了不是互相取暖，而是珍視一起革命的情感，命我們突破人渣、耽溺、喃喃絮語、自我重複……我們書寫不停的命脈莫名相似，如此靠近的靈魂，稍微磨擦便有火光，照亮長時寫作的暗房。

有時我們會在遠征中南部評審時，發現久久不見的你或妳在另一組為了學生作品激烈爭辯，那就快速交換一個理解的笑容吧，所有的時間與剩下的時間，終將成為美麗的光。在下一次的祕密星系聚會中，我們繼續喝光所有紅酒，再說說一晚上的醉話吧。

凌明玉（一九七六~）。臺北教育大學語文與創作學系碩士。曾任作文創意教室老師，華文網出版集團童書編輯，全美出版社書系編輯，鷹漢文化公司百科主編，圓神出版社、商周出版公司、聯經出版公司、漢湘出版社特約書系撰文。曾獲林榮三文學獎、宗教文學獎、打狗鳳邑文學獎、新北市文學獎、吳濁流文學獎等。著作以小說、散文、兒童文學為主，約二十餘種。

陳思宏
從文學營啟程

那個夏天，我走出了高師大的校門口，搭上返家火車。我確定了自己，從此文藝，無法回頭。

升高三的暑假，我收到了高師大國文創作文藝營的錄取通知。報名此營隊必須提交在校國文成績，附上創作文章，通過審核才能前往。此營隊有文學競賽性質，若取得良好名次，將可轉赴國文保送營。我當時是個瘦弱的少年，語言科目突出，但數學很少考過兩位數。學校氣氛保守高壓，只能唱軍歌不准唱情歌。這個文藝營給了我一個逃脫的希望，我只想蹺掉暑期輔導，暫時離開那個陽剛的男校、溢滿球鞋臭味的教室。

抵達文藝營的第一天，我馬上發現我的肩膀鬆開、軀體自在，在這裡，我可以完全做自己。來自島嶼東西南北、對創作有興趣的高中生聚集，我在陌生的眼神裡感受到前所未有的友善與接納。我被分配到第六小隊，在寢室裡，認識了瘦弱南方男孩，他害羞有禮，說起文學眼神晶亮。他叫做孫梓評。

文學營總共十天，每天都有許多的文學課，我們聽余光中講詩，讀黃碧端給我們的散文講義。在我就讀的高中，聽課對我來說是酷刑，三民主義的課本上被我寫滿了詩。但那個夏天，我發現了學習的熱情。臺上說的文學，都打進我的胸膛，我傾聽，不是因為臺上的講者知名度高，而是因為，我好愛好愛文學。那些課程讓我清楚，我想上大學，我要學習。遇到無趣的講者，我們就在臺下開始傳紙條。紙條上，是詩的接龍。

散文創作課，老師把某位男同學的散文創作印給大家朗讀。男孩的字跡蟲蠕，但創作能量驚人，一篇隨意寫的散文流暢好讀，讓我發現自己的創作根本幼稚。男孩的名字，叫做楊宗翰。

晚餐後，我們一群人約好在宿舍頂樓見面，唱歌，聽風，看星，說鬼。南方的夏天悶熱，我們拿手上的筆記本搧風，筆記本裡的詩句，就被我們搧進高雄的薰風裡。一位很會寫詩的女生，用滄桑的嗓音唱英文搖滾歌曲。她，是林怡翠。

某天，我在餐桌上聽到幾位女孩談論著某位男孩，青春動情容易，她們的羞紅表情，我至今難忘。那位男孩，叫凌性傑。

我在文學營裡遇到的所有人，對當時的我來說，其實就是黑暗裡的光。我愛看歐洲電影，讀翻譯文學，聽搖滾，夢想著去維也納聽古典音樂會。但在升學體制下，我必須極度壓抑我的文藝傾向，因為升學最重要，寫詩沒人理。但那十天的高師大文藝營是個意外的時空，那裡的偶像是簡媜與大江健三郎，大家都不會背誦數學公式，但可以一個晚上都聊藝術電影。原來，我根本不是怪胎，我不孤單，每個校園裡，都有一小群跟我一樣的人們。我們都苦悶，把熱情丟進寫作裡。我們都想出走，上大學似乎就是當時唯一的出口。來自臺北的同學說，重慶南路上，可以買到我很想看的《霧港水手》跟《雙面維若妮卡》的VHS。就在當時，我終於有了面對聯考的力量，我要離開彰化去臺北讀大學，聽說，那裡有劇場。

也就是在這個營隊裡，我看到了性別的多元可能。美麗（大家稱呼他的外號）是來自建中的少年，就在我所屬的小隊上，他聰慧過人，纖細溫柔。在營隊裡，沒有人罵他娘，他可以完整地當自己。他有誇張的表演天賦，他在臺上演潑辣兇狠的女角色，整個營隊歡聲雷動。這在我當年就讀的高中裡，簡直是不可能的事。文藝少年少女們，不管性向如何，大都特別溫柔寬容，那的確是我成長過程當中第一次體驗到的文明氣候。

詩歌朗誦之夜，我們第六小隊集體創作的〈撞〉，得了第一名。我們又叫又跳，哭笑毫不保留。當時有高師大的學長姊幫忙錄音，我們這群文藝少年少女的聲音，堅毅飽滿，情感充沛。其中許多的聲音，後來都成為臺灣文壇上重要的文學新勢力。

從高雄回到彰化，馬上投入討厭的暑期輔導，看到數學考卷上出現三分這種超現實的數字，我耳邊會響起那些文學新朋友朗讀詩的聲音。於是，我知道我可以安然度過這高中最後一年。文藝啟發了，不可收拾，我只想要得更多。

後來，大家都進了大學，有人跨校辦詩刊，有人開始正式投入文壇。那幾年，各大文學獎的得獎名單上，很多都是高師大的老戰友。後來，我自己也出書，回顧寫作的路，那高雄的十天，總是在記憶裡發亮。

我不知道梓評記不記得他跟我說簡媜的誠懇模樣，我不會忘記，當年讀他寫的詩，心裡的震撼有多大。那細緻的文字，讓我發現自己文字的大缺陷。我不知道宗翰記不記得他當年寫的那些散文，對我來說根本是在臉上甩巴掌，紅燙燙，提醒自己還有很長的路要走。我不知道怡翠記不記得她唱歌的模樣，叛逆的眼神，自由的身體擺動，讓我這個彰化永靖鄉下小孩看傻了眼。

後來，他們寫散文寫詩寫小說。正港的高師大文藝營出品，無誤。

當然，還有更多我沒提到的年輕文學靈魂，從文藝營走向世界。也許多年後，他們不見得都在文藝產業。但他們都依然愛讀書，愛看電影，都還有書寫的夢想。

我總是記得，踏出高師大文藝營的那一刻。我們淚眼道別，約好，文學裡見。

將近二十年過去，我們沒失約。

陳思宏（一九七六～）。臺灣大學戲劇研究所碩士。曾任臺灣衛星宏觀電視特派記者、宏觀電視駐德國記者。現旅居德國柏林，專事寫作。曾獲全國大專學生文學獎、磺溪文學獎、國軍文藝金像獎、南投縣文學獎、臺灣文學獎等。著作以小說為主，兼及散文。

楊宗翰

文青是怎樣煉成的？

一個六年級「文壯」的回憶

在一場文學座談會後巧遇十年不見的友人C，自然聊起了彼此近況，也對當前學術環境頗多感慨。會場上有幾位被我教過的學生，都是大一剛升上大二的「九〇後」，她半開玩笑地說：「誰說我們都沒變？你看看，年輕真好，算起來我都可以生下他們了！」望著這群活動力與好奇心同時登頂的正港文藝青年，是啊，年過三十五後我最多也只能充當「文藝壯年」——誰說我們都沒變呢？

能夠選擇文學作為一項興趣、一種信仰，乃至終生職志，不能不感謝大環境的逐步改善。我雖生於文革結束、四人幫倒臺的一九七六年十月，但囿於隔絕過久，我的成長過程並沒有受到對岸浩劫終止的絲毫啟發。對六年級中段班來說，能夠親身經歷解除戒嚴與開放報禁，才算是首度感受到歷史的重量吧？至今我還記得剛升上高中後，「正大光明」報名本土派在陽明山腰舉辦的文藝營，並在那裡捧讀劉克襄政治詩集與臺語羅馬字報刊的「快感」。光譜的另一端，是執政黨與主流媒體精心規畫，由聯合報系文化基金會主辦的「四十年來中國文學會議」。我不知哪來的勇氣，穿著高中制服便逕赴圓山飯店，聆聽當時出書不順四處碰壁、臺灣文壇相對陌生的高行健。他宣讀的〈沒有主義〉，讓我第一次見識到弱勢者可以如此果敢強硬，遠比二〇〇〇年他獲得諾貝爾文學獎更令人震撼動容。當然我也藉此初次見識到文學會議的「規矩」，還有在會場發送傳單宣揚理念的詩人羅門……。

或許是光譜的兩極我都有幸親歷，才會覺得選擇投稿給《笠》或《創世紀》實在稱不上什麼「to be, or not to be」的問題。試問六年級世代無論身在學院圍牆內／外，還有誰像「長輩們」一樣真正在意「陣營」這檔事？我總以為今日同輩面對的難題，將不再是敵我陣營之別，而是秩序崩壞之兆——媒體倒閉、出版衰退、文學退潮、詩聲漸瘖……。好在，一九九四年我上大學時這些都還沒發生，一切都還停留在文學黃金年代的最後階段。我握住了黃金年代飛逝前飄落的幾根羽毛，僥倖獲得全國學生文學獎首獎，並在教育部舉辦的國文資優保送營中開啟大學之門。

二十一世紀初的巨大崩壞來臨前，是我最喜歡的青春大學生歲月：雖然張大春受不了先跑了，但系上還有阿翁李昂宋如珊駱以軍師瓊瑜；下了課就跑去耕莘文教院瞎混，在寫作協會的楊昌年、白靈、葉紅課堂上瘋狂學習，在詩的聲光劇場胡亂演出；

參加嚴禁播放主流電影的電影社，成天望著眾多ＶＨＳ上的片名翻譯遐想翩翩；彼時誠品尚未成為連鎖巨獸，敦南店開辦「詩的星期五」朗誦時像小書迷般每場必至；陣容堅強的《臺灣詩學》甫創刊，跟《雙子星》等眾多短命詩刊，開始陸續進入我的閱讀世界……。我自己也在剛升上大學時，與其他十八所學校的四十位朋友合組了「植物園」，印了四期外觀簡陋但誠意十足的《植物園詩學季刊》。創刊時的宣言或許激昂響亮，但亦僅止於此；取名「植物園」就是訴求園內可容納各種奇花異草，日後同仁們大抵也是各自發揮，從來沒有什麼集體行動或團結訴求——寫詩、讀詩、評詩，我總以為終究是一個人的孤獨風暴。

雖然詩社辦得組織鬆散、刊期不定、經費堪憂，但我覺得「植物園」還是留下了一個「堅持聚會」的有趣傳統。每逢聚會將屆，同仁像要上戰場肉搏，絲毫沒有嘉年華會的歡快氣氛。與會者需提供自己的新詩作，影印後發給現場人手一份，並接受大家嚴厲的指正。遇有不服處，作者有權反駁甚至動怒罵人；難得發現好詩，眾人雖不吝美言但內心卻暗起「下次我要比你強」之願。當初社址登記在我舊家，但這種聚會顯然不宜闔家共賞，故屢次改換地點：從最初耕莘文教院的寫作小屋，改到耕莘附近的波西米亞人咖啡館；後來胡老闆將店搬至長安西路，我們改在師大附近的爾雅（廣生食品行）聚會，後來又輾轉流浪於臺大與師大間的幾家小型咖啡館。該怎麼認出我們來？別懷疑，就是點一杯咖啡坐一下午、全場最吵鬧的那些傢伙。

讀大學最後一年，參與聚會人數越來越少，解散勢成定局。僅剩的六位社員商議出版詩合集《畢業紀念冊》，聚會重心便從作品互評改為選錄編輯。一九九八年新書問世後詩社不再活動，成員也各自邁向人生新歷程，聚會遂從每月一次改為每季或半年一約。詩社雖倒，聚會依舊，六位成員中的師大才女林思涵嫁作人婦後，「植物園摯友」林群盛替代了她的位置。我們還是六個人，只可惜聚會氣氛剩下溫良恭儉讓，談吃喝多過論文學，詩早已不是話題的重心。

在我從文青被迫成長為文壯的過程裡，受益於聚會上「同仁作品互評」之處甚多。那是一個可以為詩吵架的年代，也是我最懷念的文青幸福時光。

楊宗翰（一九七六～）。佛光大學文學系博士。現為臺北教育大學語文與創作學系副教授。曾任淡江大學中文系助理教授、《當代詩學》主編、《臺灣文學研究叢刊》總編輯、《勁報》「勁副刊」策畫編輯、菲律賓大馬尼拉區華文教師。曾獲國科會碩士論文獎、全國大專學生文學獎、全國學生文學獎、耕莘文學獎等。著作以論述為主。

釣魚臺是燕鷗的，而詩是我們的

楊美紅

站在女巫店門口，拿了一份臺東鐵花村的音樂聚落節目傳單，樂團的文宣寫著「釣魚臺是燕鷗的，釣蝦場是我們的」，我在心裡想著，「臺東也有釣蝦場嗎？」內心動搖起來，神思被傳單上黝黑的部落少年深深吸引著，他們慧黠靈閃的雙眼和帶著稍許羞澀的笑顏，讓我突然很想到臺東走走，想寫一首關於海洋和少年的詩。

中午店內空無一人，連廚師也窩在後頭，儘管念書時這裡已開張，然我從沒造訪過，一如樓上的女書店、溫州街的咖啡館，那些慣常「文青」的出沒地與行為模式似乎很難套用在我身上。

我極少混咖啡館、逛獨立書店或發表創作，不在出版社工作、不經營部落格，對於寫作無企圖也沒計畫，在超過三人的場合裡便很沉默，不當夜貓子、日睡八小時、手機常關機、有臉書但忘記密碼、與外界若即若離，在悠然至讓人嫉妒的生活裡，過起清心淡寡的生活。

如此深居簡出的廢人生活，似乎斷也不可能談文青或憤（糞）青。但或許是這樣，每當回到臺大周邊時，我總能沉浸在某種往日舊時光裡，而細細回想一種「文青」情愫的啟蒙。

那是我也曾有過，但已經遺忘的情懷。

那時，椰林大道底的圖書館還沒蓋，學生活動中心經常傳來熱熱鬧鬧的小號與薩克斯風，在黃昏前我坐在草地上，等著看田啟元的《白水》，在小劇場風起雲湧的年代，我不小心趕上了、看見了，帶著某種命定感，等待著一場戶外演出。

《白水》取材自《白蛇傳》，田啟元以高超的文字展現語言的幽默趣味，散發著獨特的音樂性，戲劇以白蛇、青蛇、許仙和法海為主角，他們也分別扮演路人甲、乙、丙、丁，進行角色的應和唱答，有段是這樣演著：

許仙：眼前望見那蛇二條，嚇得我是心驚肉跳，往日裡，見她是婀娜妖嬌；今日裡，見她卻是豬腸兩條。想她二人，必不肯與我善罷干休。禪師他，曾言道，我與她緣未了，有事禪師保，禪師保。

她對我不好嗎？她會想害我嗎？

蛇會長手長腳嗎？蛇會炒菜做飯嗎？

放大膽，與相見，虛情假意續情緣，直待娃兒分娩。不！不見不見，閉雙眼裝作沒看見，加緊腳，跨大步，急忙向前。

青蛇：許仙！（恨許仙如此薄情，欲取許仙命）

許仙：啊！救命啊！（求白蛇救命）

丁：是誰在那滄海桑田？

甲：是誰在那鳳痴鸞癲？

丙：是誰在那牽引紅線？

乙：是誰在那情海生變？

全：是誰在那邊

變，變，輕輕變？

變，變，輕輕變？

跌宕的語調與戲謔的姿態，讓帶著現代詩語感的口白過於燦爛，我掉進了一個語言的深淵，感受到難以直視的才華轟然乍現，從沒見過的語言樣貌，有著自身的生命與律動，竄進了我的心底，演出過程裡，一次又一次地驚嘆，把我推至難用語言表述的激動情緒中。這齣戲跳脫了窠臼，把語言靈巧逗弄至詩的境地。

這齣戲後來成為小劇場的經典劇作。或許是震撼過於強烈，在這之後，我沒有看過比這更令人激賞的劇目，縱使有，我也過了那容易熱血奔騰的大學時代。

那次的校園演出沒有門票，我從不知道自己是否看到「完整版」的《白水》或僅只是片段，也忘了當時有多少人和我一起看戲，但我卻能感受到在那鴉雀無聲的觀眾席上，舞臺上的能量衝擊著毫無防備的「文青們」，在那樣的時空裡，我們被愛恨嗔痴的語言音樂耍得頭暈目眩，恍若做了一場夢。

在那次演出後沒多久，便傳來他病重逝世的消息。

對於六年級生而言，我們錯過了五年級的學運，卻搭上了社會運動影響文藝創作的年代，女性、同志、文化研究、後殖民、後現代……諸多理論與主題悄悄攻占創作版圖，跨界的創作技巧還在琢磨，文青們熬夜排隊搶看影展熱門片，光臨小劇場尋覓體制外的聲音，那時，理想氣質仍在，為生活塗上一層迷濛的光。

我開始讀起了詩，有些好，有些壞，有些虛張聲勢，有些故作姿態，有些靈氣逼人，有些彷若真理。

而《白水》這齣戲，是我念過最好的詩，容易讓人笑著流淚。

我不知道後來那群看著《白水》的「文青們」去了哪裡，也不知道未來的「文青們」能否有機會看到這齣戲，但我深切地知道，不論這世界如何改變，人生如何波折，詩總會是我們的。

楊美紅（一九七六～）。政治大學新聞所碩士。曾任行政院專員、臺北藝術大學研究助理、《自由時報》記者。曾獲世界華文成長小說獎、聯合報文學獎、時報文學獎、中央日報文學獎、宗教文學獎等。著作以小說、散文為主。

廖之韻
閒晃的觀察者

這裡有一面牆，那裡有一面牆，牆和牆的中間有了一條路，那是我們閒晃的地方，卻不像流浪的狗兒四處留下記號，只是沿路看著、聽著，只是不斷路過。偶爾參與其間也僅限用我們那不到三分鐘的熱度燃燒所有，燒不盡的也就算了，反正還有其他可待發光發熱的，或是乾脆躲在陰影處用誘惑者的姿態跟蹤與偷窺。我們被教導跟從前的人們扯上關係，然後又想方設法擺脫這段關係，可又礙於眼前那早被築起的牆。我們學著別被後來的人們追趕而過，然後又悄悄後退幾步，想著是否乾脆往後爬過另一面牆。於是，我們學會在路上閒晃，或許什麼也不做，或許在兩面牆上都塗鴉簽名，在兩個世界的中間當名觀察者，致力維持均衡。

上個世代的風範與理想終究是遙遠的傳說故事如風吹去，也許起了陣陣漣漪，但終究是要碎的。當我們以為這世界已經煥然一新，另一世界卻已然成形，那些生而為之的電腦原住民們，一下子就瓦解了我們以為的新意。因此，我們不得不柔韌而頑強，展現出和平的誠意，遊走於兩個世界，並且賴以生存——以之為名或不以之為名。

起初只是用玩笑的口吻，戲問：「你是嗎？」

然後回以尋常的答案：「不，我不是。」或者，「是呀！怎麼了？」

結社集會不是我們的流行，也許有些志同道合的會群聚一堂談詩論藝，卻始終不是那樣嚴肅的存在，也與家國政治無關。每學期初都忐忑是否招得到新生的高中或大學詩社，卻也有三兩人加入延續那小小的社團命脈，奇蹟般的存活至今。我們不是從前的文人，所謂的大時代、大事件已漸入尾聲，我們的小生活、小情事才是關心的焦點，可又不像另一資訊世界的原住民，我們仍眷戀紙張的味道，喜看所有的恩怨情仇被印刷成一頁頁的文字，如此貪得小小的歡愉。

曾經追著影展如朝聖般感動莫名，或是深深被各項論述吸引而無法自拔，卻又發現沒什麼好胃口可以重複嘗試而不膩。現下最流行的各種議題，回頭看早在我們的那些年已經出現，一切沒什麼好驚訝，只是重複又重複。我們在循環之外觀察著這樣的循環，然後掉頭離開，又走回我們的道路上，閒晃。

也許，泡一壺茶再加一首詩或閒聊或爭論整個晚上，等到這些茶都發酵了，再也找不到當初的味道便知道該散了。或是，轉而為一杯又苦又酸又甜又香的咖啡，等待夕陽拉長了創作者的影。

後來那玩笑的問話，逐漸形成通關密語，「你是嗎？」

然後我們該怎麼回答？

欣然接受被劃分成某一世代的某一族群，在夾縫中向其中一邊靠攏，或是極力反抗不與之為伍？兩者皆是一張張的標籤貼在身上，搞得全身黏膩難以清爽。也許，有另一種可能。我們內心裡是我們的創作者、賞析者、議論者，可是我們卻以觀察者的姿態出現於大眾面前，狀似瀟灑地記錄兩個世界的善惡，偶爾參與其中尋找樂趣，直到世界末日的那一天。

我們的世界，唯有一直走下去的路。

廖之韻（一九七六～）。臺灣大學心理學系暨公共衛生學系畢業。現為奇異果文創發行人兼總編輯。曾任《張老師月刊》企畫編輯、《美麗佳人》執行編輯、《飲食》雜誌主編。曾獲全國學生文學獎、優秀青年詩人獎、宗教文學獎等。著作以詩為主，兼及散文、小說、兒童文學。

鯨向海

微文青與偽文青

（S是編輯。我常讚美他做的是偉大的事情，替一代人把關文學品味。眼看報章雜誌越來越少人閱讀，S卻擔心自己所做是徒勞的。L很受歡迎，但不願意出書。大家勸他，他總說，出書有什麼用，能賺多少錢呢？T儘管早早和出版社簽好合約，卻太慎重，太龜毛了，寫好的傑作總是不滿意，常自嘲什麼咖都不是，於此同輩都紛紛急著出書的氛圍裡，他這樣認真的人確實是輸了……）

夐虹的詩：「但感傷是微微的了／如遠去的船／船邊的水紋……」這一代文學縱使面貌多元，卻皆有一種大勢已去的感覺，巨大的夢想核心莫名傾崩，放眼望去盡是「微軟」、「微博」、「微電影」，所有文藝青年都被邊緣化了，在臉書貼發一些微言大義不知道誰會按讚的微小短文，一切都好渺小，好卑微，人微言輕，變成「微文青」——或許這樣失落也就可以變小了？

不像是楊牧《奇萊後書》所記載的，當年還是中學生時，便去拜見覃子豪那樣戰戰兢兢，我們依然有仰慕的文壇前輩，可不見得一定要親自見到他們了。我們之中很多人不是那種班雅明描述的都市漫遊者，而是宅男宅女。我們或許沒有結社，卻經常在網路上讀彼此的作品，或推或讚傳送訊息給對方。這便是我們建構的小格局，聚集的小群眾，斷代的小確幸。雖不常見面，大家卻越來越喜歡露臉，或拍照或錄影，不時展現自己保養與鍛鍊成果，小清新地做一個有圖有真相的人。事實上，對某些極端人士來說，如此整天忙著更換自己的大頭照整理美食或旅遊相簿，屏息以待彼此的回應（有人拋頭顱也應該就有人灑狗血吧），已是當代令人無言的日常生活最重要的一場又一場小革命了。

（C終於出了第一本書，用的卻是無人知曉的筆名，刻意讓讀者認不出他來。Y是重要的新生代作家，幾段感情轟轟烈烈，但其實都是難以啟齒的同性戀。H固然頗有成就，卻抱怨那些訪問，專欄，徵稿，文學獎都是假的，他一生真正想寫的東西，都還沒時間開始動工……）

文青當然關心社會，卻可能以搞笑反諷的方式，不一定上街遊行。簡單KUSO或隆重地Cosplay，藉由網路點閱次數暴增，引起注意。可惜彷彿很少有真正值得持久關心的事情的樣子，在網路上跟著起鬨，一陣子又換了流行噱頭。或許是那種認真嚴肅的態度太令人尷尬了，大家皆想以「假的姿態」靈活逆襲；必須不斷離題，才能真正進入正題。於是夢幻泡影，如露如電，另一種「偽文青」誕生了——難怪唐捐曾戲謔地歌詠：「仰世界俯世界側世界，攏係gay」。

除了善用諧音字，雙關顛覆，傳達「偽」理念：「梗梗於懷」，「悅人無數」，「好心有好抱」，「天真歲月人真瘦」……「偽文青」最困難的大概就是維持一種不能讓別人知道自己的真正想法，但又不能被誤以為毫無想法的姿態。嚴羽說「興趣」，鍾嶸說「滋味」，王漁洋說「神韻」，王國維說「意境」，大家現在都說「有梗」。舉手投足之間，有些明明是文青卻假裝有中年危機老魂靈；有時儘管是文青卻裝萌，裝小屁孩。因為太多「梗」了，全新的伊甸園裡，每個人都像是一棵棵老樹盤結聳立。

任何神聖的思想意象，皆被包裝得很情色，不管原本是多麼莊嚴，這就是這個時代最神祕的視野吧，因此一切也可以顛倒過來。確實在網路上屢屢可以葷腥不忌打情罵俏激進瘋癲，甚至令人懷疑虛擬世界怎麼每個人好像都很大膽不要臉——但現實人生其實往往非常羞怯沉默。大家互相連結在同一個網路時空裡，也很容易形成「小圈圈即全世界」的假象；譬如明明一出書，眾人紛紛推舉按讚氣勢驚人，卻不見得就反應在銷售量上（囧）。

無論是「以假亂真」或「以小博大」，我這一輩的文青歲月更窘迫了，憤怒更滿溢了，更高張的失業率與通貨膨脹要面對。不斷點選那些網路訊息，我們拋棄的知識遠比所獲得的還多。擁有更繁複的科技之結果是，花了更多時光用以過濾雜質，而非吸收與閱讀。然而文藝青年終究是一種日久見人心的族類，一時不知如何是好的我們僅能把注意力賭注在許多「彷佛大象的局部」的事物（就算很衰小或很假掰也不肯放棄），或者要在很久以後，才知摸到的究竟會茁壯成什麼吧。但瞎子摸象似乎是必要的，畢竟這世界的房間裡現況是這樣的詭異混沌，分明就擠滿了大象，往往卻被視而不見啊。

如此看來，網路上那些乍看猶似小動作或假動作的滿天繁星之「讚」，眾人認真按來按去，終究都是想壯大這一代的我輩同儕，坦誠相對時，讓自己相信自己：唉呀，其實也沒有那麼（微）小，那麼虛（偽）嘛。

鯨向海（一九七六～），本名林志光。長庚大學醫學系畢業。現為精神科醫師。曾獲PC home Online明日報網路文學獎首獎、全國優秀青年詩人獎、全國大專學生文學獎、全國學生文學獎、教育部文藝創作獎等。著作以詩為主，兼及散文。

林婉瑜

「文藝青年」是星座還是籍貫？

對我來說，「文藝青年」是一個正面詞彙。儘管目前「文青風」一詞指涉的風格非常窄仄。

每當媒體或出版社詢問：在我的名字之前，頭銜要放「詩人」或「作家」？我總是秒回「詩人」。但當現實生活中，遇見不那麼熟識的人，我更常輕描淡寫地說：「我寫作。」而沒說：「我寫詩。」

詩是距離真實世界不那麼近的抽象領域，在相識的最開始，以「寫作」來自述，似乎更能在第一時間讓他們理解、懂得我的存在狀態。一次一次，如果漸漸覺得和對方投契、有話說，我才會提到詩，進一步開啟詩的部分與之分享。「我寫詩」是我的存在狀態的精準描述。

文藝青年是一種星座還是籍貫？

文藝青年這種星座：對藝文的感應力，對話語和情境的N種理解N種想像，創作作為自我說明，相信精神價值。

文藝青年這種籍貫：書店、影展、劇場、畫展、電影院、藝術展……。文藝青年出身於哪裡？更可能是把上述地點走了個遍，藝文改寫了DNA，也是終生的鄉愁，每每需要重歷、回返。

不管做著什麼工作、成為什麼身分，視野裡都有一方藝文保留區，持續關注、投入其中，這是文藝青年的體質。

二十歲時同時開始寫作的同輩，有些仍持續寫著，有些徹底隱身了。還是期待他們某天現身，現身說明他們又回到了這個行列，畢竟我們曾在某個咖啡館談話或一起沉默，曾在安排自己星球的日升月落時，偶爾關注對方的運行和星芒。

後來定居臺中的我，離開了臺北熱絡的藝文環境。

文藝青年的體質不曾改變，總希望遠離了環境不要遠離了心境，心理的孤獨與生活諸多繁瑣，是需要對抗的。

從小，我與妹妹兩個女孩安靜少話，營造出家中靜謐氣氛，我們總是靜靜地看書、聽音樂，少有笑鬧，甚至也少交談。自小喜歡閱讀，國中訂閱文學雜誌、參加文藝營，在書店一站一個下午，而母親阿珍周末常帶我們去市圖看書借書。

在文學的世界踏查遊歷，內在的體質就這樣絲絲點點成形。

十八歲，考進臺北醫學大學保健營養系，讀了一年多以後，決定休學。大二開學後，約是第三、第四周，自己到學校辦了休學手續。計畫重考「大傳」、「戲劇」、「中文」、「外文」其中之一。

首先參加國立藝術學院（現在的臺北藝術大學）戲劇系的獨立招生，複試時的「個人專長」部分，唱了一首自己作詞作曲的歌。四月，已經得知，自己是考上的三十六人之一。決定進入戲劇系就讀，不再參加七月聯考。

進入戲劇系，開始主動寫作、寫文學。

在此之前都是寫日記、生活記事，在戲劇系則開始有「寫文學創作」的欲望，並開始投稿發表。

寫作初時，當時的《聯合報》副刊主任，邀請年輕創作者進行座談，聚集楊宗翰、許榮哲、曾琮琇、我等八位青年作者，交流對於文學的看法，座談紀錄發表在「聯副」。

座談會八月底舉行，母親則是八月九日過世，藏匿悲傷參與座談，記得當場還說出「要寫到一百二十歲」那樣的話，文學是悲慟中，強烈的支持和相信。

戲劇系畢業後，進入出版社工作，編中文文學書，從求學到工作都與文學相關，直至結婚搬遷至中部、有了孩子，育兒初期的忙碌，讓我以為將失去靈感失去個人空間。

次女貝貝出生前，父親阿輝對我說：

「我聘請一個外勞幫你照顧小孩，費用由我負擔，這樣，你就可以專心寫作了。」

阿輝說到做到，此後的六年時間，外勞二十四小時住在家裡，分擔了家務、協助照看幼子，我擁有較多自己的時間開闢書寫的空間。

二〇二三年的現在，想及同輩寫作者、持續書寫下來的，較常和他們碰面，是在文學獎的評審會議時。同樣作為評審的我們，有了歲月的痕跡、有了歲月的累積，作品並不等身，但也並非稀薄。

走在不斷前進的時間線上，時間在我們身上轉換為空間，是寫作版圖的展開。

二〇一二年發表於《文訊》雜誌

二〇一三年四月十七日增補、修改、定稿

林婉瑜（一九七七～），本名林佳諭。臺北藝術大學戲劇系畢業。曾獲時報文學獎、林榮三文學獎、優秀青年詩人獎、青年文學創作獎等。著作以詩為主，兼及散文。

徐嘉澤
有伴

說自己是「文青」，大概就等同愧對了這個辭，不過習於閱讀或是比同輩多寫幾本書，這也只能歸於興趣。同儕裡熱衷於文學，舉凡文學經典或國內外重要作家如數家珍的比比皆是，除此之外不忘追地下樂團，也從事社會運動，語文能力佳，充分了解自己的喜好，以及對整個國家的美好想望，在我眼中他們有熱情、有理想、支持弱勢，可以劃分到我心目中的正港文青區。

如果以我自身的文學啟蒙，撇開母親望子成龍、望女成鳳的期許而買下許多只裝飾書櫃，而我鮮少翻動的「偉人傳」、「百科全書」、《繞著地球跑》之外，大一國文我第一次接觸到真正的小說，同學津津有味推薦村上春樹《聽風的歌》，猶記得看完後的當晚胡亂夢一通，彷彿小說裡的元素全都塞進腦海，加上當時網路剛盛行，許多人在網路上創作小說分享故事，我也如法炮製把想法加工成不成熟的故事，管他人愛不愛看，自己寫得開心更為重要。

古人十年寒窗苦讀，當時二十八歲的我回顧過去十年，雖然閱讀不少小說，但真要我說內容卻又模糊成一團、寫了一些東西卻只限於網路。決心把作品開始參賽，文學獎輝煌年代已過，得獎名單成了一日行情，就算名列其上仍只是曇花。作品持續寫，可能身處南方，少人脈也少資源更少同性質的朋友，決心以近三十的輕熟年齡生平初次參加文藝營，那是耕莘青年寫作會舉辦的「搶救文壇新秀大作戰」，第一次的文學營隊無疑在我心裡留下震撼彈，而後機緣加入耕莘青年寫作會後，更見識到彼時成員多為大學或研究所學生的豐厚學識和創作動力，如黃崇凱、朱宥勳、神小風、Killer、李雲顥等，處在一個同質性同儕的環境中，更能激發出創作能量，那時我不過還在學走，卻已經不斷開始忍不住練跑。

寫作會在北部，初加入那一年我幾乎一個月跑兩次臺北參加批鬥會，盡可能花時間結交朋友也學習，但南方的我還是一人。和作家郭正偉因緣際會在網路認識，那時他寫劇本，和朋友成立「我希望」工作室，初見他手裡掛滿各式各樣的手環，彈吉他追樂團，生活需求很低，似乎有音樂和文學就能活，聽他說話就很「Rock」，如果「文青」有範本，我大概第一個想到的就是他。當時固定兩、三周相約「步道咖啡店」，這大概是高雄十分「文青」的場所。兩人互看彼此作品互相討論，最常說的莫過於「如果寫太爛就呼你巴掌」之類的無聊狠話，一路走來看他工作流轉，從寫劇本到家教到郵差到現在的編輯，甚至在二〇一二年七月以創意概念，獨立出版發行《尋找阿飛。郭正偉的demo2》，兩百冊的小書在博客來限時銷售，兩天以內售罄，創下驚人紀錄。

同時間參加另一票和自己同齡年輕作家的讀書會，一月一次的飯局，聊創作聊生活，偶爾酒偶爾歌，前陣子主辦人請大夥去看貝里尼的《八又二分之一》，一些人大嘆精采，一些人如我，在片段之間小睡片刻。「文青」之於我，還是好遙遠，熱愛漫畫多於文學、不聽歌沒有偶像、喜歡酒館勝過咖啡店。

從參加搶救文壇新秀大作戰文藝營和加入耕莘青年寫作會後，三年過去，出了幾本著作也陸續認識許多志同道合朋友，寫作會的總監許榮哲和導師李儀婷成立「四也出版公司」出版青少年讀物，寫作會內的老夥伴也陸續在各家出版社出版了小說、散文、新詩，似乎一起看著彼此踏上夢想舞臺。我了解自己過去一人創作的孤獨，於是更珍惜現在所擁有的友誼，文學創作不僅僅是個人的事，有懂的人聽你訴苦痛罵、和你一起八卦歡笑，有伴，才能把這條路給走長。

徐嘉澤（一九七七～）。屏東師範學院特殊教育研究所畢業。曾獲時報文學獎、聯合報文學獎、BenQ電影小說首獎、國藝會創作及出版補助、高雄文學創作獎助等。著作以小說為主兼及散文、兒童文學，約二十餘種。

劉亮延
新的才華

六年前我對臺灣文藝青年這族群的瞭解產生一種焦躁，在哪裡、怎麼樣等等，這段時間過去，一個小學生畢業了，一個幼稚園大班畢業的進了小學，中學生也變成大學生，大學畢業的念研究所，然後結婚生娃，離婚養娃的也都有。今天我跟一個學藝術的大學生聊天，咖啡館、貓咪、書店、劇場、展覽、影展、酒吧、打工、戀愛、劈腿、蹺課。一樣的關鍵字，我們多好沒距離。我問他你關心什麼，他說生活。我問他生活的基礎是什麼？他說理想。你想去哪裡？他想去柏林。去幹嘛？去生活。他太迷人，因為他的眼光裡有一個不知道的地方以及對於那個不知道的籌畫與安排。我想，我找到一個臺灣的文藝青年了。青春正盛，還會籌畫著不知道，隨性的要創作，但做什麼也不知道。

不知道呀不知道！多迷人的一種面對世界的態度。有一個九〇後女孩，南京大學畢業，準備去柏林念書，假期之間逗留北京閒晃，她氣勢驚人看來身家不凡。在看完了我的戲後，他對我說：能到你們劇團實習嗎？我超喜歡你們的風格。我心裡幾個聲音，大小姐肯定伺候不得。該給她做什麼。風格干實習屁事。大概想來臺灣玩吧。虛應半晌，把臉書帳號告訴了她。過了一年，突然有一天在臉書上她丟了訊息，不好意思請問一下，我是某某某，我已在德國，我想做戲曲跨界創作，你劇本給我看！又有一天，她問我，black box跟white cube要如何區別？還有一天她給我一個地址，一張名單，要我幫她把這些那些戲燒成光碟寄給她。

一樣都是不知道，中國這一代的青年攻擊性強，縱使手法愚鈍，但用盡方法「要知道」。臺灣的青年，讓不知道維持不知道，沒有其他意思。

這兩個例子或許還不夠清晰，我講個自己的例子吧！

去年我聽到一句話，你們這些在臺灣混不下去的，別以為來北京騙吃騙喝我們不知道，來北京就要聽我們的。當時驚訝不已，原來北漂就是一種幫派。但是我說，你們錯了，我們不是臺灣的過氣貴族，不是喝著國民黨的葡萄美酒住在公家宿舍長大的。我們身上文藝的氣質，像是趕赴四處的蛾會掉的粉，粉還是土總歸都灰撲撲髒兮兮。我們沒有要返鄉探親的意思。北漂跟臺幹能變成朋友嗎？我是不清楚的。但今年我聽到，臺灣人才外流嚴重，臺灣已留不住人才。

回想我從臺東出生長大，花蓮念大學，然後遷居臺北，一路走來，不就是一個再尋常也不過的歷程了。是啊是呀，臺東子弟外流，年輕人不想返鄉工作，人口老化，消費力低。

從很多量化的數據我們知道，現在我們所謂的人才，就是年輕人。只要年輕就是才，政府鼓勵新人，政府用叫號看診的方式鼓勵新人。

更清楚點說，每個人都只有一顆糖吃，大家排隊來領。小朋友吃了糖當然開心，直到有一天不發糖了才驚覺下一頓在哪裡。

一個人一顆糖，不切實際的糖，如夢似幻的糖，用糖來象徵夢想，我們沿著路上撿糖吃，吵吵鬧鬧也是個風景。對於官人們來說，何嘗不實惠？年輕小朋友一人一口，總勝於大人們一頓三億。氣氛熱鬧繁榮蓬勃，左邊文創右邊藝術節。市場上所謂貨比三家，逢低買進不是沒有道理，我們的價格低，算人家肯冒風險投資。

無關乎是不是人才，無關乎有沒有過氣，從內部開始，算好了一人一顆糖，我們就被成本與風險控管計畫好，乃至於終究變成了偏鄉，吃的是青春救濟金，當我們每天的日子都在比畫誰更有領救濟金的資格，誰的血統更純正，誰更弱勢，你其實根本也不會覺得這樣有什麼不好。

不可諱言地，這種判定與審核的遊戲進行過程中有很多可以吵，但總之漸漸地，體制化，系統化，客觀化變成了一個目標，它很自然而然地讓吵的人變少了，噪音分散了，它就有辦法因此這般顯示出一種更進步的樣子了。

我們人生的才華就只有青春嗎？我們對於青年的過分期待是不是更凸顯了我們面對中老年的惶惶無助？這個國家還在一種養兒防老的思維邏輯裡嗎？

當我們總是無法交換自己去另一種角度，從一個相對性的貧士老病的生產性心態來看待，而總是習慣性的鼓吹青春主義，夢想主義，假手他人轉移責難，僅僅是出於一種功利主義的目的，那麼，說穿了我們就是注定變成碎碎叨念討人厭的老太婆。

少年、青年、中年、老年本不應當直白無誤地對應著權力位階，本來也不應當對應著投資與成本，人生的價值如果有，那都是一件私人的事。

我指的是你不會發現在這樣一個現實的、成王敗寇的世界裡，其實你與任何一個人一樣都有一個機會，但那絕對不是領糖來吃的機會，而是一個把現實世界再實現出來的機會，你怎麼能允許這個機會被剝奪被統一收購被交換了呢？

劉亮延（一九七九～）。交通大學社會與文化所博士。現為李清照私人劇團感傷動作派藝術總監、東海大學表演藝術與創作碩士學位學程助理教授。著作以詩、劇本為主。

葉覓覓

我不是文青，但是我可以提供一點線索

從小學到高中，我一直都是個循規蹈矩、安靜乖巧的孩子，成績平平，數學極差，像是被封在熾熱的冰塊裡，只能默默傾聽無法對人陳述表達。十六歲時，我忽然發現我可以用文字來叛逆，所以取了奇怪的筆名在校刊發表一些詭異的文章和小説，寫出「心上的小刮痕與鹽水的磨蹭，是一種血淋淋的痛楚」之類情緒強烈的句子。誰説少年不識愁滋味？在殘酷的升學壓力底下，少年最識愁滋味了，中學時代大概是我這輩子最憂愁的時光。幸好當時文學作品不停領我到新視界新天地，透過大量閱讀和書寫，我才得以從慘澹裡擠出一絲絲幸福。那時，我根本不敢覺得自己是文藝青年，我在文藝營裡見到的文青姿態實在太優雅了，我這個在諸羅小城被閩南話、紅茶冰和雞肉飯餵養長大的害羞少女，連咖啡館都沒去過。

上了大學，當我開始被文青們拎著去臺北體驗文青的美好生活時，我反而不想當我曾經羨慕過的文青了，我覺得當那頂帽子扣到我頭上時，怎麼樣都會變得很虛假，十九歲開始寫詩之後，有很長一段時間，我甚至不願意別人喚我詩人，總之我就是拒絕被歸類被貼標籤，我只想用屬於自己的腔調說話，開發新東西的同時也不跟過去的某些東西劃清界限，以女鬼的樣貌，自由穿梭在創作的靈界與通俗的人間。我在東華大學一路從中文系讀到創作與英語文學研究所，七年的時間，我上過無數知名前輩詩人和小說家的課，從他們身上學到的並非文學創作的技巧，更多的是對於創作的熱忱與態度，我時刻都處在一種可以正大光明寫作的氛圍裡，有了山海洄瀾的壯麗加持，我更能安心地把文字野放出去。當然，到了後期，文字長出一定的硬度之後，我已經沒辦法在課堂上交出作品，給別人分析討論了，我的詩卵管如此私密，不宜撫摸不宜敲擊只適合暗自藏匿。

後來，我把自己送到綠島當實習老師一整年。在最簡單的生活裡，享受最純粹的快樂，我幾乎沒有一天不去看海，沒有一天不神遊發呆。我在學生的言語和眼神裡發掘許多以前不曾見過的美麗詩意，於是我拿起攝影機捕捉他們的身影和讀詩的樣子，拍出我的第一部影像詩「什麼鬼」。隔年，我就真的到芝加哥藝術學院念電影去了。我在芝加哥真正認識到自己是artist這個身分，一些創作上的迷惑與惶恐，都因為這樣的自覺一掃而空，我慢慢變得堅定起來，盡可能地把自己揉成一塊海綿，在順與不順之中，嘗試新的媒材新的觀點，用最即興的方式把詩跟影像交織在一起。

我的創作歷程或許能為「我們這一代的文藝青年」的文藝生活提供一點線索，不過，十多年過去了，我依然不想把「文青」這兩個字縛綁在身上，畢竟，人們對於文青的想像與期待實在有點狹隘。如果「文青」的定義裡還可以加上：不在咖啡館裡寫作、不參加文藝集會、不投稿、不使用特定品牌、不喜歡迎合文學獎的評審標準、不喜歡對文學高談闊論、不喜歡假裝、喜歡內觀、喜歡跟神明一起遶境、喜歡逛菜市場、喜歡在城市裡迷路、喜歡看卡通影片、喜歡與旁人無關或者以最迂迴的方式有關……那麼，我還滿樂意當文青的，也就不會常常覺得自己處在一個怪狀的規格以及龜殼裡，必須被當作特殊個案來處理了。

葉覓覓（一九八〇～），本名林巧鄉。東華大學創作與英語文學研究所、芝加哥藝術學院電影創作藝術碩士。曾任綠島國中實習教師。曾獲聯合文學小說新人獎、教育部文藝創作獎、花蓮文學獎、金蝶獎、中央日報文學獎、臺北詩歌節影像詩評審獎、義大利羅馬影像詩影展最佳影片等。著作以詩為主。

古嘉

姿態低而夢想高

我們這一代的文藝青年有更多的機會從讀者變作者，文學營興起、文學獎數量急速增加、網路成為可行的發表空間、自費出版風氣崛起……或許因為有更多發表管道，我們這代的文青，絕大多數在跨足創作後，就想成為作家，並且採取積極行動以達成目的。可惜，積極過頭容易忘記當初寫作的本心，為求評價或求錢財，試圖以技巧捏造出文本的深度意義，而非面對我們真正所處的世界。

比起前輩作家們的豐功偉業，我們這些六年級和七年級前段（指民國六十年代和七十年代初期與中期出生）的創作者，根本沒有成就和識別度。既沒辦法影響眾多讀者，就連風格自成一家都有困難；取而代之的是一張漂亮的履歷表，列滿整串文學獎得獎紀錄。

前輩作家M曾評論：「這個世代有其共同特色，都是從文學獎的角逐中開啟文學的鬧門。也許在生活的質感上，或生命的重量上，無法與上個世紀比並。」

我敬重M老師，所以他說的「都」，讓我很在意。我們這代的文青要靠文學獎科舉制度，才可晉升為作家？非文學獎出身如吾輩者皆可被無視？

非文學獎出身的文青當中，難道就沒有值得期待的作者嗎？例如臥斧，著作甚多卻依然低調，只把自己定位為喜歡說故事的人。又如晶晶，在報紙副刊上悄悄累積讀者群，是有機會打破嚴肅文學和通俗文學藩籬的作者。無法一一陳述，只任舉兩例說明，沒被注意到並不等於不存在，作家未必得掛滿文學獎獎章。即便我們目前仍被認為是「文學獎世代」，但在十幾二十年後，我相信事實的浮現會讓大家改觀。

再說，作家和文青，到底用哪條線來區別呢？剛開始，我們對文學的愛好既單純又美好，創作就只是為了記錄和分享。我們這代的文青，約在十八歲至三十歲之間的那段時光裡，透過網路交換欣賞彼此的作品，相約參加某些藝文活動。當時至今只有短短十年，我們的關係就變質了。拿著漂亮履歷、活躍於文壇的文青，成為檯面上的作家，有些就不再把同輩的文青當一回事。

無論從年齡或從成就來看，我們這代都仍然是年輕的，該是姿態低而夢想高的青年；只是，同輩的我們在心態上的年齡卻已天差地遠了，有些已經以當家的自居，有些則了解自己才剛起步。

我們這代的文青，發表創作的管道變多，被同輩認可的機會卻變少；不分當下評價而對我們寄予厚望的，反而是前輩，不是我們自己。

以我來說，有些場合遇到曾見過面、談過話，但與本人沒機會往來的前輩作家，去寒暄時發現對方讀過我的作品、知道我的名字，都會讓我感動莫名；真正有恩情的前輩，我心中對他們的感激之情就更難以言喻了。例如，I老師主動看了我的部落格，讚美文章並且介紹工作給我，讓我能擴展眼界，還給我認識其他前輩的機會。有事請P老師幫忙，他竟親自打電話來跟我確認事情細節，盡力協助。四年多前我生病住院，H老師來探病，還帶了她姊姊L要送我的新書，L老師在扉頁上寫著「古嘉同業存念」，並且簽名。故事甚多，無法備載。

當然，因為調性差異或機緣巧合，不同的前輩會關注不同的人。相同的是，我們這代的文青是被期許的。我看過聽過許多案例，深知前輩作家提攜我們，可說是不遺餘力。有些前輩直接在任教的大學裡，或趁在文學營講課時，尋找有潛力的創作者；有些則透過報章雜誌出版社編輯的職位，拉拔我們；有些則非常親切的與我們互動，不管是透過facebook、e-mail、實體書信……。

許多作家前輩翹首盼望，盼望我們這代也有創作者能成為座標，例如M老師就說我們這代「還站在起跑點，還未散發熾熱的能量。十年後、二十年後，較為穩定的評價才會誕生」。能不能了解前輩作家所謂「十年後、二十年後」背後的用心良苦，能不能博觀而約取、厚積而薄發，將決定我們未來的樣貌。

古嘉（一九八一～），本名古嘉琦。臺北教育大學特殊教育學系畢業，輔系語文教育學系（現語文與創作學系）。曾任臺灣極短篇作家協會理事長。曾獲臺中縣文學獎、全國巡迴文藝營小說獎佳作。著作以詩、小說、散文為主。

曾琮琇
少女w的文學之旅

但知每一片波浪
都從花蓮開始——那時
也曾驚問過遠方
不知有沒有一個海岸？
如今那彼岸此岸，惟有
飄零的星光

——楊牧〈瓶中稿〉

火車快飛火車快飛越過高山飛過小溪不知走了幾百里……。登愣登愣的機械引擎時而規律，時則停擺，少女w貪戀著車廂外的風景，長頸鹿般地伸出頭，伸出手，彷彿這樣就可以瞻望歲月。眼前忽明忽暗，每一個光明乍現的瞬間都像是一幅靜好的人生倒影。不知走了幾百里，快到了就快到了，只是那不是回家，而是離家的方向。

面朝大海，春暖花開的時候，少女w的後山文學初旅也要展開。

彼時是一九九八年，華航班機墜毀，二百餘人罹難；白曉燕（白冰冰之女）遭撕票一案餘波蕩漾；《鐵達尼號》在臺破百萬觀影人次，周杰倫尚未出道。少女w高二下學期開學不久，剛吹完十七歲的蠟燭。十七歲，羽毛未豐將豐，渴望自由的十七歲，林泠將十七歲的自己形容為「不繫之舟」：「意志是我，不繫之舟是我／縱然沒有智慧／沒有繩索和帆桅」；黃荷生在十七歲出版了《觸覺生活》，書中有一首詩寫道：「……對於斜梯的三十度角，對於／夢；對於長廊突然的彎度，我亦常常加以懷疑／對於邊，對於範圍，甚至對於／遲遲地露面的明日，明日的函數」（〈門的觸覺（二）〉）。少女w未經人事，不知地厚天高亦不知未來如何惡險，懷抱著一身血氣與對世界的懷疑不滿，斷然投奔文學志業。

慘綠年代，儘管徒有文學的夢想，文藝訊息的傳播也不似現下那樣普及，尤其身處校風保守的升學女校。因緣際會之下，學校舉辦了寒假校內文藝營，邀請了陳黎、陳義芝、郝譽翔、鴻鴻、顏艾琳等名作家、學者前來授課，於當時高中校園能有這樣規模的文藝營已屬難得。陳黎老師課後談詩論藝時提及了「第一屆青年文藝營」這個活動，並鼓勵w投稿參加甄選。

就這樣，少女w帶著細軟與壯志，越過高山，飛過小溪，朝後山前去。

「第一屆青年文藝營」由《中央日報》副刊主辦，講師陣容極為堅強，「詩文學組」的名單就有余光中、瘂弦、顏崑陽、焦桐、白靈、陳義芝，該組導師正是詩人陳黎（是的，腳上還是趿著那雙有玉兔logo的拖鞋）。第一堂課下課，詩人從講桌底下拉出兩大紙箱，個人詩集與譯詩集整齊疊放，他扯開喉嚨，以略帶磁性的嗓音叫賣：「不論大本還是小本，詩集還是譯詩集，通通一百元，通通，一百元哦！」（已經絕版的《陳黎詩集I》就是當時的戰利品。）w想起以前曾經讀過詩人的散文〈聲音鐘〉，心想：場景若換作花蓮市林政街，過路人一定會以為是賣痠痛貼布的小販吧。

除了黃金陣容的師資，學員中除了w，都是當時文壇的明日之星。w有幸成了楊佳嫻的同居人，一起上課，吃飯，回到寢室。有時，吃過晚餐，身著黑色長裙，素色棉質T恤的楊佳嫻會在學生餐廳外的電話亭與遠方的友人通話，幾盞昏黃燈光下將她的影子拉得好長。w喜歡楊佳嫻談詩（或許還有若干文壇八卦）的樣子，喜歡她課堂筆記上隨性又工整的字跡，喜歡她眼中閃爍著詩的靈光。許是花蓮風景太美好，師大噴泉詩社的凌性傑、吳岱穎、楊惠惋倒常常神龍見首不見尾，惹來主辦老師們的叨唸。夜半，陳慕音不知從哪裡弄來幾輛自行車，她們就在夜黑風高的東華校園恣意馳騁。翻開學員名冊，還有當時已得獎無數的紀小樣，一手寫詩、一手寫評論的楊宗翰，臺大詩文學社高佩文、何立行、劉鈺娟、林瑞堂、陳家齊，成大詩議會陳昱成，中央大學賴佳琦、吳長青，輔大死詩人社形影不離的林德俊、陳靜瑋。

對少女w來説，這場旅程太美好了。於是她將這份美好與文學的憧憬收在心裡，繼續書寫，成了陳昱成的學妹，念了中文所，後來有機會到《聯合報》副刊實習，幾首詩也編入林德俊主編的《保險箱裡的星星》。

但是那時候的w不會知道，陳黎在文藝營中朗誦的〈戰爭交響曲〉、〈一首因愛睏而在輸入時按錯鍵的情詩〉等詩，與白靈傳授詩的玩法，啟發了少女w，成了後來w所寫的《臺灣當代遊戲詩論》中的重要文本。

但知每一片波浪都從那場文學之旅開始。

曾琮琇（一九八一～）。清華大學中文系博士。現任臺北大學中文系助理教授。曾任《聯合報》副刊特約編輯。曾獲時報文學獎、臺灣文學研究論文獎助、青年文學獎、全國學生文學獎、全國優秀青年詩人獎等。著作以詩、論述為主。

黃信恩

那段醫學院的文青日子

「這位醫學生是文藝青年。」念醫學院時，我常被這樣介紹，即使那介紹我的人，從未讀過我的文章、僅知道我熱中書寫。

那時，我覺得「文青」這頭銜太廉價了。憑什麼叫我文青？這粗糙而模糊的字眼，讓我無法分辨他們口中的文青是帶著讚美還是諷刺？只知道我是不喜歡被冠上文青的。

文青聽來有種「違常」的感覺。這並非不正常，而是非常態、非主流、好小眾、個性強烈、關注邊緣。而我被冠上文青主要是迷醉文學、嗜寫成癮。彷彿寫作也帶著某程度的違常——人們印象中的寫作者常是不食煙火、多愁善感、飄飄然的，儘管很多時候寫作是面對生命的真實。

有次我寫了一篇描述生理現象的文章〈凋亡啟示錄〉，完稿後給老師過目。不久她回信說：「你寫得很正確文筆也好，但老師希望你將更多時間投入在醫學。」

我知道，她是帶著一種母者的心態對我說的，可是也因此，我開始在醫學院生活裡隱藏自己寫作的事實，並將時間做一種分明的切割——周間屬於醫學，周末屬於文學。

「最近有寫什麼嗎？」老師問。

「沒有。」我總如此回答，因為怕被誤解為荒廢醫學。

就這樣，我在身處的醫療環境中，從不主動提及對文學的癖好，然而卻還是成為話題。

「你會不會把病歷當散文，洋洋灑灑寫數十頁？」當老師知道我曾有過一天五千字的寫作速度，開玩笑對我說。

「論文好好寫，這和寫散文不一樣！」當我開始從事醫學論文寫作，教授會挖苦我。

「黃醫師，現場吟首詩吧！」（即使我不寫詩）彷彿寫作是特技，不時被拿出來秀一下、笑一下。

我夾在這樣的眼光中寫作，微笑是一貫的回應。文青似乎不帶給我光榮，我反而希望醫事人員將我的寫作背景遺忘。寫作是屬於醫院以外的黃信恩。

雖然如此，醫學院的日子裡，我還是嘗試尋找文學社團。或許因為學校規模不大，且科系以醫藥為主，當時只有詩社。由於我對詩興趣不大，因此作罷，最後選擇一個刊物編輯的社團棲身。

不久，我和朋友構想一個以散文小說為主的社團，起初以e-mail為群組分享作品，然而時間還是制裁了一切，許多朋友進入臨床以後，寫作就此打住。

當時我曾跨出校園，和北部一些文友，在素未謀面的情況下，編了獨立刊物《兩人文集》。從這些文字工作者身上，我找到那種對文字的熱忱，可以為了一本無稿酬的刊物廢寢忘餐。也因為編輯工作，我輾轉認識一些文字以外的文青，比方樂團、平面設計、插畫家。

而我開始快速結識文壇前輩、或同輩創作者是文學獎。

有一年，我因獲學生文學獎，在師大禮堂出席頒獎典禮。會後，九歌總編輯陳姊來找我。陳姊認識我是二十一歲那年，因為一篇在「自由副刊」發表的短篇小說。那天我其實很感動，畢竟我只是一位平凡的學生，卻獲得昂貴的溫暖，足以蓋過寫作的孤獨。

另一次印象深刻的是中文大學辦的全球華文青年文學獎。這獎特別之處是得獎者可獲香港來回機票及食宿招待，但對我來說，最可貴的是與王安憶、林文月、余光中等兩岸知名作家會談，並結識不少中港臺文青。我懷念那樣的夜晚，數十多位大學生，聚在中大宿舍的一室，聊文學亦聊生活。我期待他們的觀點，不過話題常轉為：你支持哪一黨？他們熱中討論兩岸關係，這和臺灣寫作者不太一樣。

那回我獲散文亞軍，冠軍為北京服裝學院的鮑爾金娜。她是內蒙古人，成吉思汗的後裔。鮑爾金是姓，她父親是大陸知名作家。離開香港後的隔年，她在大陸出版長篇小說《紅茗紫菱》，年二十二歲。當她將書從瀋陽的家寄到我家時，我看著郵戳時間，竟然已漂流一個月了，信封有被拆過又黏過的痕跡。

後來我們其中幾位以e-mail聯繫了數年，成為寫作上彼此的光，文學向我展露它的無國界。

從醫學生、實習醫師、住院醫師、總醫師、到現在專科醫師，我斷斷續續地寫著，雖然常被瑣事困住，無法如以往，但想起自己有過這麼一段文青歲月，感受各種眼光與冷暖，彷彿人生也更有滋味了。

黃信恩（一九八二～）。高雄醫學大學醫學系畢業。現為門諾醫院預防醫學科主任、家庭醫學科主治醫師。曾獲香港中文大學全球華文青年文學獎、聯合報文學獎、時報文學獎、林榮三文學獎、梁實秋文學獎等。著作以散文為主，兼及小說。

李時雍

培養皿和三〇九電影院

後來雨終於落停了，天空像洗過一樣，夕陽是一片淡淡的紅。

所有的人，拿起刮刀和簸箕，忙不迭地將磚地上積聚的水窪弄乾，架設場燈和擴音喇叭，整理花圃，擺放鐵凳長椅，忙亂一番，再抬頭，已可見早出的星。

直到夜幕降臨，音樂響起，第一個誦讀者拿握起麥克風，唸起第一個句子。

那是我們在「培養皿」舉辦的一場詩歌夜。〇八年春天。就在清大人社院的一處僻靜角落，那裡原是穿廊所經過的一處閒置地，不久前，幾個有心的朋友們，將之整理成花園，以石磚圍起成小小座苗圃，雨季初綻，遂取下這個名字。

那晚活動名之為「聶魯達的信差」。參加的人，各選一首詩，帶一個故事來投遞交換。十多個人塞滿小小天臺，燭焰裡，光影晃動溫暖著夜晚。

來參與的朋友同樣也是我們電影讀書會的成員。

將近一年時間，每個周三，我們都會在臺文所的教室裡看著各式各樣的電影，影後有導讀、有討論。岩井俊二《青春電幻物語》第一部、高達《斷了氣》、阿莫多瓦《窗邊的玫瑰》、大衛林區、柏格曼，當然還有我私自喜愛的安哲羅普洛斯。而最初，其實也只是和朋友閔旭、晉榮等人間的閒聊，那是我最嗜愛看電影的一段時間，每天每天在租賃的房間裡，如用燭光照岩壁，史前時代般考古著另一個世界，然後有一天我走出來，說，我們一起看電影吧。

後來參與的朋友每周竟都十多個，博凱、欣芩、柳君、廷宇，看的時候的我們好專注，看完後有時誰誰偷抹著眼淚，有時觸動地談起了各自比電影更精采的故事。

而又因那間二樓轉角教室是A309室，我們便暱稱它是「Cinem@309」。

那是影片還不似今日更容易上網尋得之時。有時，一些燒錄的片子播映到一半頻頻跳針，大家不甘心擱在影片中間，暗黑裡有人就起意回到我家裡繼續將它看完，像北野武《Dolls》，畫面夕日燒紅一片尾聲時窗外近午夜，光復路上一輛往來的車都沒有，大家又起鬨回到學校附近豆漿店，延續著剛剛的感動，回想著各自的心事。

〇七年底我到了香港一趟，待了近十天，朋友帶著我參加了大大小小的詩歌活動，那時香港流行起一個詞語「大騎劫」，用圖畫跨藝術類型「劫」文學。回新竹後我在電影會上傳了些搜集回來的資料DM和大家分享，也寫詩的朋友好幾個，嚷著好想也辦場詩歌會。

討論下去，便挑上五月某個晚上，考慮地點時正好想起「培養皿」。七日那天恰正是布拉姆斯的生日，整場活動的音樂便選定著布拉姆斯。後來雨終於落停了，第一個句子便開始了。閔旭讀起夏宇〈野餐〉，訴說詩裡的父親。至今總不忘關心著公共議題的柳君讀起〈有人問我公理與正義的問題〉。靜如讀著洛夫，依婷讀自己的詩作，欣芩撐起傘，臉沒在詩句中。印象甚深的是，學姊在讀零雨時，一個小小玻璃魚缸捧在雙手中，點起的燭光小小的漂在水面和詞語之上。

那時的我們都還沒離開過學校，在人社院的平臺，看著後山坡的青苔愈長愈多，然後便畢業了，然後便各自分開，到了不同的城。有人出了國，有人繼續念書，有人入伍又退伍，有的到了出版社，或在文史機構工作。

直到今年，我才第一次回了學校，校園的外觀總有什麼說不上的細微變化。回到曾經的「培養皿」，又成了無人照料的閒置地。我想起我們曾經看過的《天堂電影院》和電影裡的小多多，回到了我們昔時的「Cinem@309」，三〇九電影院，像多多找翻著時光碎掉的底片。

回去的那天雨同樣乍停，風微微，恍若有鈴音迴旋。

我記起雲霧中那一點點光，遂覷起眼，竭力觀看，直到穿廊盡頭那一小小磚圍起的泥境，那落下的種子，在雨中一夜間發了芽。樹的前世，是我們在電影和詩歌裡的一生。我這麼想著。

李時雍（一九八三～）。臺灣大學臺灣文學研究所博士。現為國科會人文社會科學研究中心博士級研究人員。曾任《人間福報》副刊主編、《幼獅文藝》主編、哈佛大學費正清中國研究中心侯氏家族獎學金研究員、聯經出版文學線主編。著作以散文、論述為主。

詩從紅樓詩中來

羅毓嘉

「當人們只見得遠山的黑／我卻要說／星星亮得好亮好亮」[1]。

有人問男孩，你的詩，源頭從何來？男孩不假思索答，詩從紅樓詩中來。

南海路五十六號，紅樓詩社，是男孩詩句棲居的場所。

但紅樓詩社，真是一個奇異的存在，在男校維繫文藝社團本非易事，詩？簡直票房毒藥。一代又一代的男孩們，在社團博覽會喊破了喉嚨，招得三五社員已是萬幸，某兩屆人丁興旺，募得逾十人，差不多都可以擺流水席——反正，第一屆接到第十屆，擺個三桌，已經足夠。

成立於民國八十一年的紅樓詩社，原是隨北市詩歌朗誦比賽而生，招集起的烏合之眾，有些人賽後留下了，是想著，能為「詩」做些什麼？多數卻不寫詩。二十年過去，男孩的位置居其八，嘻笑怒罵，回過身來看，那是時間。是光影錯漏間，建國中學紅樓二樓邊角處，午間的社團活動，有人抽出書冊，把書櫃裡的洛夫周夢蝶席慕蓉楊牧夏宇林燿德羅智成陳義芝陳大為陳克華凡此人名皆朝拜完畢，更多時候是打起橋牌，或對辯或午睡，鼾聲較之朗朗的讀書聲，也分不清是哪個比較響亮。

隨著時間流轉，男孩哪一年離開了男孩路的校園，離去的時刻較之建中三年早已遠遠滿溢了。不能或忘是高二那年，比賽詩選了陳大為的〈將進酒〉，「將進酒　醉死方休／忘卻我們身處的沙漏世界／萬物的本質都是雲煙　剎那就百年」[2]，又或者高三的男孩念起，「我夢想用接近天籟的嗓音讚嘆一首詩」[3]，其實苦惱的不過是何以總找不到發聲腔調的共鳴，啊，彼時還苦惱氣口無力的男孩，某天早晨醒來在浴室裡唱歌，氣釀丹田竟似自然而然。

時間是多麼奇妙的把戲。男孩環顧四周，寬朗的天空底下，似有歌吟，亦有酒食，可紅樓詩社多數人是不寫詩的，這麼過了十數年。

怎麼稱詩？

或許因為人丁稀薄，即便上下跨越十屆，老中青幾代男孩們的感情亦是好的，畢業了的還沒畢業的即將畢業的結婚的甚至尚未談過戀愛的，時不時會面，在不同的餐館，談笑，想起那些曾經在鏡框舞臺上逡行如鬼的殭屍體態，練著練著就挨罵了的，怎麼擺都不對勁的手腳。該如何唸一首詩，把句讀，鏗鏘，睥睨的眼神蒼涼的背脊急切的呼喊，音律和節奏，都擰進身體。

該如何，逼著每一個男孩融進詩句裡頭。又問自己，什麼是詩而什麼不是？後來才懂得的，要性命以搏，對話以靈魂，才能奏響了感人的質地。

無論委婉、激烈或痛切，詩不曾離開男孩，詩不曾言謊。

寫詩時突然震動的心懷，是朗誦的聲韻牢牢烙印在寫就的字句，哪怕繡口一吐，豈止半個我城臺北騷動叛逆的青春期。細碎如綿綿絮語，豪氣干雲的長嘯練習，一首首少年之詩誕於木桌案前，傳遞在教室與教室之間，是男孩曾見識縈梁三日不絕的共鳴，又是誰張口低吟，滿室靜謐唯聞空氣凝止如水銀瀉地。

詩可能俐落如一個崑劇的開門亮相，又或者——盛放於筆記本上的金色瑪格麗特，一個字一個字刻下，都發源於身體最底層，那起伏的音韻。

詩之溫柔，詩之繾綣，詩之敦厚飽滿。

卻不一定是寫。詩有時甚至拒絕它本身，是「我不和你討論詩藝／不和你討論那些糾纏不清的隱喻」[4]，詩是生活，一種敢，敢於深刻，敢於成就光芒，敢於相信。

世界本來清濁善惡皆兼而有之，男孩們從男孩路出發，前進，可能早已越過紅樓的藩籬，但對於成長的經歷莫失莫忘。是以，男孩問自己，時間遠遠地跑在前頭，還有什麼讓他不時回望？是詩的聲音，鑲在舉手投足之間，自呼吸相連至經脈骨脊的動作也像是有了眼睛，連走路都帶著節奏起伏。

男孩已許久不曾登臺，許久不曾在人群面前唸出一首詩。可男孩清楚的，「我將用含淚的微笑想念你／因為你是我的知音」[5]。正是因為紅樓，男孩路的56號那挑高的二樓房間，這麼走上一次，在不安的時代給不安的靈魂，找到了永恆的居所。

註：

1. 林豐藝、郭麗華〈夢的逍遙遊〉，建國中學紅樓詩社朗誦詩稿。
2. 陳大為〈將進酒〉，《盡是魅影的城國》。
3. 郭麗華〈詩的遊藝會〉，建國中學紅樓詩社朗誦詩稿。
4. 吳晟〈我不和你談論〉。
5. 郭麗華〈詩的遊藝會〉，建國中學紅樓詩社朗誦詩稿。

羅毓嘉（一九八五～）。臺灣大學新聞研究所碩士。現為財經記者。曾獲全球華文學生文學獎、中國時報人間新人獎等。著作以詩、散文為主。

國家圖書館出版品預行編目(CIP)資料

從文學走向世界：81位作家的青春之旅/師範等著；
封德屏主編. -- 臺北市：文訊雜誌社出版；[新北市]：
聯合發行股份有限公司發行, 2023.07

面；　公分. -- (文訊叢刊；43)

ISBN 978-986-6102-87-5(平裝)

863.3　　　112008303

文訊叢刊 43

從文學走向世界

81位作家的青春之旅

| 著者 | 師範等
| 主編 | 封德屏
| 責任編輯 | 杜秀卿
| 工作小組 | 安重豪・吳穎萍・吳櫂暄・游文宓・蘇筱雯
| 美術設計 | 翁翁・不倒翁視覺創意

| 出版 | 文訊雜誌社
地址：100012臺北市中正區中山南路11號B2
電話：02-23433142　傳眞：02-23946103
電子信箱：wenhsunmag@gmail.com
網址：http://www.wenhsun.com.tw
郵政劃撥：12106756文訊雜誌社

| 印刷 | 松霖彩色印刷有限公司
| 發行 | 聯合發行股份有限公司
| 出版日期 | 2023年7月
| 定價 | 新臺幣380元
| ISBN | 978-986-6102-87-5